① 16 岁的蔡其矫（1934）

②上海暨南大学附中侨生蔡其矫（1936）

③暨南大学附中同学合影。前排站立者右二为蔡其矫（1936）

①回国前与印尼的同学合影。二排右一为蔡其矫（1938）

②侨居印尼时的蔡其矫（1937）

③与战友。中立者为蔡其矫（1948）

①与夫人、孩子。左起：二儿蔡汉城、夫人徐竞辞、女蔡军、蔡其矫、三
儿蔡三强、大儿蔡阿端（20世纪50年代摄于北京竹竿巷）
②与家人。前排左起：二弟妹、母亲、父亲、夫人；中排左起：六弟、五弟、
二妹、三妹；后排左起：四弟、三弟、二弟、蔡其矫（20世纪50年代）

与夫人徐竞辞（20世纪50年代）

①在北京美术出版社的宿舍（1998）

②蔡其矫在描述他的出生地（2003）

与刘福春摄于北京东堂子胡同的家，是为蔡其矫最后一张照片（2006）

①晋江园坂济阳楼（2003）

②晋江园坂后山蔡其矫墓地（2018）

③墓碑上的《波浪》诗句

①西门日记手迹

②《蔡其矫诗歌回廊》书影

王炳根 编

蔡其矫全集

第八册

书　信
日　记
外　编

海峡出版发行集团
海峡文艺出版社

目　　录

书　信

1

日　记

外编：档案资料

⊙ 书信

致万龙生[*]

一

龙生：

上信顺抄《孤独一年》，我就说过是"略表心意"；即因明白它不能披露，只为让你知道我心境，多多谅解。

一定要我支持《银杏》，只好再抄一首可有可无的诗《百合园》。用与不用都成，但千万不要多花钱，不要太醒目。

寂寞写十四行，堪敬！但不解决全国四声的统一，不实现拼音化，现代中国格律，不可能产生。古代的平仄，也是以中原语音为准。而现代语音，南北东西差别甚大，平仄无法统一，单是音步和音韵，不可能形成格律。

握手！

其矫　十二月

---

[*]　万龙生，编辑、诗人。

百合园

有众树保持湿润

有山丘挡住风霜

五光十色哦百合花

从未见过的华彩

如偃倒的霓虹

在翠微，上下骚动

天国的光晕

纯情的月亮

宝石溅出红白火花

阳光的残片为风摇震

稠密雨点洒在鲜丽红唇

饮尽大地的芬芳

从未见过的美

有什么蓦然忧思

在心头涌现热泪

无怨的女魂

为爱情的深沉俯身

心境天使般明净

无形笑声山鸣谷应

打扮六月黯淡的时辰

一九九〇年六月

二

万龙生同志：

　　前年我正式离休，大部分时间住北京，每年也在福建走两三个月。你寄《银杏》创刊号我在福州见过，约我寄稿一时踟蹰不知给什么好，拖延下去就忘却了。今天又接到转来第三期。

　　近几年来，诗刊诗报多得看不过来，福建也不例外。我也支持过一二种为之写序写字，并经不起舆论压力，也由人赞助编了两期福建诗报（因为是试办未起名，只署一个"诗"字），也知道编辑的难处。后来索性交给大学生诗报合刊，再无下文。私下觉得与其求量，不如求质。质上不如意，就最好不办。

　　银杏如果精短些，成为小册，也许能流行。

　　顺便抄诗一首，聊表谢意。

　　握手！

　　　　　　　　　　蔡其矫　十一月二十九〔日〕

致　子　张*

一

张欣：

你这次来信不该迟疑至今，早就无所拘束多好！我也并未到"不宜打扰"的地步，每年我都在外到处奔波，住下来也每日平均要复五封信。

"文革"开始我被抄家的二十五本笔记中，有被指为攻击领袖的诗句，牛棚之后又到农村劳动。在永安山城七年中，结交了当地年轻诗友多人，我当时的诗作被他们传抄。那时期我的创作旺盛，不下于五十年代，甚至有超过的。

那时我是真正下到底层，并且深信人民不可战胜，心境虽悲却不暗，从〔一九〕七三年开始到〔一九〕七六年，诗作尤其多，并留下最得意之作若干。最好你指出我要详谈的篇目。看来你收集不全。

爱情和友情的确难分。《也许》《思念》是写给永安下放时

---

*　子张，本名张欣，诗评家，浙江工业大学人文学院中文系教授。

同村的女知青，当时她大约二十出头。这友情至今不衰。

请来信说明：你看过我哪些诗集？你想谈哪几首诗？这样我再详细谈具体写作背景。

握手！

其矫　六月十二日〔1989〕

二

子张：

《悲剧情境与诗的诞生——论牛汉的〈温泉〉集》，写得精练、漂亮、深刻。牛汉也是我最能谈得来的好友，每次回京，我们都常聚谈。他的风格，还可以放大范围，写他的一生和艺术成就。

我手头的诗集残缺不全，没有可能送你一本。《厦门文学》今年一月号，刘登翰写了一篇文章论述我，也有"文革"一段。这篇文章略有删节再发在《华夏诗报》总66期今年3月25日出版。刘正在编我的选集（40万字，包括诗论、诗、散文和翻译），明年才可付印。北京友谊出版公司将在今年十月印出《中国当代七人诗选》，其中有我自选二十几首诗和概述。

握手！

其矫　七月六日〔1992〕

三

张欣：

八十年代和以前，我大约半年在福建半年在北京。九十年代我离休后，只有春天和初夏（三至六月）到福建走走，七月至隔年二月，则在北京度夏和过冬。今年我三月十四［日］飞榕，七月八日回京。

随信另邮印刷品我的诗选。请你细读公木的代序。这诗选可在扉页上找到出版社的地址和邮编，出版社有书店（即读者邮购组），买少数可打九五折，多者（代售）可打七折。北京的三联韬奋书店也有小量出售。

请你注意我的《在西藏》和《拉萨》，又《大学生》《孤独一年》《百合园》《暴风雨的万木林》《波动》《巨浪》《醉海》《贝壳线》《冲天浪》《雷鸣潮》《渤海》《冰雪节》《火山口》，则为纪念××。

福建有个不著名的评论家，在《香港作家》刊登一篇论我和牛汉、郑敏的文章，随书另封附去让你参考，此份你可复印后原件寄还我。

我今秋冬可能去台旅游，不可蓦然来京，也不必专程来访，有求可电话联系。

握手！

其矫　八月二十七日［1998］

我刚从山东长山列岛旅游一周今日返京，匆此。

四

张欣：

去年春节前夕我即回闽，到十月底回京。你去年五月二十九［日］给我北京的信，没给转去福州。今天才在杂物中发现。

大作《牛汉与蔡其矫》读后，觉得你引我的两首诗，都写在反右后"文革"前，如果你要研究"文革"中的诗，我那部诗选中有这样几首：《无题三首》《新叶》《山雨》《梦》《玉华洞》《木排上》《迎风》《冬夜》等。

我到过泰山三次，但只写了你说的那一短诗《泰山》。资料倒有一些。但重要的诗难写，也许是因为找不到主题。

握手！

其矫　12/2.2001

我的诗选出版未经我校对，有短字和错字若干。如果该书是我寄出，则已经我补救。

五

张欣同志：

三月十六〔日〕来信今天收到。后天我即离京返闽，匆复为歉！

别人写我的文章大都没有着意收集。甚至我的诗集也因为有人需要而索去，手头也不齐全。

欢迎你写信向我提问，信寄福州西洪路凤凰池福建作家协会，邮编350002，定有问必答。

握手！

其矫　二〇〇一年三月二十一日，北京

六

张欣同志：

牛汉主编的《新文学史料》很早就约我写自传。但是我看到别人所写的都不能完全真实，自恋的倾向太明显。不敢说真话大约是这时代的通病。

如果我按你提的十问回答，那就要说出一些出你意料之外的思绪，而这是为时局所不允许的。

正在作家出版社印刷中的曾阅编写的《诗人蔡其矫》，有公木和谢冕两篇序文。公木的序已在人民文学出版社的《蔡其矫诗选》摘用过，谢冕的序也在《香港文学》杂志登过，你不难找到。他们两人对我的说法，或者可供你猜想。

你的十问留我手边供参考。年表寄回。

祝新春快乐！

其矫 二〇〇二年一月二十八日

七

张欣同志：

二月七日信悉。

九十年代初，在编诗选时，因为不会计算机打字，只靠抄写，非常不耐烦，抄错了也未校对，就略长的选段，节选，长篇一律不全抄，这是一；二当时认为诗以短为尚，过后好友反映不佳，也颇后悔。

总觉得年轻一代，过于欧化，有许多竟难理解。又觉对历史、对现状批判不足，所以虽自知精力大不如前，仍想补别人之不足，提笔写不可不写的题材，这就是《郑和航海》《海上丝路》《运河行》《天津》《上海宝贝》等诗篇因之产生。以上诗见去年和今年《香港文学》《大众诗歌诗刊》和《人民文学》。

另寄曾阅编写的《诗人蔡其矫》年表和邱景华评我部分诗的《在虚构的世界里》。我元宵过后南返。握手！

其矫 二月二十三日 ［2002］

八

张欣：

文章已寄曾阅。他的通讯处：福建晋江市文化馆，邮编362200。文章可寄《诗刊》或《文艺报》。

华侨大学在泉州洛阳桥西福厦公路经过，距泉州城十几公里，是"文革"前"大跃进"时建立，师资不强。主要为吸收港澳和国外华侨学生。在该校附近还有一个仰恩大学，是改革开放之后私立的，也具同样性质。华侨大学环境不错，但宿舍在街的对面，是后来建造，有些潦草。学校和泉州城有公共汽车往来频繁，交通尚方便。和我有交往的中文系教授阮温陵，研究马克·吐温的专著，由我介绍入中国作协。气候比山东好。洛阳江通泉州港，入海。上有宋代蔡襄建的洛阳桥。

问好！

其矫　三月二十六，二○○二年

九

张欣：

1939年7月，我离开延安，行军三个月走三千里到晋察冀边区前方。

1943年抢救运动，是共产国际大特务康生领导的。吴伯箫是个老实人，做个坦白分子并不奇怪！奇怪的是文章的作者到今天还这样低水平！

……

现在后生不明底细，妄下断言，十分可怜！又十分可恶！

无同情心和无正义感，哀甚！

其矫 二○○二年六月二十七日

十

张欣：

杭州是好地方，但不知朝晖六区在哪里？

对故乡的感情人皆有之，特别是童年的故乡。乡土也是祖国的具体化。

故乡的事物在记忆中最具生动性。故乡的戏剧、音乐、饮食、民俗都有大魅力，动植物也同样。总之，故乡的一切都溶〔融〕入血液中。

创作又是另一回事。受什么样的教育，譬如教会、党派的影响，又比乡土更具决定意义。

吴伯箫在文讲所是挂职，由丁玲举荐，他的专职在教育出版社。他不想介入文艺界，所以举荐公木来当副主任，不久升正主任。

牛汉未在厦门遇见我。

握手！

其矫 二○○二年十月十日

十一

张欣先生：

七月二十四〔日〕来信及文稿今天收读。你对我过分推奖了！我也是经过个人崇拜和民歌迷途的自卑惨状，与大多数中国知识分子一样觉悟太迟！使我挺过来的是对诗的热爱。

最要紧的是先就你的文稿提几点更正：

《迎风》不是写灯塔而是写人，写一个苦难的女孩，也同时反映我自己对苦难"风暴"的迎面对抗态度。

引《丙辰清明》的段落"权利至高无上"是"权力至高无上"之误。

赠人的情诗都带有反抗社会黑暗势力的寓意，因为那些少女都是被损害的弱势者。

以上三点至关重要，送出发表前请改动。

当前大受酷暑煎熬。过些日子再给你写点近况。我五月十三［日］回北京过一个半月，六月三十［日］来榕。待十月中旬晋江泉州研讨会过后又要回京。当前常回老家园坂过一两天料理花木。福州每月有一次文学沙龙，下一个是七夕中国情人节让我主持。福建诗歌朗诵协会挂名，中秋和明年郑和下西洋纪念也得出点主意。阅读和少量写作，心态恒常。

浙工大不错，你大有为。若能迁居校部当更好。《牛汉和蔡［其矫］》读过，牛汉和邵燕祥是我在北京愿过往的两知己。

来信中提出［一九］五八年检讨和"文革"申诉都是当时的真实，我缺先见之明。过迟的觉悟实在惭愧！九十年代出的书我大删特删，觉得诗长无人读，过后悔之莫及！

握手！

其矫　2004.7.27 福州

十二

张欣先生：

昨天给你一信，提出三点更正。今天又把大作重读一遍，觉得有一处不明确，再商榷：

《木排上》借排艄人的描述：他错了能改，一切亲临危险。排艄人是木排上的领袖，为什么"大跃进"之后民生凋敝众目睽睽，庐山会议原为反"左"却意气用事变为"反右倾"，错上加错，灾上加灾，民族大气损失严重。

是贬，不是颂。

我所以远行，是以历史反窥现实；所以写情诗，是以诗人写公众；所有的对象，无一不是反抗者。同情弱小，反抗黑暗。爱和政治不可分……

我和朦胧派诸公的友谊，让我学到很多东西；我不公开口头支持，而以写作声援。

握手！

其矫　2004.7.28 福州

十三

张欣：

我九月七日至十三日随老干部旅游团前往青岛、大连、沈阳走了一星期，回来展读你九日来信及打印论文。

《木排上》确是褒排艄人而贬领袖，认为他不如一个普通的排艄人。

我曾研究古典诗词，认为格式和语言，不如结构重要。我重视韵律，无论翻译和创作，都不自觉地追随它。我认为节奏是轻重、长短，而韵律是音低、强弱，最难明确化，但必须潜在和暗示。它配合细节、布局、对应等方法，使内容与形式高度诗化。

自从印刷出现，散文称王，诗只能短、激情、密、简。但写到海洋史诗，已达一二百行了！简复如上。握手！

其矫　2004.9.14 福州

十四

张欣：

不久前，《香港文学》总编辑陶然，来电话说广西师范学院陈祖君写了一篇《蔡其矫论》，将在七月份该刊与我的《徐福东渡》、邵燕祥的《蔡其矫的乡土诗》一起推出。

我谈起你也将写六篇关于我的文字，他即要求我告诉你关于他的通讯处，说文章写出后也可以在《香港文学》刊用。

陶然的地址：香港鲗鱼涌华兰路 20 号华兰中心 24 楼香港文学编辑部。

陈祖君的论文，今天也寄到我手里，读后颇有知我者少数人，不免落泪！

现在复印一份寄你看看。

握手！

其矫　2005.5.10 福州

十五

张欣：

我三月二十五〔日〕离京飞榕，老伴很少出门，保姆不大会办事，所有邮件都原封不动等冬天我回去阅读。

〔19〕71～〔19〕72 年，"文革"办学习班，称为牛棚，无

秘密存在，只写了几首短诗。

在集子上发表。

陈祖君论文第三部分写得不准确。

惠特曼的长诗过于抽象。倒是南北美战争中几首短诗对我有影响。聂鲁达有计划写南美乡土诗对我启发写故乡题材。帕斯到过内战时的西班牙，原是左派诗人。1954 年托洛茨基在墨西哥被暗杀，他停笔三年，［19］57 年写《太阳石》，包容世界规模的议论，没有当时的知识，不容易读懂。

握手！

其矫　2005.5.27 福州

致王永志[*]

一

王永志同志：

抄去《弘一法师》诗稿，顺便还抄一首《山的呼唤》，因为诗中带有一点归侨的讯［信］息。后一首诗，曾为泰国岭南人转载在《泰国报》上。

握手！

其矫一月十九日［1991］

二

王永志同志：

我八月回京，忙于家务，未给你写信，虽也屡次想起去北新桥看望你，又担心你们会搬家，终于未去成。

最近接福建转来你的油印函，要我订一份华声报，然后把

---

* 王永志，记者，作家。

发票寄你报销。

我大约本月下旬回闽，如来得及将订一份按你的吩咐做，如征订期已过，也就算了。因为我已感到许多报刊都没时间翻阅，连看书的时间也少，不知什么缘故，越来越觉得时间不够用。

握手！

其矫　十一月十二日

三

永志：

我三月二十五日离开福州作为期七十天的旅游，六月五日回抵北京，拆读你三月二十八日寄福州转来的信。

《山的呼唤》不是不容易看懂，而是另外的人看懂了，知道诗中有刺，会使某些人不舒服的缘故。

请卢嘉锡作序非常好。为归侨做点事，也很有意义。

过些时候，我会去看你，电话联系好了。

握手！

其矫　一九九一年六月十二日

四

永志：

来信收到。因为七月十八［日］有个东山海洋笔会，我延至八月才可回京。

归侨作家专页早已看到，忘了回信。

归侨抒情诗选，寄京寄福州都可以。

回京后当去看你。

握手！

其矫　七月六日

五

永志：

二月二日来信早已收到，寄来的华声报也收到一些，都没时间读，抱歉！

我依然经常走动，不过改走近路。春节前到晋江，玩了衙口海滩。春节过后，又到厦门、漳州、龙岩等地，玩了南靖的热带雨林、华安仙字潭、连城冠豸山。三月下旬又去武夷山看桃花。

今年的计划，夏天在福建过。秋天回北京。冬天想去香港过圣诞节，今冬明春去海南岛。

你搬家到百万庄，到家后将拜访。有重要讯〔信〕息来信，我大都在福州。

握手！

其矫　四月四日

六

永志：

人大和政协，最好改成上议院和下议院，才能真正开展政争。

《华声报》你寄来的，我都看了，办得不错。

胆囊结石，用中医疗法妥当。

必须坚持到化掉为宜。

我后天下午飞广州。六月中旬回来。主要想去海南岛看看。

《四月》可以缩短。诗也应有批判性。

今年回京之事也许暂停。集中精力写作。握手！

其矫　三月九日晚

七

永志：

我于去年十一月十七日自京飞榕。今天接到自东堂子转来一份《华声报》。

我搜索一遍，除了通知报社迁址和各部电话外，并无什么要我知道的。我还不清楚你在何部。

去年七月，即在我到北新桥三条你住所后次日，给你邮寄一本《醉石》是寄阜外大排 27 号的，没有得知回音，也不知道你是否收到。

我的行踪如下：下周去周宁县，十一月二十〔日〕左右出发到漳州地区和龙岩地区，春节到泉州，元宵后回福州。

新年好。

其矫　一月六〔日〕晚

八

永志：

我去年八月底回京，很少外出。联系的人也少。好像陷入不爱活动的境地。每天除看书，应付一些不得不应付的稿债，也无心搞点什么。

送你一本港商赞助的诗集。

握手！

其矫　元月十九日腊八

晋江籍女青年诗人燕影想自费出版一本诗集，不知华侨出版社你能否疏通试试看，要两三千元或多些都成，出一千本就够了。

九

永志：

我已回京半月有余。不知你是否在京，家搬了没有，写信告诉我，得便时去走动。

其矫　八月八日

十

王永志老友：

我七月底到山西参加大众诗歌文学杂志的联谊会，八月五日来北京，为等十一月十日召开的中国作家协会第七次全国代表大会，就不回福建了。

记得几年前我们曾在我家附近的上海馆子一起吃饭，现在又到大闸蟹上市的时候，我想回请你。我们会聚畅谈，如何？

握手！

其矫　2006.10.30，北京

致王炳根[*]

一

王炳根同志：

我已买好本月二十三日（星期五）的火车票赴福州，据车站售票员说，二十四日（星期六）晚八时许到榕站。

如果你认为星期日（二十五日）去永安最好，那就请你星期六晚九时后或星期日早上七时给我电话。当然是乘你的小车，较为方便些。

如果星期日司机有问题，则星期二或以后都可以。我计划在星期一去省立医院拿药。

到永安我计划如下：先给林茂春打电话，因为去年我即请他代为约人陪同。其次车快到桃源洞前，公路边有个饭馆，店主约瑟，是"文革"时我的游伴，让他带路去林茂春家。途中先去看我当时住的果林农场宿舍（在坂尾）。最后让林茂春带我们去访问你要访问的人。

---

[*]　王炳根，作家、评论家。

燕江要看，城里街道浏览一趟，城郊公社和吉山要不要看由你决定。

车过桃源洞停一下看大体形势。南塔远观即可。

我从星期日起到四月一日前的时间都可由你支配。四月一日我要回晋江园坂。

其矫　三月十五日午〔2001〕

二

炳根：

十二月十二日来信收到。

关于传说中涉及的女性，大部分用英文字母代替，似乎是从前的办法。

一眼看去，就知道是避忌，似乎会对阅读有所不利，信任度可能会降低。我以为不如用同音的字或暗示性同义的词，会读来自然一些。

传记的写法，应该不太拘泥于事实，作者主观的评判、文学化、虚化、抒情化等等，应该是允许的。甚至可以从我的一些有关的诗句中，引出一些场景，可以看到可以感到的内情。总之，文学味多些为佳。

其矫　二○○二年十二月十六日

三

王炳根同志：

我的有用照片在编"回廊"〔《蔡其矫诗歌回廊》〕时大都

拿到林礼玚那里，包括三张徐竞辞五十年代给我画的素描。你不妨把我这封信寄给她，请她把照片交你复制后归还。

现在从我在京的照片簿上拿下一张与诗友文友合照寄你，复制两份，一份给我，为荷。

另外寄两份我的抄诗，可作为笔迹采用。

《香港文学》除作品和评论外，很少采用传记之类，我在给他去信中附言可介绍给其他刊物。

握手！

其矫　二〇〇三年三月九日

四

炳根兄：

今天接到漳州的《南方》，在上面偶然发现你的《沿着李白的足迹——诗人蔡其矫皖南行》，急急看了一遍，十分赞成你这个办法：把传记分为若干各自独立的随笔，给各种刊物供稿。有分析，有议论，有引诗，总比长篇评说更诱人。

有必要，可给插图（照片之类），活泼些。

这类随笔，也可寄《诗刊》《人民文学》《诗潮》等北方的杂志，和西南的《星星》、西北的《绿风》。

因为非典，回闽路中不必麻烦，到福州后也会惹人嫌弃，所以想七八月非典已过，再定为妥。

握手！

其矫　二〇〇三年五月十五日

林礼玚是否给图片和素描三幅？

致 木 水[*]

木水：

春节前，你如果前往浙江办货，请代买梅花十棵至十五棵，桂花十棵至十五棵。

梅花比较著名的有龙游（细枝有些波浪形）、宫粉、江梅、朱砂红、南京红、绿梅、日本大羽等。桂花有金桂（黄色八月桂）、银桂（白色八月桂）、丹桂（微红八月桂）等。

株高以两米左右为佳。

价钱多少，都可以。我即寄其雀转交。

蔡其矫 2006.10.29，北京

（选自李伟才、蔡其雀选编的《蔡其矫园坂家书》，海峡文艺出版社 2018 年 8 月版）

---

[*] 木水，晋江花匠。

致中国作协创作联络部

中国作协创作联络部：

几年来我总想去西藏一趟。前年去漠西北，想从中旬入藏南，公路不通未果。今年七月，我计划从青海西宁到格尔木，从青藏公路到拉萨。除了福建作协给我部分旅费外，能不能请求你们给一点赞助？

此致

敬礼！

蔡其矫 五月二十日

致 公 木*

一

公木同志：

"四人帮"倒台前，诗倒写得不少。倒台后，反而写得不多。也许是因为希望改变的心情不急，而觉得一切都进展太慢。还可能对文艺反映什么感到怀疑。内心有对"政治"反感，想写平常人的感情。

我父母相继去世，弟妹也大都出国。几年前刮起的归国华侨再出去的风，至今不止。过去的失望太大，现在的改变太小。这种景象看了叫人伤心。黄碧沛早已申请并得批准，两个女儿已走，他也会明年动身。

福建的事情都令人不满。一切都还未触动。你所在的吉林，《社会科学学报》已叫人叹服，现在改版后的《长春》更是惊人！

过去我是在你提携下略有表现的，后来也常想念，只是

　＊　公木，著名诗人、诗评家。

1958〔年〕的所谓"补课"我心中有愧！长期的怪事，自己都觉悟太晚！

附上《赠人两首》，写于 1974、1975〔年〕。从中你能想见我生活的大概。

祝你全家新年安好！

其矫 十二月二十日〔1977〕

赠人两首

一

海边的孩子

你不要站在窗口

好似悬在摇荡的天空

全神贯注地瞧

那远去的悲愤海流

而悄悄地啜泣！

你不要临海眺望

那曾经汹涌着的怒潮

如今只剩下淡淡的哀愁

随着余波向渺茫中逝去

而引起你的哀伤

让年轻的脸上挂着泪！

回头看看，我求你
那风在其中猛烈呼啸的
不屈服的树枝
海正为时日悲亡——
但是那秘密的黎明
依然要从它黑暗寂静的深处
升起。

二

因为爱别人胜过自己
你的心才储满痛苦
并盛开着感情的玫瑰。

有刺仅仅为了自卫
因为温柔而无视粗暴
月光铸成你灵魂的声音。

在希望飞出胸膛之前
雨点已淋湿你的情感
所以凝视的眼睛闪闪发光。

其实你的心也同草木
最喜欢春天的朝霞
月和雨只护送你起程。

二

公木同志:

今年三月中央工作会议之后,北京暂时户口冻结,至今愈烈,许多人如秦兆阳等都进不来,我调动的事也就此搁浅。六月中我请探亲假从福建来到北京,到现在一个多月,还是毫无头绪。只好把希望寄托在文讲所的复办,又听说至今还未批下来。你也还未调来,此事也不知何时解决,心里很是着急。

听说文艺领导高层人物意见分歧,文代会能否在十月开还未可卜。我只得在乱中偷闲,打算赖下去不走,看书学习,机会倒也难得。

艾青五月中随友好代表团访问西欧三国,七月五日回到北京,忙于应付拉稿。严辰二十六日也要出国访问罗马尼亚。

发在《诗刊》七月号你的文章《发人深思的诗》,很引起多方面的注意。"人的现代化",是与封建主义、官僚主义势不两立的。文艺界形势空前大好,可阻力也不少,多希望有更多的勇敢者起来战斗!

问候你全家。握手!

其矫　七月二十四日〔1984〕

三

公木同志:

香港诗人犁青,出资要在人民文学出版社印行一本四百面的诗选,也许是为打抱不平的缘故,我想把你发表在1995年《诗探索》第二辑的《干雷酸雨走飞虹》作为序言,特征求你的同意。

　　这本诗选，我想主要取 20 行以下的短诗，有代表性的稍长者，采用节选和选段的办法，并基本用编年为经反映时代风貌。

　　除诗之外，尚有小传、年表、对我的诗的论文索引。

　　据说，除我之外，尚有吕剑、沙鸥、邹荻帆和犁青本人的诗选，可见我亦是陪衬。

　　随信附去《抒情诗》和摄影配诗。

　　握手！

其矫　1996.1.16

四

公木同志：

　　曾阅编写的《年谱》，原因是张炯（文研所长，福建人）介绍给作家出版社，该社副总编在福建车祸身亡，此事随即搁下来。后来由张炯妻弟（作家出版社编辑）接手联系。你大约也知道，近来杂志和出版编辑都捞外快，要钱，由四千元，升六千元，又升一万元。曾阅是民盟成员，市政协委员，与统战部有联系，能从企业家中拿到钱，本也不在乎万元。可是后来又要他来京详谈。曾阅估计此中还有原因，来一趟北京得花两三千元，如无结果继续拖延也是麻烦，所以想另找出版单位，可至今尚未找到。

　　中国古典抒情诗都是短诗。近来我发现长一点的诗自己都无耐心看下去。所以在抄编中，长一点的诗全用选段或节选的办法，除了个别自己最满意的四五十行的诗还保留一二，其余全选录三十行左右，最多占三面。

近两年我也写得少了。好像人老了对一切都不大满意，想写的很多，可一下笔就不满意。看过去的作品也如此，很多挑剔。

印刷品挂号本来就比平信慢，又加你更改新门牌，如果遗失，我可以再寄一份，盼告！

握手！

其矫　1996.1.26

致　古　剑*

一

辜健先生：

九月二十一日来信早已收到。

艾老有重新自选诗集的打算，也曾让我代为谋划，但都未专心去实现。时候未到，人都不太积极。

语言的语言密度，的确是一个重要问题。要能经受时间和空间的考验，诗只能求质不求量。思想和感情是分不开的，首先是思想必须是真实的思想，然后才能使读者感到作品的真实感情。发表和写作，有时能结合，有时却分离，这不以主观的愿望为转移。不为生活所逼迫，不为名利，总想给人以更好的东西，但这东西很不容易产生。

譬如形式、语言、题材，要找新径，就很难。

你能为当地的文学事业尽自己的一份力量，做个介绍人，也有一定贡献。希望你能团结一切人，到处发扬别人的优点，

＊　古剑，本名辜健，香港作家、诗人。

为所有的人服务，那结果必是好的。

我当然也愿意助你一臂之力。无奈距离遥远，条件限制，只有请你多多原谅了！

春节如能回厦，你当会打听到我的行踪的。我随时都可以到厦门。

祝你一切顺利！

其矫　十月二十四日 ［1978］

二

辜健兄：

三月十二日寄马宁转来的信读到。

欢迎你和我共同磋商写作的问题。已好几年没得到你的信息，从这信中觉得，好像你正在歧路上。你给艾老的诗，他从未向我提起。你的身世原来这样悲辛，就应该更加奋发。你的诗和小说，我都想拜渎，请寄：福建晋江县紫帽山园坂村。

碧沛突然离去，叫人伤心！

已经很久未见库仑了。

《回声［集］》和《涛声［集］》很难找了。不久《福建集》和《生活的歌》出版当给你寄去。

你的姐弟，如果有些线索，我也愿意帮你寻找。

我四月七日至二十日在福州。然后回园坂，五月下旬或六月回北京。

握手！

其矫　三月二十五日 ［1982］

三

辜健兄：

十一日晚来信我二十九日收到。在上海我建议你寄你报的副刊给谢冕，交换他们出的《诗探索》，这是可以做到的，双方都有利。你来信中要我写信给谢冕，在我有点难，因为我和他不是很熟，而且是寄国外要求的，这话难于出口。因此踌躇未能即复。十二月我奉召到福州学习一星期，不想又因为检查身体多住了半个多月，元旦也在福州过，至一月十一日才乘飞机返晋江。今天（一月十七日）又收到你（一月九日）来信。

在福州到马宁家追问你去年寄给我作品的事。他说是让他夫人拿到收发那里，那时四月我正在福州东湖宾馆开会，收发是否送去也无从查问了。

那天在上海文艺出版社招待所和我谈话的是女同志，叫周佩红，刚从华东师大中文系毕业，分配在上海业余大学。她写我的三篇评论，刊在《诗探索》、上海《文学报》和安徽《艺丛》，可惜我都未留剪报。

台湾的诗读过一些，有些如杨唤等人，继承大陆三十年代诗风，我比较喜欢。还有四十年代就写诗的老现代派，他们的功夫颇深。但有些台湾后起之秀，对西方的影响未能消化，又过于卖弄文字技巧，缺乏真情实感，都难于卒读。我目前还在经常研究台湾的现代诗，可惜所得甚微。也在搜集欧美的现代诗，真正喜欢的也不多。

上海照的相片，承你赠送，十分感谢！

希望你即刻给谢冕写信，并寄你们的副刊，他的地址可写北京日坛路 6 号《诗探索》编辑部。

我可以把我手头剩有的两本《诗探索》寄给你，并把《生活的歌》随附。希望回赠画册。

《歌声》是写一个业余的女高音歌手，她有一段缠绵的恋爱史，现在她也写诗，三月《福建文学》女作者专号有她十几首，署名秋筱。

关于我的诗的评论，乃贤①比我关心，每次都寄给我剪报，但我未能保管好，东放西丢，至今所剩无几，一定不如乃贤给你复印的多。

我是主张诗重质不重量。我写的多，发表的少。有些放几年甚至十几年才拿出来。如你提到的《歌声》，也是收入《福建集》才算首次发表，它写在 1974 年。《天宝蕉园》写在 1962 年，也是在《福建集》首次发表。

我觉得接受传统非常重要。到现在我还在研究旧体诗词。

艺术就是艰难。不断追求、失望，再追求、再失望，以至于无尽痛苦。

你读《福建集》序和《生活的歌》前言，大概就会明白我关于诗的主张。

祝新年好！

其矫　一月十七［日］晚［1983］

四

古剑先生：

十九年来我局限于下层，手头图书极少，也与资料机关毫

---

① 乃贤，即陶然。

无联系，所以你从前来信提出的要求，我无法答复。

二十年来国内文艺界，一直在动乱中，有谁能潜心做研究工作？图书馆的书，经过"文革"后，所存已不多，何妨〔况〕大都不出借，这大约是你难以想象的。你与厦门通过信，难道他们不告诉你这一情况吗？

严阵的《江南曲》并不难找，但是不能邮寄。

诗人生平，解放以后的都未见过。

闻捷的《天山牧歌》，即使在国内，也经不起时间的考验。他后期的诗，如《我想念北京》倒比较为读者留意。

有些未出诗集的人，如饶阶巴桑，倒很有特色。他是西藏族战士，大约后来当了排长。他的诗有藏族民歌的精华，比较自由，很有艺术感染力。

"现代诗"只要有内容，就能存在。

国内诗的销路也是差的。最畅销的印数也不多。

写评论性的文章，不一定要谈生平。最要紧的是要有独自的观点，不可人云亦云。对于诗，尤其如此。你看雨果、雪莱等人诗集的序言吗？那才是好评论！

宣传诗歌，永远有意义。

诗和时代的关系，不能从政治上去看，何况现在人们总是把政治看得太狭窄了！对于美，对于自然，对于友情，对于人生的各种常情实感，难道不是人人需要了解的吗？

一切诗歌都是抒情的。问题在于艺术性。

好诗，都有普遍性。

选诗，最重要是少而精。不受任何观念的束缚，不求全，不求大。

评诗，也是朴素最美。

预定为十，不一定非出到十不可，有一本是一本，只要扎实，总有结果的。

要资料，只有向图书馆进攻。

读者不见得对诗人生平有兴趣。

事情都要先去做，然后知道它的规律，预想的大都是错误的。

匆复。问好！

其矫　三月三日［1983］

五

辜健兄：

十分惭愧，一月二十六［日］来信未复，又收到二月二十六［日］衷心的告白。我非常理解你的处境，并相信你会写作。香港社会有弊有利，使人痛苦，又压迫人努力工作。只要你专心搞好专栏，一定能够写出好文章，定期编出专集来。

今年春节，福建阴雨绵绵，只好困居乡下，过了元宵，我才进城，繁华已谢，也无心游乐了！上海分手后，我也没有写出什么来，倒是读了一点书。本想研究李商隐，却无意中看到《李白十论》和《李白在安徽》，得益不浅。

我对余光中的诗也很倾心。他的理论倒未见过。我更喜欢杨唤等台湾乡土派。完全"移植"是不行的。流沙河介绍台湾诗人十二家，很有见地。

四月中旬，河南作协邀我和郭风去参加洛阳牡丹诗会，随后我去北京，家址在东城大雅宝××号，至十一月才回闽。祝你快乐起来！

其矫　三月十四日〔1983〕

六

古剑兄：

谢谢你赠送的《赵无极画册》！这本价值很大的作品，我一定要极力去理解它。

你对《西行三首》提的意见太好了！我就是写得不细，缺乏句斟字酌。就按你的意见删改，并全权交你处置。在港发表作品已久，不怕别人侧目。

四月中下旬在洛阳举办牡丹诗会，邀郭风和我参加。会后我拟在河南外围走走，六月到京。我家地址：北京东城大雅宝××号。

很佩服你读书写作的勤奋！少有这样的苦干精神。文章确实是逼出来的。目前的制度就是制造懒汉的温床。良心实在应该提倡，还要重兴道德。

再次向你致意。握手！

其矫　四月四日〔1983〕

七

辜健兄：

我四月九日即离开家乡园坂，中旬到河南参加洛阳牡丹诗会，随后又去登华山，往西安参观昭陵、干〔乾〕陵、霍去病墓，并在赴延安途中拜谒黄帝陵。在延安讲学。也曾怀着苦痛的心重见抗日战争中河北山区涞源和阜平的老房东。至六月十九日回北京，才读到你四月十四日和五月二十九日两信。

你评论我三首诗的文章，写得很好。有感情，敢于申述自己的独到见解。我是三四月间在福建读到。陶然给我寄，张思鉴也给我寄。现在从你的剪报上附加的字句，才知道编者删去了个别地方，大约是对余光中有条防线吧？余的探索，我是注意的，他究竟也是我们的同乡呀！

你如认识他，请转达我的敬意。

我也忙于写信，一星期中平均有两天是写信。因为回复多了，就不免匆促潦草，有失你的厚望。你是个热心人，生活似乎并不顺利，所以你满腹经伦［纶］，总要找个突破口爆发出来。写评论，仿佛只是个开头，以后你还会写出更重要的作品。沙叶新对你了解较深，你的散文确不同一般。我以为你的评论就是散文。

我偶而［尔］也写点前言、后记之类的散文，透露一点我对诗的主张。但我不愿意写评论、诗话。我相信，诗人写过诗论，会对自己有所束缚。李白就从未写这方面的东西，除非在诗中谈诗。我急于生活，而慢待写诗。趁这两年还能走动，我要多走些地方，将来走不动，再坐下来慢慢写。也许，八九月我又要到处跑了。冬天才回福建。

郭风同我一起去参加洛阳牡丹诗会，他身体很差，会一完就回福建，通讯也只有三言两语。

我的诗在国内评论界是被敌视的。

他们大反朦胧诗，我则一言不发。

我也总感时间不够用，不午睡，读到深夜。总感读的书太少。

最切望能读二次大战后的外国作品。

约稿我常拖延，主张求质不求量。

祝你写作大丰收！

其矫 六月二十五日〔1983〕

八

古剑兄：

《良友》将是发挥你才能的天地。每一期我都仔细读，对美术部尤感兴趣。巴金的画传也不错，继续这种刊载的想法我很赞成。不过，要注意避免"左"。最好先从钱钟书、沈从文、卞之琳等人开始，艾青不妨放后到远一点的将来。如有什么需要，我可以替你奔跑约稿。摄影作品配诗，我也愿意同北岛、舒婷、杨炼、江河、顾城等朋友源源供应。台湾你应该去看看，也把那里的作者团结起来。

……

握手！

其矫 〔一九〕八五年一〔月〕四〔日〕

这信压了一星期，总想说些什么。我们都经常对自己不满，这就是生命存在的证明，不可能都顺利的。我从未想给《香港文学》寄稿，它应是香港自己的。

十一日又及

九

古剑兄：

有两封来信未复，实出于困难。代约稿容易，但要二十张供选择的照片，却比登天还难。譬如说吧，有文关于我的，要我拿出五六张照片，我就拿不出，遑论二十张！你开列的那些人，都有共同怪癖：反对写他。虽经我多方托人，最近都吹了！张辛欣在中央戏剧学院工作，张贤亮在宁夏文联，你都可直接向他们约稿。《良友》的文章，都短，这我最赞成。胡菊人短文介绍三毛，认为《庄子》《老子》《红楼梦》等八本书必读，言简意赅，我最欣赏！我很懒，笔生涩，对散文生疏，唯有诗能使我兴奋。能把《良友》办好，就是一大事业。这期的封面女郎——一颗来自中国的流星，图片比文字生动。瞩目新人，最要得！张诗剑的文字不俗，你以为如何？本月底我动身南行，五月底到福州。本想帮你拉稿，都未成功，实在抱歉。

握手！

其矫　四月二十日［1985］

十

古剑兄：

9月21日信悉。去冬今夏，我们曾就找人写几位作家事通几次信，因为难度大而未成功，但记得并未提到关于我的文章，它在哪里，我不知道有这类文章，所以竟回忆不起来。

我将于十一月十日飞马尼拉，参加十一月十八日在该地举行的诗歌节，回来时想经香港，听说不可能。

计划中的福建赴港五人代表团，原是苗风浦提出的，但这次选举，苗未能当副主席，郭风说此事从长计议。十月份我将全力搞赴菲的准备。过两天去厦门做西装。十二月再给你写信。

握手！

其矫　九月三十日〔1985〕

十一

古剑兄：

对了，四月二十日我的信，是指你要我请人写钱钟书等人的评论文章，需每人附去照片二十张供选择，我才说：如要我拿出五六张，就拿不出，遑论二十张！这是举例，而不是说真有关于我的文章可供你使用。我当然也愿意在《良友》这块阵地上占一篇幅，你肯写吗？如你写，我一定找出十张照片做插图，但很理想的照片不多，特别是与其他作家的合影（除了艾青）。如果你不写，可去信给江河，让他写评论。他的地址：河北廊坊市康宁街普安里东×××号。

去菲律宾是人家指名邀请，作协批准，一切手续要自己办，有点类似北岛，陪我的翻译也是人家大使馆的。我一定争取至少一次经港和你们见面。

你要多写，对自己施加压力。只有作品能使人站得住。我很欣赏你的才气。

握手！

其矫　十月十日〔1985〕

十二

古剑先生：

有几个问题需先说妥：

1. 文章我可约人写，照片你能弄到？如我寻找，怎样保证不遗失？如需补拍新的，又如何办理？

2. 稿酬怎么交付？

你是老编辑，当然知道这些琐事。我已写信托人，有人来问，我都回答不了！

是不是你能把计划谈得具体些？

热爱所做的工作，是事业成功的保证。我看有条件把《良友》办得使人难忘。图片当然是首要，文字也不可逊色。我认为《良友》中有些篇章很棒。照片附诗段的事如何？

速回信，我好把约稿说定。

握手！

其矫　一月二十四〔日〕〔1986〕

从前香港的《开卷》办得很好，后来停刊了，十分可惜！《良友》应该吸取《开卷》的优点，以增加深度。

十三

古剑兄：

我确是"浪子"，离开福州近一月，现在又来广州给你复信。

相聚本应匆匆，太长了就不值得思念！片言只语，余味才有无穷。咖啡店聚会，很有味道。要从物质方面看生活，我们都无法与人相比。聊以自慰的是精神上尚有一点优越，不拜倒他人脚下。写东西也如此，我行我素，不见得别人都好。

每走一个新地方，对自己都会有新发现。我信服黑塞的劝告：不要寻觅，要发现。

三月份我就能回福州。这一回主要来看花市。

挂历早已收到。

握手！

其矫　二月五日，广州［1986］

十四

古剑仁弟：

高准选我的《丙辰清明》，很有眼光。这首诗发表比较迟（八○年），且又在东北的《春风》，不被人注意，而我对它有所偏爱，因为其中写出我的痛苦。

我写诗有两个"高峰"，一在五十年代，一在七十年代。而我自认为七十年代比五十年代成熟些，也深沉些。高准把我放在七十年代，也没有大错。

高准赠书虽尚未读到，但看过流沙河选评他的诗，知道他的诗风接近"中国气派"。他写中国新诗史，可能别人公允。等书到后当即拜读，那时再给你写信。

我们之间书信少，我寄《醉石》，也没多写几句。主要是我精神不够振作。这两年来，无论政局诗坛，都不让人高兴。前年福建召开我作品讨论会，雷声大，雨点小。真正有分量的论文，没有。去年我在西藏旅游了四十天，也略见虎头蛇尾。八○年以来，过渡时期一片混沌，似乎也使许多作者迷失方向。

生活没有大起大落，激情也就少了！失望的情绪使人萎靡……现在就盼望时代产生权威，围绕着它发现新的未来。这样也许比以前清楚些。

我六月二十五〔日〕到北京，打算住到冬天。

握手！

其矫　七月三日〔1987〕

十五

古剑老弟：

谢谢你的《梦系人间》！

在人生道路上，总时时感到不满足。但也不能过分，过了就妄自菲薄了！我看你书的底封有作者简介，你在《良友画报》之后，正担任《东方日报》副刊编辑。菲律宾有个《东方日报》，难道香港也有《东方日报》？这说明你的事业常青，过去和现在你都大有作为。在不满足之中也有大可欣慰了！

在《醉石》之后，我又编了三本新诗，都在漓江、湖南、百花等出版社。福建要出我的选集四十万字，由刘登翰编选。本月底我又将出游两个半月。每年能写三四十首。

常思念你。祝

快乐！

其矫　三月十五日〔1991〕

十六

古剑：

　　我二月一日离京南下，与老伴在海南岛逗留整一个月，三月十一日回到福州，今天三月十七日展读你二月十七日寄北京转来的信。

　　好多年没联系，也不知你的老地址能不能用，只好寄你兼职的《文廊》周刊了。

　　配合登翰文的短诗顺手抄近作，以少占篇幅为宜。

　　我计划在福建住到八月。你十月份可能来福建，何不顺势到北京，就算我请你，如何？

　　谢谢你寄牛汉剪报，这原是应伊蕾编《天津文学》诗歌栏的要求，配合我的十首诗。诗后来为《新华月报》转载。

　　祝你编务和创作都大有成绩！

　　　　　　　　　　　　其矫　三月十七日［1993］

十七

辜健：

　　因为很久没联系，怕你搬家，昨天回复你的信，直寄《华侨日报》副刊。寄出后才想到《华侨日报》我也不知道地址，没写，怕你收不到，今天再写此信，仍寄希云街旧址。

　　我二月一日离京南下，在海南岛一个月，三月十一日回到福州，三月十六日接北京转来你的信，要我抄短诗，配合登翰的文章。

　　我照办。

计划在福建住到八月。你可能十月来福建一趟，最好也去北京，就算我请你去，如何？

握手！

其矫　三月十八日［1993］

十八

古剑：

今年三月下旬我自京飞昆明，旋赴海南，四月中第二次到西沙，四月下旬回福州。五月又到本省的南日岛、湄洲岛和崇武半岛。

邱景华的文章，不知你有否寄剪报？稿费可寄港币给他：福建省宁德市东湖塘五里亭宁德师范图书馆。

我离休近六年，回京或留闽举棋不定，最后以我是"大跃进"回闽体验生活，省文联将呈文中宣部让中国作协调回。在京置业机关负担不起也！

遵嘱我抄几首让你过目。赴港只有商请可行。也想自费旅游，时间太短！

握手！

其矫　于端午节［1994］

十九

古剑：

你七月七日寄北京的《百合园》（外两首）剪报已于昨日收到。

遵嘱再抄几首让你"慢慢用"。

我夏天将在福州度过。

握手！

其矫　七月二十六日 [1994]

你给我的地址：香港铜锣湾希云街 27A 十楼，怎么没有门牌号，我怀疑，把信改寄《华侨日报》。

二十

古剑：

刊载《暴风雨中万木林》（外一首）的贵报《文廊》剪报收到。

寄去《福州晚报》刊载王光明评论我一首短诗的文章，供你参阅。

我十月二十五日飞来北京，大约要住到春节前夕。

其矫　十二月一日 [1994]

陶然也与你同时寄来他在贵报《书坊》的评《七家诗选》的《风格的诞生》。

我对《华侨日报》的排版和插图很赞赏。

感谢你的热心和辛勤！

致白连春[*]

白连春：

作代会期间我在北京饭店连续三晚摔倒，造成中风瘫痪、半身不遂，出门到医院都坐轮椅，一支铁制的四个脚的拐杖不离身，在家卫生间大小便都需人扶持，不能自理。

最初做CT，发现右后脑有血栓，造成左腿麻木、冰冷，容易摔倒，协和急诊左侧坐骨有摔倒时的裂纹，需卧床长期休养，不能回福建了！

经协和各科诊断和各方医务人员都说我已经是中风、半身不遂，悲哀！想不到大家都说我健康，自己不当心，病发展如此，奈何！

其矫　2006.11.30，北京

来电话要照片，现寄去，希望有空来一趟。

---

* 白连春，《北京文学》诗歌编辑。

致 宁 宇[*]

一

宁宇同志：

估计你将自扬州之行回来，信可能到达在你之前。

你讲课的教材我都看了，喜欢你去年写黄山的诗，特别是《新娘》。你有很大的发展呀！诗应该有个形式，这形式是从前人遗产中变化出来的。

没有形式的诗不存在。不继承前人形式的宝物，诗就显得不怎么光采〔彩〕。希望你继续博览百家诗（不是一二家）。

我斗胆把你三首情诗在词句上提了不少意见，主要想促使你强调感觉：听到、看到、嗅到、尝到、触到。这是实（具体），再在这上面建立虚（情思）。有实无虚也不行，虚是提高，是概括，是典型（在诗中是情）。

艾青香港的选集，不在手头。待我回北京，一定寄给你借阅。我以为你也要读戴望舒、冯至、何其芳等早期的诗，更要

---

* 宁宇，上海诗人。

读西方现代诗人的名作。

准备一个本子，看到好诗就抄，随身带这样的本子，比带某一个人的集子好。

我也很想念你们。"当代诗歌"的顾问会吹了，不然我可能会有机会到杭州看以勤。承德的"端阳诗会"大约也吹了，否则我也有可能在五月底六月初经杭州、上海。怕只得七月底，我才有机会在回京探亲讲课的途中于沪、杭逗留一两天。上海住的问题，其实在谁家搭个布床或铺地而睡，比高级旅馆都好。

顺便抄一诗，就教于你和以勤。

握手！

其矫　［1995］

二

宁宇：

近几年远行总是坐飞机，所以已经好久未经上海了，也非常想念在沪的朋友！

冬天总是在有暖气的北京度过。一开春，也就是三月半停止烧暖气的时候南下。这一回也很想在上海停几天，看看浦东的新建设。

该时能不能在延安西路 200 号的招待所住宿？到那里住下后应给打电话几号？

你何时退下来？也很想和你结伴旅游。一切听你安排。

问候你全家。

握手！

其矫　十二月二十六日

三

宁宇同志：

六月二十九日来信收到。

前天我离开园坂来到福州，参加单位的六中全会文件学习，准备动身和来到这里生活不大安定，迟复你的信，叫你盼望了！

既然你和以勤都有任务，不在上海，我北上途中不停留了。而且天热，也想早日赶到北京。南京陈智、丁芒，也就另信告知，待秋天南返时再去拜访。扬州、滁县之游，等以后有机会再说。

你的《海魂歌》，可能是写海和水兵吧，我倒希望先睹为快。至于作序，还是先征求出版社的意见再定。

握手！

其矫 七月八日〔1998〕

四

宁宇：

回京后发现你〔一九〕九四年就送我诗选，老年疏懒，人送的自买的都很少看。这回你来信提出，我才把《水舞》粗看一遍。郑和的情况很少数据，海政文工团在京演郑和话剧时，祖贻送票，我看也是想象多事实少。郑和是回教徒，东南亚以至西非大都是伊斯兰教，明成祖选用他必有政治目的。东南亚关于他的传说也很多，可惜鸡零狗碎，不知历史真实是什么！你用现实的与历史的混写，是一创造，可惜关联少。为写下部，成功与否也要看资料是否充实。

……

握手！

其矫　　［1998］

底片二附去。

五

宁宇：

十日来信及照片、画片收到，谢谢！

你索要的底片现在附去。

去年我和张烨约今年春天回闽途中与你们同游上海附近的周村昆山等地，现因海南有朋友来电话约春节在晋江晤面，我将于春节初二飞抵福州，上海附近之游再另约。请得便转告张烨等，为荷！

你乔迁之后，也请信告新址。我希望有一天能到你新居住几天。我福州地址：西洪路凤凰池福建省文联，邮编350002。

春节好！

其矫　二月十四日［1999］

六

宁宇同志：

我有一个小朋友郑洁，今年二十七岁。她有一个男朋友，去年调到上海闵行教书，想到上海跟男朋友就近工作。她从事电视专题编辑已六年，现在福建电视台周末版做《绿色大地》编辑，请你帮助介绍合适的工作，如有可能请来电话，我当赴沪面谢。

郑洁为人勤快，如能借住你处一个时期，她能够帮助你烧菜和整理家务。

握手！

蔡其矫　三月四日〔2000〕

请告知你住处电话。

致朱先树

先树先生：

昨天给你寄去在诗年选荐件三，其中许燕影的，再寄《一月的歌》供挑选。实在不行，也算了我心意。

祝

编安！

其矫　四月十一日晚

因规定要正式报刊公开发表的，前天寄的《学会掩饰》是县的刊物，怕不行，今天寄的《一月的歌》，是《厦门日报》登的，比较妥当。

致乔婷婷

乔婷婷：

　　我将参加第七次中国作家协会全国代表大会。我们福建代表团住北京饭店，我要在十一月八日前去报名，欢迎你和你的朋友到时来北京饭店一叙。

　　如果你在家，又有时间，也欢迎你来我家座谈。这条胡同在协和医院门诊部斜对面。属自东向西单行线的胡同，西面为米市大街，东面为朝内南小街。北面为金宝街，南面为外交部街。你来前请给我打电话，我将送你一本《风中玫瑰》。

　　　　　　蔡其矫　2006 年 10 月 30 日，北京

致庄伟杰[*]

伟杰：

我六月三十日离京回闽。七月三日在老家园坂与林健民女儿林秀莲相会，才想起我在给你写序中，把林健民笔误为林汉民。林健民是早年黎明高中学生，今年十月二十九日黎大校庆他将自菲律宾回来参加，所以你要赶紧把笔误更改过来。他是菲岛老诗人兼企业家。

司马文森也？黎明校友，他曾是蔡廷锴的秘书，曾任驻印尼和法国文化参赞，"文革"中死于心脏病。黄永玉［是］湖南凤凰县土族人，少年曾在泉州一代［带］流浪。万维生，邮票设计专家，泉州五中（旧晋中）学生。

握手！

其矫　2004.7.25 福州

---

* 庄伟杰，诗人。

致汤养宗[*]

一

养宗：

本来打算给所有诗人［指霞浦诗人］的妻子拍照，天气不好，时间匆促，只好作罢。

寄去紫罗兰种子，你和妻子一定种好。

播种温度：15—20℃。盘子松土，浇水，种子上薄薄浮土。四五天后出芽，长到 4—5 枚真叶时，第一次移植促其侧根发育，株行距 5＋5cm。长至 8—10 枚真叶时，可第二次移植，或定植于花坛中，株行距 25＋25cm。施肥：播种可不施肥，移植床，定植床，均需施肥，可用麻渣、豆饼，或黄豆发酵后碾碎。

舒婷今早到。按照我的诺言，分给她们三人巧口各六罐。世平送两三斤蜜枣也分。

紫罗兰，草本，两年生。

握手！

其矫 一月四日

---

[*] 汤养宗，诗人。

二

养宗：

紫罗兰长多大了？没有冻死、干死吧？任何花都喜欢松土，喜爱阳光，不干不湿，怕风怕冻。

兰科都宜酸性土，不适碱性土。排水要好，不能浸泡。

我介绍游刃去鲁迅文学院，袁和平叫王凌把海洋笔会剩下的二千元，拨部分寄柘荣县文联作他的学费。我也曾想到你，可你有家口之累；他未成家，去一年半载无妨。将来作家班，有好的，再介绍你去。

有什么新作吗？

你们如能办诗刊，我一定拉钱、拉稿。

想念你们大家。叶玉琳要来这里文学班。

刘伟雄在哪里。很想念到他的西洋岛。

天气还不转暖，奈何！

我在深圳、珠海、海南旅行一个月刚回来，要休息，读写。

握手！

其矫 三月二十三日晚

三

养宗：

给你的紫罗兰种子播入土了没有？清明我回乡扫墓，冬天播在肥土地里紫罗兰都长到一尺以上，并且大都开了花。我原以为它都是紫色花，实际却是也有白的，也有粉色的。那些天下雨，花的芬芳要靠近（鼻在花上）才嗅到。据说因为它原产

地在地中海，那里比我们这里冷，所以它最怕夏天，不能在大

太阳下晒。

《渔荒》有否改寄他刊？

游刃有否给你写信？

什么时候你带你的爱人来福州玩？

世平给我再寄四首，已转寄星星编辑部主任蓝疆。伟雄是

否仍在三沙？他答应要带我们几人到西洋岛，问他何时实现？

握手！

其矫　　四月十八日

据说你们为纪念五·二三，下乡采风去了，收获如何？

致　安　安[*]

一

安安：

　　在案头上，还保留你三封信：1998 年 10 月 1 日；1998 年 12 月 23 日；1998 年 12 月 30 日。23 日一封才说到刘福春荐我为你写序。我想过年后即着手这事。不料二日即卧床，流感，至今未痊愈。最近两天，我勉力把你全部诗集原稿浏览一遍，思绪众多，从何说起？

　　就从你的散文诗说起吧。你的诗，因为简短，毛病看不出来。散文诗一铺开，它的浅陋就暴露了。《登上高山》的两辑散文诗，最好精选到极少分量，尽力避免内容空洞无物，文字尽量考究，分段要有中心，宜前后对照呼应成为一体。

　　再说你的诗……诗既有音乐性，又有绘画性，既能听到，又能看到。歌德说："一切诗都是情景诗"，要有音响，要有色彩（高尔基认为语言要有色彩和音响）。一句普通的话，调动词

　　＊　安安，晋江诗人。

的次序，就成为诗句。这是艾青的经验，又是马雅可夫斯基说的诗句重要在最后，因为它停留时间稍长。这就要讲究句法……句法之外，要有章法……弗罗斯特说："以兴趣开始，以明智结束。"又说："一切诗都是情节诗。"有起伏，有变化。这都是从阅读中细心观察、研究中得来的。读诗最怕粗枝大叶，作者的经验谈应该重视。手法应多种多样，变化和统一都要兼顾。

……你的诗唯一可以存在的理由，是禅宗在诗中的运用。宗教情绪，既是人生观，又是世界观，也是宇宙观。商品社会物欲泛滥，对比的精神却在萎缩，宗教成为一部分人的慰藉。你是到鲁迅文学院之后才对禅宗留心，又曾对净慧和妙莲有缘亲近。这是所有评论你的人都直觉到的优点。所有诗人都应有个性，这就是你的个性。不可能什么都写，要选择自己的道路，要与众不同。这也就是主题，作家一生中只能写一个主题。主题思想贯穿他的一切作品。可惜你的爱情诗中缺乏这一点……不要责备《诗刊》对你不公正，要自我认识自己的不足……

曾阅、奔星、宫玺、曾卓、林兴宅、绿原等我都认识，都有过接触，并且作风也相近，他们为人都很随和，都对青年人爱护，不免对你有鼓励，批评也是很客气的。张玉太新年中来过电话……

你的努力要在实处。譬如练字……努力读世界一流的诗，从中发现一个你崇拜的诗人，让他带你入文学之门。例子：惠特曼带郭沫若入诗歌的门，泰戈尔带冰心入文学的门，凡尔哈伦带艾青入诗歌的门。

中国古代诗人也有所师承，李白师承谢青山，苏东坡师承陶渊明。有师承和没有师承的分别，是阳春白雪和下里巴人的分别，是提高和普及的分别，是高才和平庸的分别。

读书和写作都要有刻苦的精神，并二者互为影响，多读多写，深读苦写，读得多深，写也多深，不经困难，就不能认识任何事物。诗也是经过钻研才能深刻体会……

你的执着是非常宝贵的。但长期没有领悟，却不能不说你浪费了许多时间、许多机会。希望从此纠正学习方法……

握手！

其矫　一九九九年一月九日病中

二

安安：

《愤怒的玫瑰》不是上乘之作，原因在于不纯和拖沓。真正的诗人无我。诗中的自我在题材中而不在表面的文字上。

不过，我还是试着向《诗刊》介绍。

过了春节我即赴福州。

握手！

其矫　二月三日〔1999〕

致许雁影[*]

一

雁影：

《蓝鲸诗报》女性沼泽地那个头像，很像你。这一页是诗报的精华，白萍和雅清是出乎意外的好，你更不用说了。

这一阵我又快乐，煞忧愁。今天在写《岱仙双流瀑布》。岱仙比九仙山有意思。

深沪、崇武、清源山你的照片，该送我几张。多多益善！

十二月二十六日是星期一。命运作弄我，好伤心！

近来时晴时雨，时暖时冷。送了龙年，迎来的是兔年还是蛇年？

日子充实就好，诗慢慢写来。我们的距离是又近，又远！

祝你快乐！

矫　一月四日［1989］

---

*　许雁影，晋江诗人。

无题

一

我青春已逝

心上长着荆棘

你却正年轻

嘴唇含着花枝

不平静的秋水啊

在阳春光耀里颤〔战〕栗

二

谁也没有你的步态可爱

谁也不能像你笑容那样天真

家乡话在你说出时最好听

看我是一片纯洁的眼睛

当我热爱美的时候

你是我年轻的神

一九八八年七月九日

二

影：

酝酿了一年多的作家评职称的办法，最近才下达，这里的作协决定七月十一日举行第一次会议，并计划在七月内全部评完，一步都不能离开。官桥的集会要不是时间冲突，我会赶去做个局外人参与。本来，作协还有个文学夏令营，打算在七月半于周宁举行，并已托空林子代订地方半个月，也因为这评职称的事要挪到八月份了。

我不但喜欢读你的信，也喜欢读你的诗。你的两首诗我拿给黄锦萍看了，希望她给你写信谈谈她的观感。我同她一样最喜欢你的《等待的心情》，因为它真情流露，文字活泼。为此我也和了一首，现在抄给你看看。

这次你寄来《给蛮子》，我又同样喜欢你的散文了！有机……（以下遗失）

等待的心情

说我等待的心情
思念春天的雨点
重来如歌的夏日
已成匆忙的轻烟

说我等待的心情
有如花的落瓣
碎在深潭

说我等待的心情
只有你的笑痕
荡漾在悔失的心间

三

雁影：

《文化报》上的那两章，好清灵！"窗或许不为谁而开，灯或许不为谁而亮"；"那首持在唇边的歌，早被黄昏的斜雨抽变了调，正随落叶一路流浪远去"。两章都很可爱。你有一种掌握语言的天赋。《琴声止了》也恰到好处。要删掉一两句，也很困难。你必须多写，多发表；不写不发表太可惜！

黄锦萍地址：福州××越剧团。你再来榕，我带你到她那里玩。

官桥集会收获如何？

评职称其实简单，今上午座谈两小时。下星期一再集会不记名投票，就完了。其余的让中级、高级评委会去评定，没我的事了。

二十日以后，有个松溪一中教员，要来榕带我到松溪避暑几天。八月，也许能和文学夏令营去周宁住半月（时间未定）。在这里我整天都离不开电风扇，一天淋冷水浴四五次。也许出门，不如在这里方便，但多接触一些人也是好的。

海南之行，我还未好好告诉你一切详情。到松溪、周宁，也许会有可谈写的。

只要你把新作不断寄给我，那就是我最快乐的享受。对语言的敏感，我不如你！

你如给我寄信寄诗到省文联。我出去都是几天就回，一回就读你的，那多好！

前几天，写了一首《二十八曲》，抄给你看看。

祝你笔下多流一些诗出来！

矫　七月十一日 ［1989］

二十八曲

这仿佛是一个信号

你在正午到来

温柔的心不让广袤虚空

焚毁的山重建新寺

维护所有的闪光

美的萌芽不能憔悴

风景在改变，没错

人在创造另一个自然

石砌的山道蜿蜒

众树还未开始歌唱

一阵柔风吻你的胸脯

沉静的河和你对谈

眼前沙溪转折为半轮明月

青翠七峰默默无言

在天籁的弦声中

你神情豁达

心智高远

一片秀色有水绕山环

夕照下细浪翻红

等你等到月上中天

十里平流映着无声灯火

有云在半空徘徊

宋时的李纲也许归来

正在临流兴叹

六月三十日

四

雁影：

来到第一个旅游点，就想给你写信。我来得太早，据说半个月以来杭州全是阴雨天。桃花大都未开，樱花含苞等待阳光，柳丝却已金黄。我撑着黑伞，独步在五里长的苏堤，有些孤单寂寞。住的地方非常理想，头两个晚上都在写作。

五月以前，希望你听音乐，看图画，读好诗。遇到什么好书，我会给你寄去。也希望你找蛮子，一起散步谈心。我以为，不可以无精神生活，不可以不保持心的湿润。有空时也随便写点什么，让感受有个宣泄口。

我四月一日到苏州，四月十五日到武汉。如有信可寄武汉第五医院曾静芳转。

握手！

矫 三月二十九日 〔1990〕

读你的眼睛

有一个浩渺宇宙

友爱的月亮

日鸽筑巢的地方

酒色的晨光

孕育长长的艳阳天

从黑玉和琥珀中

迸发冲天的喷泉

涌现银黑的浪花

飞舞光沫四溅的瀑布

不尽的源流

灌溉整个的未来

把爱情的长明灯点燃

青春的旗帜

在生命的高桅上喧响

受故乡抚爱的风吹拂

发烫的脸

从乱发飞舞下闪亮

具有天使的音色

笑声弥漫整个天空

漫过我的心温柔娴静

成为生活真正信号

落叶归来在春天的弦上

阵阵浪涛欢呼而来

未成熟的诗句梦里飞翔

真想把你拥抱入怀

潜入友谊的深海洗过

焕发为早晨的太阳

沙丘的风纹

绘出多少纯洁的梦想

渗透沙面水光如镜

看你在镜面欢叫追逐

灵魂成一幅光明的风景

有多少秘密

在如烟的远方

一九八八年二月十九日，园坂村

五

雁影：

北部湾诗会已结束，五天中充满欢乐和友爱，深深为你未能参加惋惜。因为我事先就和联系人说你要来，他们都问你为什么不来，来了多好！

昨天二十日我来到海南岛海口市，这是你曾经住过三年的城市，省文联主席朱逸辉亲自招待兴隆农场的咖啡，今天一早又来看望。我就更加想念你，要是你来，一定可以在这里找个最理想的工作。

六月七日、八日是冯白驹的塑像揭幕典礼，我将在参加之后的九日离开海南。在这以前，我要去住三亚大东海招待所或鹿回头宾馆，写些诗。

在海南岛想念你倍加痛苦，每一景物大约你都注视过，要是有你在身边，我一定非常快乐。

我计划六月十五日回到福州。六月十八日端午节诗歌朗诵会虽然只有一个下午，你也要曾阅带你去参加，我们又将会面。

祝你快乐！

其矫　五月二十一日

六

雁影：

二月二十七〔日〕到厦门住四天，三月一日与舒婷、唐敏到漳州，游了南靖的热带雨林、华安的仙字谭、漳浦的赵家城〔堡〕。因连日阴雨，她们带的衣服不够，三月五日又回厦门。我七日独自一人到龙岩，游连城的冠豸山，十二日返福州。

在园坂和紫帽山拍的彩照已洗出，给你寄二十五张（你留一份，其余给他们分发），又一张礁石上的舒婷是当专为你拍的。

我多么希望你有空来福州，温泉公园的游泳池已开放。星期六下午来，在火车站、五四路、东街口乘五路公共汽车或农学院专线，在凤凰池下车，向北看有棵大榕树，树后两座高楼，前面是省文联办公楼，后面一座是宿舍，中间楼梯第二层右手是我的单元，有客房。这几天阳光灿烂，女孩子都穿裙子了，我也只需穿一件衬衣。再下去，就是晚春初夏了。正是游泳的好季节：不冷不热，太阳不会把人晒得太黑。这里我有两辆自行车，也可以去郊游。距这里不远有西河游泳场（夏天开放），过洪山桥便是南台岛，那里有水中的金山寺，坐小艇过乌龙江（闽江支流）到大沙滩，任你打滚、奔跑、欢跳。附近还有个百花场，周围都是花农，景色有如古画。过个美美的星期天，星期一早上回去。也可带个女伴，白萍一定肯来。我这里也可以约些编辑和演员。从前我曾与师大艺术系的学生在沙滩上燃篝火，朗诵诗。

端午节福州外贸中心将举行海峡两岸的诗朗诵，到时我会约你们来的。

给我写封生动的信！

其矫　三月十四日

七

燕影：

三月二十九〔日〕来信收到。

曾阅写的究竟是年表，只是提供资料，但也相当细致。照片不可能多用，叙述着重作品和部分生活。

福建还有评论家王炳根，正在写一本我的传记，偏重女子和诗。将来出版，一定寄你一本。曾阅也是我写出你的地址推〔催〕促他寄的。

还有福州一家文化公司，出资数万元，出版我七本诗，分为大地、海洋、生态、乡土、人生、情诗、译诗、论诗，组成回廊。大约秋天发行，我也会送你一套。

我希望你读书外也能写点什么。"沉重"应有所表现。我清明节在园坂住了五天。

握手！

其矫　四月九日

八

燕影：

八月二日来信收到。

十月书出来，你就向外寄一些诗界名人，名单我另开。我会组织、推［催］促他们写评论。

更重要的，是要痛下决心，重新拾起诗的笔，写出更多更好的作品。注意布局和结构，每首在二十行以内，以短为胜。一年后要出第二本。可以写回忆，把以前的感情经验重新组织起来。我会把你的新作介绍出去。这样你的生活就充实起来。

备一些小本，每天写几行，把语言仓库积垒起来：从书上看到好的语言，随时想到的，都记下来。这是写诗最理想的准备。

快乐起来，以诗为生命。

一定要写，写就是一切！

其矫　八月九日

九

燕影：

前天我收到白萍诗集《我是你的天使》，给她复信中告诉她你的新址，叫她也送你一本。我希望你早日把过去的作品收集起来，多多益善，不可过于求精，以见全貌。编好给我寄来，让我去交涉出版。

有近照吗？送我一张。

吴其萃将在十二月初于泉州展览黑白女像二十四寸的近作。

最近读贾平凹的《废都》觉得别开生面。诺贝尔文学奖的蒙特莱《生活之恶》也很好。你想要吗？来信告我立即寄去。

又读又写，生活就会丰富起来。

想念你！送你一本自己精选的诗集，封面可随时用湿布擦去污迹。

其矫　十月十四日

十

影：

等候两个月，终于得到你的信，而且非常详尽！感情上有转机，让我安心。

选择海口很对，新婚不能分居两地，如果冬天我不回去，欢迎你们来北京时找我，一定配合你们去踏雪。

唯一遗憾的，是信中未提及诗。我想你不会停笔。

未践园坂之约，也许是对的。那里，庆丰等人不作任何通知就不来泉州，改赴永安。只有一虹、献宗干着急。百无聊奈［赖］中和我在暮色已会时赶回园坂，家人因等得太久，未作任何准备，不得不由我们亲自动手做晚饭，弄得非常尴尬，要是你去了，更增加我的负疚。

我回想那些日子，只有我们冒雨去洛阳最为生动。玩伴不能太多，两人最好，三人就多了，四五人以上就不堪设想！那些日子一去不返。我有许多失措，也就无法补救。

来京已近两月。最热天气也比福州凉快。电扇只用一个月。入秋以来常有小雨。风光虽好，但人事全非。除了拜会几个好友外，我全无游兴。只有最近第二届中国艺术节，有人赠票，才开始要去看歌舞。今天上午看了第七届全国美展，晚上要看天桥剧场的歌舞晚会。约写两篇文章，都是开了头就写不下去。倒是看了几本好书。

中秋晚上，团云拥簇，圆月时隐时现。莫非这也有什么预兆？十二年的热闹也许就此结束，但人心却叫我振奋。

但愿元旦早些来到。我相信新婚之后，你的身体会好起来。海南岛的冬天又最明媚可爱。你千万要继续写诗，有你这样对语言韵律的敏感，不写太可惜！我相信你会在婚后进入专心写作的环境，比石狮、青阳的仿作品更上一层楼。

我非常感谢你的信任。读你的信总使我得到鼓舞。

鲁迅文学院请我讲课。大约十月我会去讲《诗的细节》。

北岛的妻子邵飞，请我明晚去会一个有特异功能的朋友。

握手！

乔　九月十六日

十一

飘忽的云：

我似乎看见那三月雨中的雁影。三月即将再来，那个叫雁影的女孩子，出落得更标致。只是字还没有写好，词也不准确。

（一九）八二年冬天，我和曾阅清早自深沪出发，沿海滩步行，只见沙上宿鸟，海上孤帆。中午过衙口，黄昏抵永宁。那软沙上的跋涉，是进三步，退两步。今生是再没有勇气走这条路！你却能骑自行车向深海驶去，佩服，佩服。

我二月十日到泉州。也许能在十二日骑自行车到青阳，再去石狮会你。你能同我去龙湖看白萍吗？然后我们面商，何日到园坂畅游。（春节上紫帽山，我一定请你们吃春饼。）

新光你的诗和白萍的诗我都看。但我更想听你的笑声和白萍的吉他。诗吗？还得下苦功。

握手！

其矫　二月一日夜

十二

影：

……

我刚从武夷山看桃花归来，看到你三月十九〔日〕的信，感到莫大的幸福！

慕蓉的《泪·月华》，全抄给我行吗？

真羡慕你能就近去听白萍弹吉他《除了你》，在烛光下。我也希望有一天看到你失神地在听白萍的弹奏，也在烛光下。读你来信在电灯下，因为阴雨天黑得很，与烛光无异。

阳历五月中旬，三明将在金达莱咖啡厅举行超级的文艺沙龙，已募得二千元作经费。我将写信给三明报社的李晋田，让他发信邀你参加，我也去，有好节目。阳历六月十八日，即阴历五月五日端午节，以福建话剧团团长李又子为首的朗诵协会、福建作家协会、外办、对台办等四个团体，将在福州的外贸中心大楼举行海峡两岸诗歌朗诵会，到时我会发函请你和白萍参加。

晋江能组织诗社、办诗报，恰合需要，你应该一显身手。

寄来两首诗，后一首更好。前一首应该分段。席慕蓉的经验可以借鉴：化掉传统在新诗中，主要指精神，但结构也要留意。对比，节奏，起伏，旋律，剪裁，都要讲究。

　　去武夷山前曾给你一信寄青阳商品楼，想推荐你一首诗给诗刊社编1987诗歌年选，必须是发表过的，《学会掩饰》如何？有否比这更好的吗？未发表的这次寄来两首，当给《福建文学》。那信中我还谈到四月二日回园坂，约你四月三日星期天到泉州市文联门口会齐去游清源山。现在看来，去不成了！随信附去一多余印函，你看了就会明白。要我自选三十首诗，自忖必须不弱于其他六人，二千字的小传也得有个性，有思想，得用心写。此外，计划中的《冠豸山》《雨林》《仙字》等诗，也得全力发赴。我每天都得工作到深夜十二点过。与其四月去与你会面，不如把以上工作完成，五月、六月再与你们痛快玩吧！所以今晚给你发了电报。祝你快乐！

乔　三月二十九〔日〕

十三

燕影：

　　来信都未提及寄石狮的电报和信的事。

　　左等右等你的信就是不来，而诗刊社的限期即到。这里在开民间文学研究会故事集成各县代表会议，我还以为曾阅会带你的剪报来，会已开了两天，不见曾阅。昨天星期日，我终于把你的《学会掩饰》寄出。今天下午连收你两信（书还未到）。《一月的歌》在意义上不如上述的吸引人，我还是决定把它寄给诗选挑诗负责人朱先树。

　　诗选规定，要在正式报刊公开发表的。我的推荐只供挑选，无名作者机会甚微，但我希望以此鞭策你多写多发表，不可放松自己。石狮的环境暂时不靖，倒不如多读多写，安心的办法是竖个目标，每天写两首，早上起床写一首，晚上临睡写一首。

一面读诗，一面写诗。避实就虚，描绘人生众态，描绘自然心象。每星期发一批，发时登记，以免遗忘。

给你挂号寄三本书。《金蔷薇》是借你看，这是我最心爱的书，它从1958年起就占领我的灵魂。我三番几次买过不只十几本，推荐、送人、被偷，现只剩这一本。还有两本书是送给你。你去九鲤湖后，一定要写诗，写得有份〔分〕量些，不只记印象，《九鲤湖》一书可供参阅。《中外哲理诗精选》内容扎实，选得精；你的诗太随意，看这本诗可以克服你的缺点。学习为了实践，实践中学习，收效更大。

花城出版社寄了一千本《醉石》给我作稿酬。已运到福州，三天来卖掉二百本，全卖完可得一千元左右。到海南岛的费用足够，只是你能请长假吗？有你做伴我不会寂寞，那里有你许多朋友，可以玩得痛快。请假的设想，你不妨试探一下。到海南岛如果遇到机会，也可以谋个职位。

冲浪诗报让我写几句，通信寄去。

及时回信，不要让我久等。

握手！

其矫　四月十一〔日〕晚

十四

燕影：

不要难过和内疚！一切都有定数，上天的分配只能顺从。我深知爱的不同类型，也就乐于享受或深或淡的友谊复〔覆〕盖。

灵均的随笔曾剪来过目，我回赠他《七家诗选》。艾子即小霞，最近也来信和诗。

在海口出书可让新华书店发行，这是最大好处。许多地方要自销，那是莫大的负担。多两个少两个关系不大，书还是早日出来为好。

我与人秋只一面之交，他为人似乎有点拘束，不如曾阅那样坦畅。序言最好由你寄他，免得使他感到有压力。

白萍亲切如故，送我外来糖果和红茶，也送舒婷香水（大瓶）。可惜见面机会不多，只有两次，且极短促。她的家也迁到外围，未能探访。

我原想让两个孙子暑假来园坂住几天，最近得知都来不了，但我住福州至少到秋后，说……（以下缺失）

致阮温陵[*]

一

阮温陵教授：

　　一九九一年，联合国教科文组织用一艘考察船，从威尼斯启航，到日本长崎止航，沿着古代海上丝绸之路，在泉州停留几天。当时曾于华侨大学集合一些学者专家开讨论会，会上的报告后来汇集出版，贵校一定有这本书，说不定你书柜也有这本书。

　　我想写一篇关于海上丝绸之路的诗，非常需得到这本书参改，请你一定帮我这个忙，找到后给我来个电话，我或者国庆节假日期间回泉州时前往拜访，或者请你邮寄来省文联我收，为荷。

　　握手！

蔡其矫　二〇〇一年九月十九日

---

　　[*]　阮温陵，华侨大学教授。

二

温陵：

　　兹接邀请函，要我二十九日到晋江青阳爱乐假日酒店报到，参加海峡诗会，于十月一日下午散会，我即到园坂老家过中秋节。

　　我计划在那里住些日子，试试看我能不能适应乡居生活。

　　自从堂弟媳逝世，堂弟蔡其雀无心居住老屋，一日三餐都在镇政府食堂吃饭，晚上到他三女在村口公路边买的单元住，那里装修极好。园坂老家除假日外几无人居住。我觉得老年应对家乡略有建树，除在村北水库旁营造花园外，也想把老屋改造，将来献村办幼儿园。

　　欢迎你和我在泉州会面。

　　握手！

其矫　二○○一年十月二十日

致 苏 展[*]

一

苏展：

出去讲学旅行三星期，回来读了你四月六日来信，诗十六首和发表在《广西文学》的诗四首。很喜欢你的诗：诚恳、晴朗、朴素。可惜这些诗都没标明写作日期，不知道你是否有进展，还是一直在受发表的欲望之害。如果未能摆脱名利的束缚，任何诗人都不可能成熟。

你既有的这些诗，可归纳为两弊：

一是文学应是形象大于思想，你却适得其反，思想多于形象；

二是诗不宜太隐，更不宜太露，你的诗却一览无余，难以回味。

诗是情感的产物，而情感总是从具象出发，单用理智是帮不了忙的。你的诗太缺少细节，生活的气息也就稀薄了。写诗就像和爱人谈心一样，绝不可能说尽，也绝不可以直陈。你的表现方法也太单调，看一两首还好，多了就如嚼蜡了。

---

* 苏展，诗人。

看了你的《唱给上帝常听的情歌》，不禁对你产生同情。去年秋天，我到新疆，认识一个女大学生，已发表了许多诗篇，为人热忱可爱，刚毕业，分配在安徽。不知你年龄多大，长相如何？如果我从中作筏［伐］，你不反对吧？

我现居家乡，六月底回北京，来信可寄：福建晋江县紫帽山园坂村。不必经由福州转，可快些到达。

顺便向你的文学朋友们致意。

握手！

其矫　四月三十日［1980］

二

苏展同志：

三月十四日来信及诗七首收到。

你的诗如果有什么不足，那就是激情。温柔敦厚的诗是可以存在的，但要看什么时代。平和细腻的感情，在当前也难唤起回应。宁可文字不通顺，音韵不和协［谐］，但一定要有一颗强烈的心在诗中跳动。

这个时代应当有愤怒，有痛苦，有追求。写大家最关心的现实和思想，写一些最主要的事物，在这之后，才接触到童心、人情、爱和希望。

你使用文字的水平是可以的。但用韵太密太平是大忌。长些应变韵、换韵、疏韵和遥韵，以免单调。

握手！

其矫　三月二十三［日］

致 杜 强

杜强同志：

稿费 2095.20［元］已收到，谢谢！

蔡其矫　八月二十四日

致李小雨*

一

小雨：

上海译文社出的《雪国》我找到了，侍衍的译笔比台湾的强，我再看一遍，仍有感触。这里消息不灵通，希望你常写信提醒我。

文学讲习所迁到劲松八区小学，你准备去旁听吗？不知成员如何，有几个强的同学也是很重要的。福建省的袁和平，文笔也还可以。可惜文讲所的工作人员，质量不高，古鉴兹算是比较好的，他在写长篇。

香港的诗风社出版的《世界现代诗粹》，有你父亲一组诗，你应找来看看，其中希腊的艾利提斯《夜曲七章》，你能理解吗？

人民文学出版社的绿原在编《外国诗》季刊，不知出了没有，你看到什么新的苏联诗集吗？

握手！

其矫 三月七日

---

* 李小雨，诗人，《诗刊》副主编。

常荣近况如何？

二

小雨：

十六元和《时代的报告》均已收入。

一九三八年我就认识黄钢，他是我在鲁艺文学系的同学。这来自国民党地区的记者，写了一篇《开麦拉前的汪精卫》的报告文学，很在文学系里百出风头；想不到这篇文章就已决定了以后几十年他的道路：电影和报告文学。

……

诗歌评奖过于晚了，如果是去年，可能会公平些。今年的时机太不好，不得不广泛照顾而使群众不满。你们做编辑的，也实在难！但是一定不要写那种使将来自己后悔的应时文章。到不得不写的时候也要化名，并埋下伏线，两面兼顾，用辩证的方法来保护自己。

不知常荣近来写了好诗了吗？

你也只有力争时常下到底层生活中去，才会继续产生你在任邱油田写的那种富有生活气息的诗。

我生活在家乡，颇为闭塞，却也换得一时的清静。

听说北京气候已经三十几度了，这里却风调雨顺，一直在二十度左右。

八月我就能见到你们了。

握手！

其矫　六月九日

三

小雨：

来信收到。

希望你积极生活，在年轻的时候吸收更多的欢愉，甚至也要影响你父亲，让他的诗歌增加一点暖色。

遇到常荣，请告诉她我的通讯处，我将在这里一直到春节过后，叫她给我写信，让我知道她的地址，好把她要的一张彩色底片拿给她。我经过汉阳时，在一个亲戚处，见到照片中有她写的歌词《鸟翅》，我很喜欢，不知曾发表在哪里？

最近你有创新作？但愿你更多地接近年轻人，在生活上，也在诗歌中。

握手！

其矫　十一月二十八日

致李迎春[*]

一

李迎春同志：

清明节我回晋江老家扫墓，今天回榕，接读你三月三十日来信。

我很乐意担任《紫金文学》顾问，并且明春打算到梅花山中国虎园再次详看，或贵县记忆文学沙龙集会时前往参与。

上杭的自然和史迹都很强吸引我的思绪，也替你们能在上杭工作、办刊感到高兴！

问大家好！

蔡其矫　　［20］04.4.5，福州

---

[*] 李迎春，龙岩作家。

二

迎春同志：

今天二月二十八日，收读你二月十四日寄往省文联转来的信。

我乐意为你《生命的高度》写序，但不知时间有没有限定？我每年都是十一月回京住四个月又半，三月中、下旬离京，清明节回乡扫墓。现在留京时间尚有半个月，能不能把诗稿看完并写下序言？

所以请你接信，即刻给我来电话：……告诉我可以在什么时间之前寄序言？

问好！

蔡其矫　2006.2.28，北京

致邱景华*

一

景华：

也听过霞浦诗友们谈起你，说你想评论我的诗。

评论家应该同作家一样，要有充分的自信，才可以勇敢地下断语。你的文章我读了两遍，有新见，是我所未料到的。孙绍振虽同住一城，很少见面，主张不尽一致，我以为无须征求他的意见，还是你自己拿定主义［意］好。

文章不在长，而在于恰当、有力、能服人。长了占篇幅，刊登不易。重复的话可去掉，以精为尚。

写好文章不妨影印或打印几份，寄两份给我转寄香港和《诗刊》唐晓渡（《诗刊》不用转《文学研究》）。

今早到邮局寄你一印刷包裹：两本拙作送你参照（因匆忙未署名）。《厦门文学》刘登翰的文章不知你看过否？《福建文学》我的讨论会材料只此一本，内夹牛汉谈飘逸，这些用过后

---

* 邱景华，福建诗评家。

要还我，不久我返京，再来福州时还吧。

香港的评论大都只有一得之见（因不登长文），很少有份［分］量的。璧华一篇《冠盖满京华，斯人独憔悴》，是为我的讨论会鸣不平的，比较全面，收在他的《中国新写实主义文艺论稿二集》中，这本书厚些，邮局说香港的书不能当印刷品寄，被捡［拣］出来。我想不寄也行，对你这篇文章帮助不大。我不大喜欢拿外面的文章张扬自己。有便来榕什么书由你拿。

握手！

其矫　八月十六日［1993］

二

景华：

《我的童年》是应郑州，93［1993 年］国际童话节之约，为出版一百名国际文人童年记述文章，限定五百字以内，可到后来又说经济不足而取消，其实是几个年轻人为骗取厂家赞助而虚设的圈套，所以我才把它给《散文天地》，而造成五百字实在不足以把童年写得充分。

深圳作协副秘书长拉了香港一个赞助人，出版由我自己精选的抒情诗，封面可随时用湿布擦去污迹。送一本供你参考。

握手！

其矫　十月二十一日［1993］

三

景华：

六月十六日我又出去旅行半月，回来拆读你六月十五〔日〕来信和北京转来五月二十四〔日〕的信。

我经常在旅途中，不能保存资料。

《文廊》刊登你的文章分两次，末段不多，虽寄给我了，我又寄给别人看，待收回时给你寄去。

晋江市文化馆曾阅，编了我的年表，分上、中、下，上已在泉州《文史资料》刊登。还有一部分大约是中吧，刊在该市出版的《新光》上。

《迎风》在四川文艺出版社出版。

香港《蔡其矫诗选》1979年由陶然编出。

《司空图〈诗品〉今译》1979年河北人民出版社出版。

译惠特曼的诗为教学，少数几首在邹荻帆编的《迷娘歌》又名《万顷碧波一点月》发表。

译聂鲁达三首长诗（1962年）是为自学。译埃利蒂斯一首好懂的《英雄挽歌》在八十年代。

苏联只有叶甫图辛科才比较新颖。

其余的欢迎来坐〔座〕谈。

其矫六月三十日〔1994〕

四

景华：

我的出国护照迟至九月二日才从北京印尼使馆发出，我九月六日收到，十日飞来北京，匆匆拆读你 8.28 的信和文《苦难时代的欢乐美学——蔡其矫与巴乌斯托夫斯基》。首先觉得这论点与当前气候不适宜，怕没有刊物敢用。其次觉得有些情节尚可商榷。因为要去远方探亲，来不及给你写信。

十一月十七日我回到北京，收读你十月八日来信及文《波浪的诗魂》，可能因字数的限制，有些论点未能展开，特别是引的诗句太少，一般读者会不明白。但该怎样增补，我也不知道。想请谁来参议，再给你去信详谈。

同时，我又慢慢形成一点观点：你的文章，很适宜为一本书作基础。单独发表，现时影响不大，如果能成书，可以等待将来。祝愿你继续写下去，越写越精彩。出书比刊物发表容易，只要能寻求一个赞助者给钱。这一点，晋江的曾阅能做到。

我过两天即飞福州，十一月二十七日到晋江报到，参加该市成立三周年纪念大会。想把你的文章让曾阅看看，能否在他那里先发表？也同时征求他的看法，作为你增补的参考。

希望你永不灰心地坚持下去，最后会结成硕果的。

祝好！

其矫　十一月二十三日 ［1995］

五

景华：

把目标放在一本书上，为长远计划，也为当前的困境所必需。你的论文放在《诗探索》最合适。该刊前年有四川一青年企业家乐捐二十万元，可去年一年只到款十分之一的二万，使该刊几乎难以支撑下去。

几年前，刘登翰说要编一本五六十万字的包括诗、散文、翻译和理论的我的选集，至今如泥牛入海。

今年，人民文学出版社要印一本四百页的我的诗选。附有小传、年表和评论索引。恐怕也要到明年才能见书，到时一定寄给你一本。

我计划三月半回榕。

随信寄一本有我诗作的摄影集。

祝新年好！

其矫　一月十日，一九九六年

你的许多论点都对我认识自己大有启发。

六

邱景华：

好几年前，我编了三本诗集，分给漓江、湖南、百花三家出版社，除漓江从中抽出部分有关爱情、友情的诗编成一本我最不满意的《倾诉》出版外，其余两本因刘登翰要编我一本选集要了回来让他挑选，就再也未寄湖南与百花。这次人民文学出版社要出我一本诗选，我从中选出不少比较精练的短诗，就觉得再也无分集出版的必要。现在把这两本诗稿寄给你，因为你大都未见过，或者对你的研究有所帮助。我三月二十四［日］飞福州，六月中下旬才回京，希望多联系。

握手！

蔡其矫　三月二十二日［1996］

七

景华：

以帕斯为主研究超现实主义很重要，可惜两个译本都不理想：漓江那本简直胡来，哈尔滨那本比较好些。埃利蒂斯译者李野光，长俄文，短英文。大约只有直接从希腊文译过来可信。当代所有翻译诗歌的人都不是诗人，或学问欠缺，使学习外国诗的人都难见真貌。

十余年来中国诗坛的纷乱，译诗水平不足是原因之一。

你来信中所说的你喜欢的一些诗我没有选上，希望能告诉我是哪些篇，让我有机会在别的选本补救。

这一本我把短作为重点，思想发展略为兼顾，并在追求格律的可能性。

握手，并祝新年快乐！

其矫 22/2.97

八

景华：

今天收到你挂号寄来的《化痛苦为欢乐》，当下即快读一遍。

《诗探索》去年或前年第二期，有公木写我的一篇论文《干雷酸雨走飞虹》，你可能的话应该找来看看。

有人说，西方艺术的核心是性文化，东方艺术的核心是食文化。东方诗歌绘画中宴会之多惊人，而封建贵族宫院的歌舞也是从宴会中引申出来的。

你的文章要发表，得注意眼前的气候，文字分寸尤其要斟酌。

我大后天（三月九日）飞福州，将待到七八月。希望有机会面谈。

祝贺你的新成就！握手。

其矫　6/3.1997

九

景华：

登你文章的《香港作家》，一出来就给我寄好几份，我给牛汉、郑敏都各寄一份，他们电话告我说，你的文章有新见解，郑敏并且要我寄有《在西藏》等你文章所提的诗的诗集。

比你的信早两天收到挂号寄来的《批评的激情》，我当下即用整一天时间粗略地从头到尾读一遍。帕斯的文章和谈话与他的诗一样，简略因而不好立即领受。他提倡纯粹诗歌与社会诗歌并进的看法，我立即在给《人民文学》写的《诗的双轨》一文中应用了。

对于你所计划要写的下一新篇，要注意不要重复你上篇的词句：整合。

杜甫"多师是我师"，更合实际。

握手！

其矫　九月五日［1998］

《批评的激情》有印章说明是公家的书，现另邮寄回。

十

景华：

今天收到你的挂号信，当下就把你的长文和短文细读，感慨良多！

你的说理十分透剔。虽然行文尚欠文采。希望你有空读谢冕的评论，他的见解未必突出，但文采照人。

你短文胜长文，虽然长文更重要。长文的条理最难分明。评论的结构似亦应予重视。

其矫　四月二十八日［1999］

十一

邱景华：

《独行侠……》应作两处改动：

1. 从机场到市内民航售票处有大巴，市内公共汽车只有四辆，每三小时一次班车，又无别的交通工具，所以我要自己扛行李走到西藏文联。

2. 住军区招待处休息一天，不觉高原反应，次日马丽华才带我游八角街，中午在西藏日报社用饭，晚上才到俱乐部参加舞会，跳快三直到十一点。

《在西藏》的诗眼在最后一句："我永远不是单身。"我写此诗，不仅写景，写情，也牵涉到人生和哲理，所以牛汉才说是大诗。

握手！

其矫　2000.6.12

十二

景华：

六月八日来信夹了发表在《宁德报》的《小泽征尔指挥》和寄往《诗刊》的《〈独行侠〉的行旅》，因为你信中说不必打印稿寄回，又是已寄往《诗刊》，我也一时大意，不记得是否把文中比较重要的误处指出，今早偶然翻阅，觉得需要在将来有机会时更正。

拉萨市距机场很远，所以一下机就有班车载客到拉萨售票处，行程约两小时，所以你在打印稿第一页最后两行，应改"进入城中后没有交通工具"，删去"到拉萨机场后，左等右等不见公共汽车来"和"从机场一直"。

第二页倒数第三行少了一个"当"字。

第四页十一行"前藏"为"藏南"之误。

你要保留所有写我的文稿，将来可出集。

敬礼！

其矫　八月十八日［2000］

《开在诗中的刺桐花》稿渴望早读。

十三

景华：

《……与新诗传统》有些地方与你商榷：

3页1行"法国诗"应为"法语诗"，因凡尔哈伦比利时人，用法语写作；

6页15行影响所"极"为"及"之误；

9 页 8 行神农架问"题"为"答"之误；

《……屋脊的大诗》最后一段应强调"我永远不是单身"是诗人的定义：我非我，物非物，最近我译《太阳石》昨天寄给你，其中："几时我们的生命真的是我们的，几时我们永远是我们……生命是从不真正属于我们，它常常是别人的，生命不是一个人的……在别人中寻找我自身"等等。

希望《太阳石》多读几遍。

其矫　九月十三日［2000］

十四

景华：

一月八日来信收到。

陶然当了《香港文学》总编，每期都寄北京给我。该刊地址与《中国旅游》同一处：香港鲗鱼涌华兰路 20 号华兰中心 24 号香港文学编辑部。《诗》双月刊因香港艺术发展局不再拨款赞助，今年将再度休刊。

北京《诗探索》经济非常困难，出版也好像不大正常，发行量也很少。刘福春在社科院文研所当代组上班，和我常联系。主编是吴思敬，是首都师大教授，比较接近现代派。

不知道你是在何处得知我参加运河诗旅的消息。主持这次活动的是杭州诗人董培伦，有个企业家出车出钱，只走到微山湖为止，因为山东境内运河已淤塞。我回京后写了《运河行》五首给《诗刊》了。

汤养宗给我来过电话，好像霞浦的诗歌朗诵开展得不错。

握手！

其矫　一月十五日［2001］

十五

景华：

二月四日来信收到。

运河之旅是杭州董培伦组织的，到处去宣传，什么著名作家运河行，其实写诗的只有四人，不过有个企业家出钱出车，倒也顺利，但只走了四天：苏州、扬州、淮北、宿迁，大部分都走掉，剩我和董培伦到了山东，运河在此中断。我改去看风筝之都潍坊市，十分冷落。

陶然除了《香港作家》外，又接编《香港文学》，十分气派。

赵振江翻译的《太阳石》花城版，我没见过，非常想对照参考修改我的译文，你能把它寄给我看看吗？看过我即寄还。

《太阳石》的写作技巧，十分有看头，将来见面，不妨对谈，一定很有趣。其中写爱情的词句，极其朦胧又美丽。北京的几个朋友，如唐晓渡、王家新等，都称赞我的译文。不过我觉得还有改进的地方，特别是序诗法文，我定要重新翻译得明白些。

握手！

其矫　13/2.2001

十六

景华：

二月二十二〔日〕来信收到。

《太阳石》前两天已读头段和二、三段，并已参考作局部小改。以前我只见董继平译本，可能他赶时间（出集），匆忙中粗糙，有不求甚解之处。赵振江也是专译南美洲文学，又是出选本，时间也稍后，比较细心，可靠。但要说翻译除信达雅之外，也要求既保有原味又照顾民族习惯的差异。董添油添醋，赵也一行成多行，不免松散。埃利蒂斯传达希腊史诗真谛，聂鲁达和帕斯写南美洲历史和文物，都有把超现实和民族性结合的优点。

鲁迅文学院出来的穷书生白连春，最近入《北京文学》当临时工，过去我有过经济上帮助，现在以诗支持他。

我把过去的诗编出十大本，其中有译诗一本，中在前，外在后，中有曹操、李白、苏轼等，外有惠特曼、聂鲁达、埃利蒂斯、帕斯。

握手！

其矫 二〇〇一年二月二十六〔日〕

十七

景华：

我在看《妈祖的子民》，进度很慢。书写得太啰嗦，目的不明确。

寄来《海神》三段。原作四段，发表在《福建文学》〔19〕86年。后来收入《七人诗选》，删去一段历年受封情况。你如果写出关于妈祖（海神）的评论，也可附在文后供对照。

舒婷与鼓浪屿区委宣传部联系，要请我去那里住宾馆几天写歌词。天太热，想等天冷些才动身。

握手！

其矫 三月七日〔2001〕

天气凉些，你如果要来，得事先来电话，以免扑空。

十八

景华：

《徐福传奇》一书找到了，是和你打印的资料放在一信封里。

在找到《徐福传奇》之前，我抽空写《蒲寿庚》，只有一本《蒲寿庚考》供参考，因为考证的书并无详细介绍，有如下几个问题请你帮查：

1. 蒲寿庚在泉州市舶司三十年，积巨大财富，是他帮拒海盗之后，还是在任职市舶司之后？他的详情极少资料。

2. 元末明初，泉州波斯人组织亦思巴奚军控制泉州十来年，胡作非为，朱元璋派军消灭之，泉州清真寺被焚烧屋顶只留现在的四墙，这是在何年？有否其他清真寺也被毁。

请你以为方便查一下，告诉我。

握手！

其矫　二〇〇二年七月十一日

十九

邱景华：

今天收到挂号［信］两封。

《生平和创作年表》《远行》目录。这两工程一定费你许多精力和时间。现在要纠正差错容易，要我注明发表时间和刊物就很难。我努力做试试看，反正也不急。

年龄一大就有点懒。关于海洋史的诗，想来想去就是不落笔。发觉《郑和航海》和《海上丝路》失败，已很后悔。诗不抒情，不注意音韵，就失去魅力。专重资料，是一错误。太长，也是缺点。我想改写《徐福》后，再改写《郑和巡海》与《海洋之路》。然后写郑成功家族的《蒲寿庚》。

也想改写《中国虎园》和《龙形的湖》。

也许，年老了，创作激情差了，就去译诗，中外都来，如何？

很奇怪！这两年来，我最热心于种花木。从广告中，我已与山东和大连的种苗公司联系，买了樱花、美人梅、樱桃、香花槐寄园坂。

握手！

其矫　二〇〇三年三月二十一日

致　沙　鸥

沙鸥同志：

　　别后时常想念北京诸同事，想你必一切顺利。

　　我来到襄阳，拜访诸葛孔明的故居，想起古典诗歌中有许多怀古的诗章，也想以现代的思想和方法，掌握这种题材，因此等诗稿完成寄给你，请你提意见，如诗刊登用，请你举荐。有不恰之处请予删改。

　　来信请寄湖北襄阳地委宣传部交。很想收到你的信。

　　握手！

　　　　　　　　　　　　　　　　　其矫　一月五日襄阳

致宋爱咏[*]

一

宋爱咏小朋友：

离开洛阳，我经西安、兰州、青海、敦煌，然后进入新疆，走遍天山南北，一直到最西的边陲伊犁和喀什，前天从乌鲁木齐回到北京，读到你十月七日来信。

《生活的歌》要明年才能印出。

给你寄一本《双虹》。

我希望能看到你的照片和诗。

近日给文学讲习所上完课，我即回家乡。有信给我可寄福建晋江县紫帽山园坂村。

握手！

蔡其矫　一九八一年十一月二十五日晚

---

* 宋爱咏，河南诗人。

二

宋爱咏同志：

谢谢你的赠诗。这样的诗我不能改动。

六月下旬我参加纪念屈原的秭归诗会，之后又上神农架和武当山，转而南下湖南，到张家界和桃花源，穿过洞庭湖到岳阳楼，经河南看嵩岳和少林寺，在山西半个月，转内蒙〔古〕看草原，于八月中旬回北京。你九月三日寄往福建的信最近才转来。

你是很勤奋的。是应该在文化上尽力提高自己的修养。多读多想，不要急于求成。

杨蓓的《红叶》，你喜欢它哪些地方？她这首诗发表在什么地方？

最近才给我寄来《洛神》9—10月号，其中有我三首写洛阳的诗，你看过吗？有何意见？我常常感到苦恼：未能写出更为人所需要的诗篇。这两三年来，只能在"旅游"诗中发一点不大明显的愤慨和悲伤。面对生活本身，却未敢正面相对。

握手！

其矫　一九八二年九月二十一日

致张同吾[*]

张同吾同志：

　　我拟定六月十一日离开福州南行，沿途在泉州、漳州、平和、东山等地，各停留若干天，于六月二十二日前到达广州。

　　你六月初发出正式邀请函如能在六月十日之前到达福州，请寄省文联。

　　如估计不能，那就请你把邀请函寄广州［广东］省作协韦丘转我。

　　诗作副本及自书条幅附上。

　　此致

敬礼！

蔡其矫　五月十五日

---

　　* 张同吾，诗人、编辑。

致 阿 红 *

阿红同志：

《亲人眼中的诗人》这个栏目的主意好。它会使读者对诗人作更深入的理解，并使研究者获得更可信的材料。我见过福建厦门专写音乐诗的青年诗人鲁萍的妻子写她配偶的文章，非常有趣。你们如果想要，可写信到厦门市文联转鲁萍，让他给你们寄去。

我的爱人和子女，自从〔一九〕五八年以来分居两地，我在福建，她们在北京，对我的了解也就不多，我估计她们不会写的。

实在对不住！但也热望能看到你们这本书能终于实现。

握手！

蔡其矫　十一月三十日

---

* 阿红，辽宁诗人，《当代诗歌》主编。

致陈志铭[*]

一

陈志铭同志：

郭风委托我全权编《榕树文丛》第三期诗歌专号，请你大力支持。

当然以你已经写出的为主，因为学习紧张，不可能要求你新作。只要不是在省和省以上的书刊上发表的都可以。我看到你最近写了不少学校生活的诗，这中间只要你自己满意的，也行。

给我们一组短诗吧，短的读者欢迎。

这期诗歌专号，我计划以介绍年轻的新诗人为主，配合大量译诗，并向全国著名诗人要稿。容量二十万字。

握手！

蔡其矫　五月一日

---

* 陈志铭，散文家、诗人。

二

志铭同志：

回到福州后，信稿一大堆，都来不及斟酌过滤，只好大刀阔斧地干了。不过，我有个原则，只是挑选，不作删改，彻底民主的方法，好坏由作者自己负责。

你寄来七首，除最后一首《人生就是搏斗》，无新意，舍弃。用你六首，题照你的。

林培堂的三首也留了。其余的我也来不及提意见，请同志们原谅。

握手！

其矫 五月二十九日

三

志铭：

比起现在的年轻人，你的思想已经落后了许多，因此诗也显得灰旧了！你也曾经是上山下乡的知青，为什么没能葆有自己的青春？也许你的经历感受不深，也许你对现实并未有真切的理解，也许你的动力、你的学习都很不够，学校的生活已使你心满意足了吗？

我看了厦大几个油印刊物，都很不起色。你们都脱离现实，脱离斗争了！这与你们的老师大都倾向于保守不无关系。有些地方还不如这里的师大！甚至整个厦门，在王××统治下，十分暗淡。要敢于冲破这个樊笼，才可能有诗！

握手！

其矫 十一月十八日

明天我到泉州，要到春节过才回福州。

四

志铭同志：

你这首诗的缺点是：为了整齐押韵，有的句子凑数，勉强，不自然。结构方式：红领巾、团徽、"文革"串联、上山下乡；如同"文革"时流行的写中国革命，总是井冈红旗、延安灯火等等排列顺序。这种方式是理智的概念，不能深入，不能集中。为什么不写三岁女儿说了谢谢之后，你内心的真实感情？然后点出祖国二字，也许就成真诗了！

要打破已有的习惯，必须大量阅读，懂得别的表现方式。

写评论我想也需注意打破表面的格式，突破一点，而不是面面俱到。

你最初的诗比较自然。一到大量写闽西历史，就有一定格式了。

要回到最初起点，必须在生活中热爱，千万不能看成是艺术修养问题。

写完《南曲》，觉得只着重历史，而未写到现实。所以续写又一章，确是听一个女孩子清唱之后写她的，又不完全是她，有意识地提高到鼓浪屿少女典型高度，思念远方亲人，当然也就与南曲的内容有关系。

园午［圆舞］曲是看了电影之后写的（我看三遍），各节的画面都是电影里最动人的场景。花叶金黄把阴影和枝干燃烧，就是那对情人久别重会的场面的特殊色彩。

女中音歌手也是完全写实。那个时候，女中音全无（1967年），她是从港台广播学邓丽君唱腔；罂粟花红艳似火，女中音却清凉如水，这是新的统一。她很不幸，备受歧视，却每和朋友们集会时都唱，始终无人真正爱她，岂不是爱情只存在歌中吗？

先来自生活，又高于生活。经过典型化之后，不完全是原型，因此读者可以按自己的经验，找到自己的形象。

握手！

其矫 十月一日

五

志铭同志：

明天我即离京南下，约十一月下旬抵达园坂。

《在悲痛的日子里》和《泪洒大地》，都是有时间性的东西，过了那段时间就没有多大意义了。

《生活的歌》完全是我自选。我主张质，不喜欢量。

读理论的时候，一定要想到实际，想到作品，才不会越读越虚无缥缈。

握手！

其矫 十月二十九日

六

志铭：

假若你把第一首诗压缩成九行，第二首诗压缩成六至八行，你就会明白"浪费语言"究竟是怎么回事？

你老怕读者不明白，什么都交代清楚，可就忘了感情的真实性（也即生活的真实）。难道你在想这两个题材时曾在脑子出现这么多的语言（思想）吗？

或者你真的缺乏激情，有的只是思考，那就很难写好诗了！

你用的词汇陈腐不堪！并为能装得下那些陈词滥调，弄得句子不顺不通，我都在它的下面画横道了。

语言不清新是因为思想不清新。

握手！

其矫　一月十七［日］晚

七

志铭：

《谢谢你》开始的三联句，还不能说清女儿是怎样开始懂得这句话。第二段可以精简些。最后结句大煞风景！

《沉默》有意思！如能更集中、更形象、更升华，也许会是一首好诗。

《小书迷》构思不错，可惜邋遢得很。不要把读者看得太低，因此什么都说尽了！这样的诗不是给孩子看的，格调要高些。

你大约有婆婆妈妈的缺点，年纪越大就越啰嗦，好像已经习惯于浪费语言了！

三首诗都用直陈式，既非写人，也非写生活。感性的东西太少，理性的东西太多；说教式，叫人生厌！

千万不要退到孩子群里！连孩子也不是这样思想的。

懂得诗的形式，却忘记生活的真实，永远要失败！

握手！

其矫　十二月八日

113

八

志铭同志：

回到园坂已经一周了，到今天才回复你夏天寄到机关的评论文章。

很可能，你这篇文章还需再放一个时期。说不定，它能成为你一本专著中的一章。

有一个现象应引起你的注意：七十年代末和八十年代初，我开始探索现代派的手派的手法。这个探索，从〔一九〕七九年春的《荒原》和《珍珠》始，随后是闽东的诗和武夷山的诗，以至于去年西北之行和今年中原之行所写的诗，都带有这一痕迹。你所熟悉的古典诗词的影响，后来又注入新的调子，倒〔到〕底这是进步还是退步，我也在探讨。

目前我还是双管齐下：正在读台湾出版的两大本《现代诗导读》；准备研究李商隐的诗和鲁迅的《野草》。

对你的研究精神表示敬佩。

还希望你在评论之外抓住创作，实践和理论齐驱并进，能够互相深入。

握手！

其矫　十二月二日

九

志铭同志：

离开园坂，曾嘱咐亲人，所有信件都不必转寄，待回去时处理。所以你寄给我的信和文章，都未能读到。

《海峡》的话，不必介意，把文章索回，寄给全国性的刊物好了。你是应该更有自信，不要局限在省内。而且，我想劝你不要多写评论，你本来写诗不错，进了学校，反而心怯，这可不好。

我并不忙，只是懒于和人打交道，除了青年，尚保有纯洁的心，其他大多数干部，势利得很！

照你信封上所写的，大约你已在市委宣传部工作了？不知你处得如何？如果你也能活动，应该团结当地的青年诗歌作者，改变厦门文艺界的保守风气。

开头我带热心支持《海峡》，后来觉得他们看重的是职位，对文学冷漠，叫人灰心。

再一次希望你写出新的诗风！

握手！

其矫　九月十九日

希望来告诉我厦门写诗的朋友近况如何。

致　陈　隐[*]

陈隐：

　　想念你。

　　那晚你去参加师大纪念海子的会了吗？

　　我对海子的诗非常生疏，你能带来他最好的诗借我看看吗？

　　有空来谈吧！

其矫　四月一日晚［1990］

---

* 陈隐，诗歌爱好者。

致邵燕祥[*]

一

燕祥同志：

你真是一言中的！那些追悼场面，都不是我亲眼所见，虽然在写的时候也曾热泪盈眶，可是后来读时，常感到重复拖沓。已经删去一些，可是删得不彻底，还留架床叠屋的弊病。是应该用大斧砍削，只作为缘起之用。我的心思，是在于写人。大多数纪念的诗，都历数死者的历史和功绩，是难免千篇一律的。我也是在写的过程中，逐渐明确应该写他的人品。而所以要这样写，又有难言的苦衷。乔万尼奥里的《斯巴达克思》中有这样一段话："也许，罗马平民对庞培的……偏爱，多多少少可以用他们对苏拉的隐藏的憎恨来加以说明：他们没有可能通过别的途径来表示这一憎恨的感情，就不得不把它宣泄到那欢迎独裁者的年轻朋友的暴风雨一般的掌声和欢呼中去；因为庞培是战功方面可以和苏拉匹敌的唯一的人。"所以，那些追悼场面是

---

[*] 邵燕祥，诗人，《诗刊》副主编。

可以省略、合并，而留取后面的抒情和议论。有些诗，确须经过时日的淘炼，然后才能澄清出渣滓来。现在更有压缩的可能，我将再试试看。这首诗，今年五月在广州，韦丘读过并留下，说要等时机成熟即采用。上信因看到《天安门诗抄》要正式出版，一时兴来就寄给你。后来想想，还是得看广州如何，已经写信去问了。过些日子等答复来到再告诉你。《十月》，我离京前夕曾寄《玉华洞》和《木排上》（都百多行）给它。也曾把《生命》一诗寄给《人民文学》。《北京文艺》我不看轻，也很愿意支持它。

天安门事件彻底平反，又叫我心不平静。当时我也写了一首诗，只敢给部分青年看。经广州时，也给韦丘留下了。现在抄一份给你，请你抽空给我指出它的不足。

这里交给我一个任务，帮助编本省三十年作品选和红军入闽五十周年纪念集。现在都还未具体化。怎样使这种选集不一般化，是我很感兴趣的问题。

我向你学到不少有益的东西。你的意见常使我忽然醒悟。后生可畏呀！

握手！

其矫　十一月二十一日［1978］

二

邵燕祥同志：

广东已回信，现附去。

近一年来，我也渐渐明白内容集中和形式简短的重要，但要改以前写出的东西，却除了砍以外，很少办法。《泪洒大地》

如有用，拟大体保留一二段。三段至五段压缩为一段以下。其余各段中有可有可无的句子也去掉。

我总觉得旁观者清，如你能抽空代我删削，定必比我做得好。请你毫不怜惜地挥笔节略。

《诗刊》不用时，请向《北京文艺》试试。

握手！

其矫　十一月二十八日 ［1978］

三

燕祥同志：

廿八日晚、廿九日晚两信收到，心里有说不出的感激！

引《斯巴达克思》故事，信手拈来，未暇深思，罪过罪过！这里已传达廖书记从北京打来电话记录，极其详尽地复述邓小平同志的讲话，万分精彩！

这才是安邦定国的好手！心服口服外，尤让人放眼未来，热血沸腾！

《泪洒大地》能被《诗刊》选中，喜出望外。即使遇有特殊情况而有变动，也无怨言。只有我写得不好，而无他人见外之感，足慰我也矣！已立刻通知《作品》，请予谅解。删削之权，希你无所顾虑。我不求虚名，但愿读者知道诗人中并非全似田间、克家，也有暗里用诗记下重大事件在下面的反响者。

《清明》五六节，我也想删削大半。在许多方面，我确不如公刘等同志。不够明快，是心里有疙瘩。也许是因为我长期与大家疏远了的缘故。

现在又重新生活在集体中，心境似宽敞了些。

我现正编选本省三十年小说散文作品集。

紧紧地握手！

其矫十二月三日晚［1978］

四

邵燕祥同志：

估计你近来工作一定大忙特忙，不敢多给你写信。

像《泪洒大地》这类作品，我向来认为过些时候发表都没大关系。

上月中《十月》来信，说《玉华洞》他们决定用，《木排上》争取用，但没说什么时候。

《清明》我寄给公木，他拿给《长春》。

九月底我把《生命》寄给《人民文学》，到现在快三个月，大概我有权另投他处了吧？李季和葛洛，从《诗刊》到《人民文学》，我还是要试试看。打算拿出一篇《地下瀑布》。现先寄给你，有空时给我提点修改的意见。我现在有点依赖你了！

陶铸女儿的文章，实在感人，读时哭的不少！文章后括号里有"诗刊供稿"字样，百思不解。

新年将届，祝你和你的爱人一切如意！

蔡其矫　十二月十九日［1978］

五

燕祥同志：

在某些方面我很缺乏自知之明。《地下……》大约因有不少爱情的字句，而且是自己的，就不免会受攻击吧？这样的诗，我有不少，都难拿出。这一回也是考虑不周，但给你看是不怕的。

新年前夕，我写下这样几句祝愿：

> 像宇宙一样敞开的心
> 普通劳动者的太阳
> 穿过正在消散的云层
> 瞠视着自己创造的神像。

> 每一根战栗的心弦
> 都回响着过去的悲伤，
> 谎言的诗已断丧
> 真理的歌声多么响亮！
> 人民拒绝黑暗的王国
> 也拒绝对贫穷歌唱，
> 心因为流血而更鲜红
> 眼睛注视着未来的希望。

> 祖国普照科学之光
> 经济建设将更辉煌
> 生活已经充分证明了

人民才是真正不可战胜的力量。

为保卫光荣的新长征
不被衰老事物损伤
让霸主、官主都消逝
上升吧，民主的太阳！

在接到你的信同时，也接到诗刊社要我到京开会的公文，组织已通知我走。我还得回家乡园坂去拿冬衣，并到厦门赴约，可能要在开会一两天后才到达。得便时请转告主持人。

握手！

其矫　一月三日［1979］

六

邵燕祥同志：

久未通讯，念念！

四月三日回到福州，半月来忙于琐事，什么也没写。气候不好引来心情不快，为什么会有这么多的反复？

回到福州立即给振开写信，至今未见答复，我很为《今天》开心。

在旅行海南与广州时，接到中国作协人事室的信，有表让我填，说送中组部批。最近这里有人告诉我，要调我回京，上星期五的事，距今一周，尚未正式通知。

握手！

其矫　四月十九［日］夜［1979］

七

邵燕祥同志：

福建也在办文学丛刊，取名《榕树》，已编好两期同时发稿，大三十二开，期刊当书卖，由郭风主持。他要我全权编第三期诗歌专号，我答应了，请你大力支持。

我知道你未发表的诗还有，你就拿几首给我们吧！也许你觉得平常的，正是读者所欢迎的。已听说北京调我，可能六月会走。希望五月能收到你的稿子。

如果你发现有什么出色的新发现的年轻诗人，也请给《榕树》介绍吧！

握手！

其矫　四月二十七日［1979］

八

燕祥同志：

你的政治诗已为读者留下极其深刻的印象，你的抒情诗却不被人深知。山水、森林、友谊、爱情都要，给八首好吗？选你自己最满意的。《榕树》想别具一格，也要借重你的抒情诗来打响。

松涛、张廓、洪渊、城北，由我再约怕来不及了，你能就近打电话代约吗？天琳我已决定用她《果同情》八首。振开我也选他六至八首。舒婷也是八首。良沛有诗有论。胡昭则是《情诗》十首（短的多）。

译诗有汪飞白译马雅可夫斯基的长诗《云》，另有《十月革命》前后三首、邹绛的《黑人民歌》八首、彭银汉的日本现代诗二十首、我的《英国利文斯顿》五首。

我以为即将调京，请了半个月假去家乡收拾东西，昨天回福州来。听说户口冻结，我改六月中请探亲假回京，当再见面谈。

公开批评不得！也许两代人都难互相理解。也许我们明智过了，勇猛不足？

握手！

其矫　五月二十六日［1979］

给公刘的信请转交，为荷！

九

燕祥同志：

刚才给你发出一信，今天就收到你一首"情歌"。你的存货一定不少，可以再找找，凡是别的刊物不能发表的，无论是风景诗、爱情诗、咏物诗，都可以寄给《榕树》。我是想把这刊物，作为新诗的前沿阵地，要发表一些最有个性的、不为时世容纳的新声。首先是发表汪飞白译马雅可夫斯基的《云》（以前译为"穿裤子的云"）。再发表日本现代诗二十首。再就是赵振开十一首，舒婷十一首。你不应该只有一首。公刘请你代催。白桦如遇见也提一提我在等他的诗。

握手！

其矫　五月三十日［1979］

十

燕祥同志：

下午出去寄信，顺便逛市场想买中秋月饼，走了几处都不合意，在外面有一个小时，让你来访扑空，实在抱歉。

我也很想听听你关于当前诗歌的看法。回来一个月，心事茫然，又为写什么和怎样写感到苦恼。

你去宁夏前来的短简，给我打气，十分感激。或者我们可以笔谈。或者约个时间，我去劲松看你。

今年比以往任何一年都不景气，文艺界尤其。政治问题还不如生态平衡问题重要。许多伤心事叫我难理解。

见面再谈。

握手！

其矫　九月十五［日］晚［1979］

十一

邵燕祥同志：

去年秭归诗会，我同晓雪说了，计划今年去云南走一趟。最近，中国作协创作联络部来函来表，询问我有何意图，我又填云南林业一项。你在《诗刊》了解情况详细，如有什么机会，可不要忘记了我。一个人旅行固然能深入些，也自由些，但要是有好伴，也不错。我也和本省负责人说了，如无别的机会，我就一个人走。

对于诗，你一定考虑得比我多。最近两年来，也许是因为气候缘故吧，旅游诗相当多，但太表面。我想在这细流中，搞

125

一点新名堂：借景物对现实说话，也许会漏过栅栏吧？寄去《中原四首》请你看看，能不能用？

郭风大约已经替我为你关心舒婷入会致谢了吧？

握手！

其矫　四月二十六［日］［1980］

（文学讲习所已经是你的邻居了吗？）

语言学院编的那本中国文学作家传记资料的书中关于我的条文里，就有《迎风》诗集一说。确实我在五年以前就把它编好了，但其中有些关于政治的诗，想等时机更好时才拿出，岂料好形势短暂就过去了，而带有选集性质的《生活的歌》也出来了，把《迎风》中原有的几首诗用上。我只好于最近重新另编，把《生活的歌》用过的去掉，添上这两年写的新作，而那些有关政治的又舍不得全弃，这样就很难找到出版的地方。你能替我向四川出版社探问吗？百花出版社或北京出版社也行。同时，我又编了一本《西行集》（八十多首）和一本《福建续集》，也不知能找什么出版的地方？工作方便时，请你留心哪里有肯要的。又及。

十二

燕祥同志：

十月初曾托人带给你一本《希望》，在上面我写了几行字，想在我离京之前知道你对几首《生活的歌》的看法。可惜，当时未再联系。

南下经过江西，《星火》诗歌的负责人向我索诗，也就把《生活的歌》给他们了，最近来信说，要在明年二月份刊用。

我现在闽南一带旅行。明年三月可能到武汉，不知那时的葛洲坝截流你会不会去？

握手！

其矫　十二月八日［1980］

十三

燕祥同志：

因为鲁藜来信说你可能来晋江时顺便看我，所以曾准备迎接，但你既不完全自由，我也不会责怪。

大约是在厦门开丁玲创作讨论会，周良沛要参加，聂华苓也可能届时自港飞厦。我等周良沛的信，不一定去凑热闹。

我大都住乡下，这里最自由，什么活动都可以不参加。

看来今年还是去年的继续。报刊的调子都不高。

最近我写诗顺畅了。

田家鹏这名字未听说过，《继母》未看。

祝好！

其矫　五月二十一［日］晚［1984］

十四

燕祥同志：

谢谢你转来格律诗集和稿费。

六朝开始注意平仄互协，才形成唐朝的近体（格律诗）。格律的唯一要素，在外国多音字是轻重、抑扬、长短音的配合，在中国单音字是平仄的相对。中国语言至今未能统一，新文字

127

拼音的四声未能解决，从前的平仄完全被打乱了，要建立中国的格律诗，有如痴人说梦。邹绛编这本书，根据的是卞之琳、何其芳等人主张的音步、音顿，自由诗同样具备。所以，他主要是采一些相对齐整的外形，倒不如何其芳那样自创格律令人神往！

福建作协开会讨论我的诗。请谢冕和吴家瑾来，不免忙乱了一阵。有两个月没写诗。现正着手写《海神》组诗。今年五月一日，正农历三月廿三日，是妈祖诞辰 1026 周年，我到莆田湄洲岛看妈祖庙的盛况，立意写这个人物和我们民族的命运。

陶然得知你将于今年去爱荷华。到时请代我向聂华苓问好。握手！

其矫　五月二十七日〔1986〕

致　林　莽[*]

一

林莽同志：

　　杭州省府《今日浙江》杂志编辑吴红霞，曾是舒婷欣赏的女诗人，今年出版一本诗集，我为她写序。她寄我《在我的四月里》两本，我将多余的一本寄给你，希望你有空翻一翻，看有没有可以在《诗刊》下半月刊采用若干。她年在三十岁，又是编辑，且在杭州省府，也许能成为贵刊经常的投稿者。顺便把她的通讯处告知：杭州市省府 3 号搂《今日浙江》杂志社，邮编 310025。

　　握手！

蔡其矫　二○○三年四月十日

---

　　* 林莽，诗人，《诗刊》编辑部主任。

二

林莽同志：

作代会期间，福建代表团住北京饭店，我在八日、九日、十日连续三个晚上摔倒。十一日我请假回家住，后在儿、女、孙子带领下到协和看急诊，照透视片，神经内科挂号看医生。医生让我做CT，副教授从CT片中看出我早有轻微脑血栓、脑血管梗塞，影响心脏供血不足，从而使左腿麻木、软弱无力导致一再摔倒，需要做滴灌丹参注射液十天，疏通血管，又在协和骨科医生一再研究透射片，发现左坐骨有轻微裂痕，需要卧床长期休养让它慢慢恢复。我每天出门到协和滴灌，都要坐轮椅，并持有四个小腿的拐杖，因此，我无法在十二月一日到文联大楼参加《诗刊》创刊50周年座谈会，请你并告小雨、杨志学，请假、缺席，十分遗憾！见牛汉、燕祥、福春诸好友也并通知，为荷。

此致

敬礼！

蔡其矫　2006.11.26，北京

致林燕兰[*]

一

燕兰：

非常对不起。接到你的来信，我正忙于应付关于我诗作讨论会和全省多地区有代表性的诗作研讨会，一开就十几天，接着就忙于写长诗《海神》和《李卓吾》。对你的剪报我觉得不全，曾托蒋庆丰和宋瑜代办汇集，并无下文，就把复信拖到现在。而过几天，七月二日，我就要在马尾坐船赴上海，转四川入西藏，一去就要十月后才能回来，因此匆忙回你这封信。

佘良明于五月初拿给我几首你的近作，我全部转寄四川《星星》主编、副主编，也至今没有下文。

希望今年冬天到周宁看你。

我们正在筹备福建自己的诗歌报。我交代蒋庆丰（他负责编务）用你一首。你应该多写。把你所在的环境、气氛、个人感受，偏僻乡村的环境和人事写出来。塑出你自己的个性。正

---

[*]　林燕兰，笔名空林子，作家、诗人。

如汤养宗在霞浦溪村那样，写出第一流的诗。

三个月后再见！

其矫 六月二十四［日］

如果你能在七月二日以前来福州的话，我渴望见见你。

我很羡慕你浪迹江湖。当然也同情你的困境。

生命总是在荒唐中！

二

空林子：

你一月八日寄来的信和诗稿，十二日才到福州（从邮戳上看出），是我到周宁的第二天。

你要经得住退稿的打击！舒婷得奖诗《祖国啊，我的祖国》，也遭到广东《作品》的退稿，问我毛病在哪里。我只改一个字，寄《诗刊》邵燕祥，很快登出。你相信吗？

照你吩咐，三组诗寄星星白航，《远山的呼唤》寄绿风李春华。

照片你最满意哪张，速来信。

握手！

其矫 一月十五［日］晚六时

漏印三张，随后寄去。

致周昌璧

周昌璧同志：

　　接到一月二十五日函件，得知可以把赠书直接寄县文教局或图书馆，看来你们所在的工作室不可以收集图书，我只好由邮局直接寄出了。

　　我曾在涞源北城子、阜平城南庄、平山李家沟口进去的土岸村、唐县的南洪城住过，不知这些地方有否图书馆或中学？

　　我已知涞源北城子有戴帽的小学，阜平城南庄有中学，是否我可以直接把书寄出？或者还可以提供别的接受赠书单位？

　　望简复。

　　握手！

　　　　　　　　　　　蔡其矫　二月十五日

致周佩红*

一

周佩红同志：

一月十八日来信到时，我不在福州，最近回来，迟复为歉！

我发表诗大多不是主动投出，过后也未着意收集起来，有些只凭记忆，也许不全，开列如下：

论文：自由诗往何处去 《花城》去年三期

声音、致—— 《宁夏文艺》去年四期（七月）

屠夫、禁地 《作品》去年大约十月

荒原、双桅船、海上雨晨 香港《文汇报》5月6日

星湖之夜 《广州文艺》去年八期

广州、肇庆七星岩 香港《文汇报》十一、十二月

冬夜、悲伤 《甘肃文艺》去年诗专号（或《青海湖》六七月）

生命 福建沙县文化馆出版的《绿叶》铅印杂志去年二期

雷雨、洪水、春雷、地上的光明 《长江文艺》今年一期

---

* 周佩红，上海作家。

司空图诗品选译　《诗刊》今年一期

祈求、迎风　《作品》去年一期

木排上　《十月》去年大约二期或三期

玉华洞　福建将乐县文化馆出版《玉华》第一期

桐花、橘林、柚子花（总名《南国诗草》）《北方文学》夏天

新叶、蔷薇、乌柏树　《作品》前年约八月

常林钻石　《安徽文学》前年秋天

闽江　《诗刊》前年冬天

丙辰清明　《长春》去年四月

雨后樱桃沟、湖上黄昏、广场之夜　《北京文艺》去年三月号

风景画、圆舞曲　《安徽文艺》去年春夏

元宵　香港《海洋文艺》去年一期

梨园戏　香港《海洋文艺》去年

指挥　香港《海洋文艺》去年

九日山头眺望　香港《海洋文艺》去年

波浪等三首　《花城》三期

还有两组关于海的诗，分别登在东北吉林市《江城》和汉口《长江文艺》上，时间在去年夏秋之间。

香港《海洋文艺》去年全年每期都登我一二首。

《星星》复刊第一期有《无题》等三首。

泪洒大地　《诗刊》去年约四月

主要是这些，漏掉少数不重要的。

我主张民族古典诗词的传统和外国现代流派的表现手法，有机地结合起来。我主张诗的音乐美不在押韵上，语言的新鲜

最重要（它有内在的韵律）。诗要给人以审美能力。

有一篇香港的文章供你参考，即速寄回。

祝你成功！

蔡其矫　二月四日〔1980〕

二

周佩红同志：

三月十日我到闽东海上，昨天二十六日回到福州，收读你十八日的信和文章。

在到闽东之前，曾给你一信，是因为忘记你的地址，探询个究竟，结果记错了，信寄复旦，当然你收不到。那信上是说，香港给我出版了选集，想寄给你参考，用完以后还我。现在你又来信和文，知道确实地址，还是把书寄出。

我不日北上，预定四月五日到京，四月三日和四日在沪停留，如果你有空，请到时打电话与《上海文学》编辑部诗歌组宁宇同志联系，他们的公用电话是 377996，或者你事先写个信和他通个气，能见一面畅谈最好。他的妻子是电影演员，很有修养，你若能和他们结交更好。

你的文章，赞美之词过多。一两天之后我再详细谈点意见。一个希望是尽量写得客观，有分寸。如来不及把意见写下，那就到上海面谈，或到京之后再写。我到北京，是中国作家协会文学讲习所来公函请我去讲学，从四月到十月，学生来自全国，大都是青年作者，广东有陈国凯和孔捷生等三人。书可以多留些日子，将来给我寄京。

握手！

蔡其矫　三月二十七日〔1980〕

致周朝泉

朝泉同志：

挂号寄件收到，我二十六日回榕。

十九日午饭后散步到码头，见停靠一艘机幌船，不过是好奇心问一问，听说即将开嵛山，我立刻决定走。国荣极力反对，我则坚持，匆匆计账，提了行李上船，不久即开航，只好让杨青去告诉你这一切。看来他未即刻去找你，让你空请假了！这大约也是我的缺点，行动迅速，不计其他。船上人们都说嵛山至少也得等一两天。可公社付［副］主任一见面就答应次日一定有船。果然不错，第二天交通艇就把我们一直载到福鼎第二码头，当天下午就去参加皮革厂和塑料厂。第三天（二十一日）就上太姥山。人们都说天气不好，什么也看不到。

可一到山上，什么都看得清清楚楚。第四天还见到没人见过的佛光，受到城里老人的称赞。九鲤朝天缥绕最理想的云。那环绕四周的云海，也比黄山漂亮。

二十三日下山，二十四日就把诗写出来了。现抄上一份请你提意见。

　　我四月一日动身北上，在上海逗留两天，四月五日抵京，我北京的地址是鼓楼辛安里 70 号。

　　你和孙绍振等人一样，读的不多，特别是现代的。你也不够勇敢，束缚还多。抄下黄永玉等人的诗，要读它百遍，直到领悟，也不停止继续钻进去。没有这种精神，就不要写作。

　　祝你全家好！

　　附去借你的材料。

其矫　三月二十七［日］晚［1980］

致赵宏友

一

赵宏友同志：

在福州曾复你一信，谅收到。

二十日我回到家乡。我经常住在这里，清静。也常外出旅行，大都一两星期又回到这里写作。

能否挂号寄一套《静静的顿河》让我备课。手头没有这部书。如订好学习计划和学员情况之类的材料，也请挂号给我寄一份。

这期是一年吗？

问好！

蔡其矫　一月二十三日

来信和书请寄福建晋江县紫帽山农场园坂村我收。

二

赵宏友同志：

十二月廿六日来函敬悉。课程如安排在八—九月之间，我想在这里准备，因为文联尚有一个可观的资料室，如有缺欠，当写信请你协助。

我从沿海旅行刚回，过几天即返家乡度春节。来信可寄福建晋江县紫帽山农场园坂村。

握手！

蔡其矫　一月十二日

致　闻　功[*]

闻功同志：

　　久未给《鸭绿江》投稿，常在挂念中。

　　现在寄去四首，请阅。能用多少，望告。

　　我在乡居，来信请寄福建晋江紫帽山农场园坂村

　　握手！

其矫　四月二日

＊　闻功，《鸭绿江》主编。

致　宫　玺[*]

一

宫玺同志：

　　我六月上旬回京后就再也未去福建，你九月十九日寄往福州的信今天给我转来了。

　　七八月间接到《何其芳诗稿》时就想给你写信致谢，后来不知怎么一拖就忘记了。和你及宁宇认识，在我也是一件高兴的事。对某个地方的感情，主要寄托在一些人身上。写作等尤其需要在许多地方有值得思念的人。我们同住一个招待所，有几次来往，又和宁宇一起参观舞蹈学校，这就留下深刻印象，每经上海也会不自觉地想去看你们。

　　很久以来我就编好三个诗集，但你也知道我写的题材有点不合时宜，总在等待更好时机到来再拿出去。我又觉得出版诗集如果毫无影响，不如不出。所以我也就不急，不断增益，力求精美。我想也许明年形势会好一些。反正今年底以前，全国

---

　　* 宫玺，诗人，上海文艺出版社编辑。

文代会一定要召开，我将以特邀代表的身份参加，那时会遇见许多人，其中包括出版界的同志，总会关于此事打个招呼的。自然，我会首先瞩目上海，因为我的《涛声集》1957年也已在贵社出版的。

司空图的《诗品》今译，二校大样已经看到了，据说十一月能出，届时当会送你和宁宇各一本。

我们大家都要突破已有的限制，学习别国新的诗作是必不可少的。但愿贵社也能出版外国的现代诗集。

你应该在你所在的地方上海，选取你独自的题材，内容决定形式，内容解决了，其他问题就好办。祝你努力！

其矫　九月三十日〔1979〕

二

宫玺同志：

一九五七年我曾在贵社出版《涛声集》。二十年后的现在，我编第一个诗集《双虹集》时，很自然就想给贵社。这本诗集，说来是很早就着手了，它的初稿，一九六二年贵社曾派人到福州联系过，后来因种种原因未能完成。现在这个选本，除极少数几篇是当时留下的，其余绝大部分都是后来新写的。现在把诗集寄出，请同志们审阅，有什么不妥当的地方，请不客气地提出来。如尚可用，我将补写后记。

十二月七八日我将离京南下，十日能抵福州。在这之前有信可寄北京鼓楼辛安里××号，在这之后有信可寄福州杨桥路福建省文联。

我本来打算在上海停两天亲自把稿子送去的，后来因为许多事情未了，又急于到福州，只好邮去。将来如有什么要商量的，我可以从福州到上海多住几天。

此致

敬礼！

蔡其矫 十一月三十日［1979］

三

宫玺同志：

我昨天才回到福州，收读你六日的信。

《双虹》放到明年下半年没问题，我从来主张早出不如晚出，多出不如少出。文章的事，还是经久考验好。希望你读时严格些，该去掉的就去掉。文学，尤其是诗，质量最重要，宁可少些。

在家自学，中外都要。又读又写，不单打一。

我也有信给宁宇，为不能在上海停下致歉。明年春暖，希望争取机会到上海住些日子。

握手。祝新年好！

其矫 十二月二十日［1979］

四

宫玺同志：

二月二十三日信悉。

最近接到中国作协文学讲习所公函，请我四月去为新办的为期五个月的文学讲习会讲学。我的日程大体安排如下：

下月三日到闽东海上旅行，三月底回榕。

四月初北上。

如果《双虹》需要商量，我可以北上途中留沪几天，请你抓住三月底给我一信。

人民文学出版社要我赶编自己的选集，包括以前出版的三个集子的旧作，我也得四月以后才能给他们。集子出来怕得等到明年了！

遇到宁宇时，请顺告此情。

握手！

其矫　二月二十六［日］晚［1980］

五

宫玺同志：

二十六日从闽东回来，收读你十三日来信。

《双虹》删去八首我没意见，特别是后五首，本就有些勉强，只有一点时代背景而已。前三首我可以放在其他集子中。其他已选的，也希望你们严格，少而精最好，只要不够格的，都砍掉。

我决定这次北上，在沪住两天，今后机会更少。四月一日晚动身，四月二日晚抵沪。三、四日在沪与你及宁宇相聚，不知那时你们可有空？四日晚原车动身，五日晚抵京。

"人文"［人民文学出版社］是要用我名字冠在选集前。

握手！

其矫　三月二十七［日］晚［1980］

六

宫玺、金城同志：

七月二十九日来信收到。

当前的出版界，诗最受冷落，我想，这大约是新旧接替中必有的现象。

从三十年代的标语口号诗、战争时期的快板诗，到解放后三十年来的楼梯式和说唱体的混合物——铺陈的政治诗，已经把诗的一面发挥得淋漓尽致了，现在临到了诗的另一面要挣扎出现。于是在读者、批评家、作者中，都出现了对立的两部分人。习惯和不习惯，喜爱和厌恶，接受和拒绝，都同时并存。诗一方面丰收，一方面又贫弱。旧的不行，新的也不行。在这时候，最要紧的是质量。宁可少，不可滥。无论读书和写作等，都在经受考验。

你们对《双虹》，还应更加严格要求。《祈求》前后两次抽掉了九首，包括从你们那里索回的《荒原》。当然这中间有看法不同的问题，但也值得你们注意。现在我把九首都给你们寄去，如有一两首可用，又来得及加上的，即用，余下的即退给我。原来你们要用的，现在也可以从严，凡已［是］勉强的都抽下来，退给我。

我已把你们的意思对舒婷说了，并劝她经沪时去看你们。她一共已发表四十二首。诗刊原说要自己出版一套新诗人丛书，以舒婷为第一本，那时为自负盈亏弄得很紧张，所以想出这赚钱的门路。现在又听说不自负盈亏了，也就不那么积极出这套自己的丛书了。但福建要给她出，包括争论的文章，也是为了挣钱！舒婷本人的意思是：只有四十二首诗，仅仅是开始，不值得出书集，等到将来多了些，再出不迟。她又急于回工厂，九月一日前一定要报到，八月二十三日离京，对上海无好印象，不想停留。我可以让她把《福建文艺》内部油印她的全部诗给你们寄去一份。

北京要出《诗探索》杂志（大三十二开），谢冕主编，丁力、杨匡汉副主编，编委经作协圈定了，福建有个孙绍振，此外有沙鸥、闻山等人。孙绍振听说我的《祈求》序言不被《诗刊》接受，来要走了，赶不及第一期，即放第二期。但该刊原说四川出版（雁翼答应的），后来又说不了。到底哪里出，还未最后定局。后台是社科院文研所当代组。《双虹》不用前言、后记最好，如要，我可试写补上。《祈求》没有前言、后记，是他们没有向我要。

我如九月中旬回闽，很可能经上海停两天。

祝你们愉快！

其矫　八月四日［1980］

七

金城、宫玺同志：

八月二十三日来信知悉，同意以下几点：

1. 书名《双虹》，去掉原来的"集"字；

2. 恢复《荒原》，增入《大叶榕》和《闽北红豆》；

3. 不写后记；

4. 删去《隆中》《远洋船长》《昙花》这些不协调或失败之作，但希望保留《圆舞曲》（原名《波隆贝斯库圆舞曲》）和《湖上黄昏》两首；因为这两首是有关爱情题材的诗，而《双虹》这个集子，本来就打算以爱情和风景为主的。

舒婷已回福建。《诗刊》自行出新诗人诗丛的计划没有继续进行，福建如果不出她的集子，我可以动员她把四十几首诗给你们编集。

《诗刊》这次办青年诗作等学习会，是尽了力的，请了好些人作报告，但反映好的不多。这一辈年轻诗人，借邵燕祥的话来说，有不少浪漫主义加虚无主义。对前辈的诗不满足，自己又不够成熟。另外，我从侧面了解，现在刊物登的译诗影响很大，特别是希腊的埃利蒂斯。

宁宇来京的第二天见了面，说要再来，尚未实现，可能很忙。

祝　编安！

其矫　八月三十日［1980］

八

宫玺、金城：

一个多月来，我都在闽南沿海旅行，今天来福州，才收读你们十二月九日信。

"连同梦幻交给消溶"改为"付与消溶"，甚妥！

"赠张顺华同志"改为"赠延边姑娘"也好。

"迎风如飞"却一时想不出该怎么改。

编辑应严格，不怕得罪人。有人不理解也无妨。不能做好好先生。所以编辑是作者的先生或好友。

一星期后我即回家乡，福建晋江县紫帽山农场园坂村，以后可按这写信寄校对稿。我不大来福州。

祝新年快乐!

其矫　一月八日夜〔1981〕

九

宫玺、姜金城同志:

才给你们寄出校稿,又收到十四日来信。真难为了你们,从《辞源》查到××不成一个词,是鹭鸶之误,可见我的疏陋!应改过来。

不知别人怎样,我看自己的旧稿,总是兴趣不高,勉强。写的时候,却不这样,那时激动极了!过了几年的现在,越老越不顺眼,想改,但又改不好。发表的诗,常常不如初稿生动。不过,文字拖沓、不准确,不改又不成,这就使改作比创作难。

我明天即回晋江。

握手!

其矫　一月十九日〔1981〕

十

宫玺:

春节以来我忙得不可开交,二月二日来信疏忽未复,请谅!今天收到二月二十五〔日〕来信及《双虹》四读副样,感激你的细心负责,叫我不能不立即回信。

《双虹》出版后除赠送的三十册外,再请订购三十册,书费由稿费扣除。我收到书后,一定签题送你、金城、宁宇、以勤各一本。

149

春节前夕，我即忙于采购东西办闽南特有的春饼（主要是海味和时鲜蔬菜）。除夕和初一，我都亲厨。初二到海边的永宁镇应邀参加当地诗歌爱好者的集会。初四回来参加地区举办的迎春茶会，第一个节目是我朗诵《诗》。其后天天接访友。旧历十二至十四，连续三天南音会演，有来自印尼、菲律宾、香港的南音社、队。十五日起又连续三天的灯会。郭风、何为、马宁、舒婷都来了，舒婷至今尚住在我这里写读。有几天连续阴雨，我也关门写了几首诗。许多信件都堆在案头未复。而明天又要到漳州转东山岛，月底回来。

《双虹》校样我匆匆看了一遍，除了几个空字待铸外，都未发现有错。十分感谢你们的认真！你们写的内容提要对这本书过奖了！封面画有你过目我放心。

"百家诗会"我未参加，没有好诗，不是沉默。如果杭州《当代诗歌》能在四五月开顾问会议，我会应邀，可能的话顺便到上海、南京走走。否则，七月底也会北上，八九月在文讲所讲《被开垦的处女地》。

诗的质量，在于内容。年轻一代所以有影响，全在于他们诗中有新的东西。如今几个文件下来，怕编辑也会裹足不前吧？看来，诗的朦胧，是反对不了的。不曲折，不隐蔽，是不可能的。诗与小说如果有所不同，那就是诗更少直接反映。当然政治诗除外。如今政治诗一定会更少，一定会有人力求开拓新的领域。但是虚假的诗也一定会有。任何事物都在分化中。年轻诗人中也有危机。只有真正从生活出发，才能立于不败之地。

顺此问候金城。

握手！

其矫　三月五日晚［1981］

十一

宫玺、姜金城同志：

从八月二十四日到十一月二十三日，整整三个月，我都在大西北旅途中，一直到达伊犁和喀什，国境的最西边。

昨天从乌鲁木齐抵京，才拆读宫玺九月二十九日分寄福州和北京两信以及十月三十一日得郭风告知的地址的信。

在旅途中我是想过给你们写信打探消息的，大约是太紧张了（几乎马不停蹄），信没写成，让宫玺发急，万分抱歉！

两本《中国现代抒情诗一百首》收到。

寄福州大批的（50 册）《双虹》也转来了。

独独宫玺寄往园坂的长信没有转来。

单单在新疆，我就已写成五十首诗，那地方富有刺激性。在那里我流连整两个月，几乎回不来了。我的冬衣全在福建。文学讲习所的课也还未讲。不然，我真想在那里过一个严寒的冬天！

《双虹》出得不错，我怎么会有意见！未印提要也好，让读者自己判断。

据说，香港的三联也要订购它。

我大约半月后能回到园坂。许多诗还未写出，最好关门两个月。

握手！

其矫　十一月二十四日［1981］

寄到福州的稿酬 705.06 元，我已委托人代领中。

十二

宫玺同志：

从新疆回来之后，我用了十天时间备课，十二月八日开讲，十三日就离京南下，所以你十二月十二日的信我未能在京读到。我在福州也只住五天，就回园坂了。你的信转来福州，我又不在。今天一月四日我来福州开会，才终于读到了。

上海也有朋友来信说《双虹》在该地畅销。香港也订购了。剪去《大公报》副刊上一短评，吴其敏是前《海洋文艺》主编，对《双虹》过誉太甚！看完后仍寄给我。

你代购的五十本，他们给转寄北京，很快就分发去了。贵社的三十本，留在福州，到现在也所剩无几。许多人写信来要，只好抱歉了！

香港有朋友对封面极为称赞，我意也是过艳了！

如贵社有再版，我定赞成。《祈求》也是再版了的。

补送《祈求》一本。

香港的《选集》，可以挂号寄福建晋江县紫帽山农场园坂村我名下收。

在新疆写了四五十首诗，尚有许多未整理出来。用半年的时间来写也不算多。过几天我回园坂，就要着手写了。

代问金城好！

握手！

其矫　元月四日晚［1982］

十三

宫玺、金城同志：

寄还《选集》收到。

真是抱歉：《祈求》手头没有，等我写信向人索取，再寄给金城。

陶然已来信，讲你把书交黎焕颐寄去了。

《双虹》香港继续有评论，似乎比《祈求》受注意。我听到国内朋友的反映，也大都对《双虹》较为欣赏。这对你们编者也是一种安慰吧，你们对它也是出过力的。还有人向我索取《双虹》，可都未能如愿，八十本全送光了。

文坛受风气的影响，现在比过去好多了。邵燕祥曾对我说，如果不是三中全会后文艺风尚改变，我的大部分诗是出不来的。我很赞同这说法。至于评论，我以为没写出来比写出来的好。

握手！

其矫　二月二日［1982］

十四

宫玺同志：

二十二日来信收到，你寄福建的信大约是寄园坂吧，我曾交代所有寄到家乡的信件不必转寄，以免麻烦他们。《双虹》再版，我没有什么要改动的。只请你在再版出来后，替我预购三十本寄园坂村。我也经常遇到读者买不到书来信托我代购，只好把剩书送给他，现在手头只有一本了。

我决定本月三十日动身南下。第一站到合肥，第二站到苏

153

州。苏州大学邀我去讲学，这就使我不得不在上海停两三天，买上海到福州的车票。到上海大约在十一月十日之后。从苏州起程时当给你打个电报，再一次麻烦你们替我订个宿处，如你们出版社有招待所也行。上海我没有其他较亲近的熟人，周以勤经常不在，宁宇也久未通讯，大约他也经常出差吧？好几次都是你和金城帮大忙，这一次又要麻烦你们，也是接到你这次来信才临时想起来的。自己悄悄到，悄悄走，总不大好吧？最好不要派车接送，上海电车公共汽车很方便，不动公家关心也更舒适。

这两年我写旅游的诗太多，想收一下，但旅行还是要的。我也想回头再向传统诗歌学习，把现代化和传统结合起来。一味写诗人不大好懂的现代派诗风的诗，我也不赞成。见面详谈。问候金城。

握手！

其矫　十月二十四晚［1982］

十五

宫玺、金城同志：

你们六月二十日和二十九日来信均已先后收到。

我在河南半个月，五月二日回京休息，二十四日偕妻子前往河北山区涞源和阜平，访问抗日战争时的老房东，以后穿过山西上华山；最后又到延安，看望从前住过的窑洞，于六月十九日回北京。

《双虹》我当写信去园坂要。

舒婷的《双桅船》，不知能否弄到几本？有写诗的青年托我。

《余光中诗选》和《郑愁予诗选》我都没有。只有一本余光中的《莲的联想》，放在福建园坂。还有一本《从徐志摩到余光中》，是解释他们的诗作的，待冬天回闽时找出寄去，如果你们需要的话。

我又集中全力看书，自己感到许多方面都落后了。

握手！

其矫　七月三日［1983］

十六

宫玺同志：

我们所处的是一个变化时代，所有的人都有变化。但我们又是从来处来，向去处去，一条道路自然贯彻始终，不可能没有过去的痕迹。如果能清醒一点，把过去的负担多甩掉一些，也许会走得轻松迅速。

过去的负担大都在观念上，只有感觉能够肃清它。感觉比观念真实。你的思想比以前活泼，你的语言也比以前自由，但这些还不是关键所在。诗，究竟是直觉的，不是思辨的。你有不少朴素的机智，但也有太直太白的诗。含蓄不够，缘于视觉、听觉未充分发挥。句法上也残存对偶的过于明显，这是由于发展不迅速，起落幅度不大。变静止的对偶为发展的对偶，就不那么叫人感到迟缓了。

五十年代、六十年代的诗风，大都不够忠于感觉，或者有一点感觉，很快转到观念，而未能把感觉深化下去。看得见的东西不多。抽象的陈述却不少。你近年的诗已有些变化，总结得失，很有必要。我也常常感到不足，而思再读一些新的佳作。

我们传统的习惯，总是借景抒情、借物抒情、借事抒情。有时也会不免落于旧套。能不能无所依傍而直接抒情呢？现代派就有不少创新。我至今仍不敢多迈几步，打破以前框架。

六月经上海，想多住几天，再详谈。

握手！

其矫　四月二十七［日］晚［1984］

十七

宫玺同志：

去年七月四日下午我坐船抵上海，六日早晨又坐船往重庆。在上海只待两个晚上一个白天。听说金城不在，你又身体不好且家务重，所以不惊动你，而让徐为献给我订建国西路创作室的床位。我特意交代徐不要麻烦你。

我收到你两次赠书，没有回信，请见谅！我是很注意你的诗的，觉得与从前大不相同，跨度极大。从五六十年代的诗风出来，完全适应八十年代，你是很特出很不容易的。

你在《诗歌报》发表写给我的小诗，好像没有读过。我又告诉你什么故事，也全忘记了！

今年六月我经上海，一定多住几天。

今天给你和金城多寄一本《醉石》补过。

祝你健康！

其矫　四月十六［日］晚［1986］

十八

宫玺：

接到你情溢的长信，又读了你长叹的自选诗，我也是感慨无穷！

这个世纪末，并不强于上一世纪末。二十世纪，也有中世纪一样的黑暗，不过是政治迫害换过宗教裁判，为此而杀伤更惨。眼前国内的文化残局，其实就是建国以来知识贬值的必然后果。

我倒不如你的重视近来。也回赠你一本《自选一百首抒情诗》，主要是为最后十四首有关××的诗，前面的八十六首都是冷饭。全部不附写作时日，以免涉嫌。

顺便附上《论细节》，沟通相互对诗的见解。

握手！

其矫　［一九］九五年一月二日

十九

宫玺：

收到你的《诗稿》和信，我就认真读每一首。我是从尾到头反过来读，从近到远，从流到源，从新到旧。总算把全书断断续续看完，这在我属于罕见，即使如牛汉的诗选，我也只选读几首，以偏概全。对于你，我往常就觉得你有个性，耐读，就想了解其中奥妙。概括起来说，你把人生经验压缩在每一首诗里，哲理多于抒情，内部心象多于外部物象，有巧思，有奇句，却又朴素、易懂，别人写来可能说教味太重，你却轻而易举，文字的功夫不浅，诚实又忠厚，也非常重要。你只走自己的路，从不哗众取宠。每次在报刊读你的诗，都有新鲜感。如果你写杂感，也必定有新意。不过你只用诗句来咏叹人生，已足矣！从你走过的道路来看，你选择的有必然，经历和性格就是决定性的主要因素。地域山东，根源统传，不固执，易容纳，从空军到编辑，步步为营，不脱离现实，从不故步自封。

今天收到你八月三日的来信。有几点需要说明：我的《诗选》，全靠手抄，抄得心烦，无暇校对，错在自己。又因为近年觉得诗宜以短为佳，选段、摘段不少。还有否定的不少，颇悔从前盲目。也不主张多多益善，明知有四百面，也不愿凑数。认为文学反映现实，与现实关系不大的从略。如果没有批判的精神，艺术难以存在。近两年我在实验自制格律，对自由体颇为厌弃。

来年春天，很想见你畅谈。

握手！

其矫　八月八日立秋［1998］

二十

宫玺：

正如你所料到的，张家港诗会原为针对新潮而举行的，不请年轻一代（于坚除外，因为他为云南派出的），大会发信预先指定，分两个大组也匆匆过场。我在第一组，指定组长为王怀让……

把我的信发表，我绝无意见。以后再用其他也不反对。这都是为新诗奋斗，应该如此。

可惜沙漠的诗，只有《人民文学》去年九月号一首！西北的沙漠化，现在的统治不能推卸责任。为保护包兰铁路，消耗无数心血，可是现场一派荒芜，所以我落句："天沙尽头的落日，给苍凉抹上瑰丽。"如果再写，又不肯抹没良心歌颂，只有展现真相，怕所有编辑，都不敢采用！

即如《诗的双轨》，对打括号的现代派有点刺痛，在目录上也有意隐没。

……

格律和自由，其实是相互交替，又相辅相成的。失其一，即失去相互约束和节制，必走向极端。而极端即如极权，必有失败的一天。

其实你的五十年代和八十年代，也应有文字来记载感悟。匆此。

其矫 十二月七日［1998］

张家港诗会结束那天，舒婷、孙绍振、我都在中午不辞走掉，我也回福州半个多月，今日才来京，才读到你来信。

二十一

宫玺：

我刚从成都世纪之交笔会回来。有两件让人高兴的事：一是登上峨眉金顶，满山是雪景和树挂，不亚于东北的冬令；二是三星堆的古文物，距今三四千年，相当于商朝，有镀金面具，与埃及法老时代略似，李白《蜀道难》中所说的蚕丛与鱼凫，已非空想。

老来心事，以读书为乐，写作不必多，只求精。你不觉得新诗迷蒙吗？前年、去年，我尝试自制格律，犹觉空虚。唐人大都两支笔，古体、近体都来，宋人则诗词并举。

今年我大都在福州，遇车祸，中秋节前夕才回京，又于十一月回老家应景。

案头书报堆积如山，想写的都未举笔。祝

新年好！

其矫　十二月十七日［1999］

二十二

宫玺、金城：

宫玺告我徐光耀、林贤治的文章，这里文联图书阅览室没有那两种杂志。

爱情花和桂花我都想望。中秋节次日我首回随本处老干科组织的两年一次二千三百元的旅游（以前我是独行侠，去年车祸再不敢一人走），到了杭州、绍兴、宁波、普陀，回程在杭州等飞机有一天闲暇，我去作协被请午餐，下午独自去花圃和满觉垄看桂花，后者桂花甚老，高达两层楼，满树金烁烁，香可熏人。门票 30 元！

与杭州中年诗人董培伦相约，十月二十日赴杭，廿二日出发去沿大运河到苏州、扬州、淮北直达微山湖，并参加青州的一个什么会，据说能弄到一辆小吉普，可七八人坐，沿途食宿有招待。全程十天以内。回程如有可能绕上海，与张烨偕游周庄（这是前次到沪后口头约定），届时也想看你们，不知如何电话联系？

握手！

其矫十月七日［2000］

二十三

宫玺、姜金城：

我在观看杭州西湖博览会之后，由董培伦组一个大运河采风团，经过苏州时，顺便开车前往一小时行程的周庄，水乡景物虽好，可惜商店太多，柜台上摆满红烧肘子，大刹［杀］风景。旅游点一经商业化，闲情顿失。本想到达微山湖之后，即赴沪践约，但既已领受周庄的非文化气息之余，已无二次细看的兴趣了！如果你们已转告张烨我将赴沪的信息，请再转达我致歉之意，为荷。

大运河之行，由宁波一写旧体诗的企业家出车出钱，到宿州之后他们返回，我和董培伦继续前进，两人到徐州，雇出租车到微山湖，坐快艇游一小段，据说再向北已断流。我们又到青州参加东方杯爱情诗大赛颁奖大会一天，然后随王耀东带到潍坊，参观鸢乡的大风筝博物馆，住宿、餐饮、买火车票返北京，一切由他包办。

二十二日由杭州出发，返京为二十九日，正好是一星期的游历，得益匪浅。可是到处约稿，明天就得开动脑筋了！

天气已冷，生暖气尚须半月之后，这一段是冷冰冰的日子，穿了卫生裤还不够，下午也把皮衣穿上了！

大约得在北京稍待，又得返福州完成《回廊》诗稿，然后再来北京过冬。

握手！

其矫　十月三十日［2000］

二十四

宫玺：

这两年，我倾注海洋史的写作，侧面反映复兴的时代。我早就说过，为了思想，我宁可牺牲艺术。沙漠、航海都让你失望，同类的反映也来自许多写诗的人。《郑和航海》和《海上丝路》在山西《大众诗歌》都占首篇是唯一的支持者。

现正搞《徐福东渡》，遇到两大发现而踌躇。许多资料证明日本第一代天皇神武天皇是徐福，他从九州东征本州得到秦始皇全力支持。接着要写郑和之后五百年中国海洋的失落，西方殖民发动 84 次侵华战争，动员兵力 50 万，是世界之最。而没有亡国，是印度大起义上牵制。

也写福建史地，剪四份请批评后寄回。

握手！

其矫　二〇〇二年九月十六日

二十五

宫玺：

能够和我谈论诗的，已所剩无几。你能畅所欲言，又不乏深思，所以当下即复，决不拖欠，因为一拖，就底气全无！

"为了思想，我宁可牺牲艺术"并非近来才说。十几年、二十几年前，我就在某篇文章或某次座谈会上说过了。我看到近几十年内，年轻诗人都走向内心而离开现实，读来不知所云。我甚至说道、写道："诗中无我。诗中有个性，但无个人利益。"因为我觉察到：历史上所有的大诗人，都不写个人恩怨。鲁迅也说过："谩骂并不是战斗（大意）。"作家是人类的良心，为时代替大多数人说话，并不斤斤计较个人得失。也不是斯大林说的什么工程师在改造别人。诗史从意境诗发展到情节诗〔前者为歌德说"所有的诗都是情境诗"（从前译为"情景诗"不确切），后者是弗罗斯特说"所有的诗都是情节诗"（"情节"英语为 action），原文有动作之意，有人译为诗的运动，太谬矣〕。这是因为诗从口头文学发展到用眼睛看的印刷品，就不免要有人物和行动，才可栩栩如生。

我们现在理解艺术主要通过感情反映人生，但客观现实已发展到存在于身外，譬如环境保护和生态平衡，已是当代至大主题，它就存在于身外。譬如文化，已是政治和经济之外的重大现实，因此文化知识已是感情之外的客观事物，成为我们当前生活的不可或少的现实。

反对余秋雨的大有人在，但从他身上却又有重大教益。他把抒情叙事的散文发展为文化散文，他广博的知识正是当代文化人的楷模。与其写那些不痛不痒的抒情诗，不如在诗中灌输一些历史、地理、文化素养来得有益于人。

所以你说的记事，只及其表，未入内核。你想想看：我们当前的现实，已比李、杜、鲁迅、艾青等等大有不同，不发展、不探索成吗？

曲高和寡，自信是绝不可少的。实践当然也要有虚心求教。《新诗界》第二期邵燕祥写的《金谷园》，既有历史也有地理也有感慨，就比我的《郑和》《丝路》来得更有诗意。我想今后写《徐福》要向他学习。

你写短诗，如果有更多的现实情景、更多的生活气息，也许就不会枯竭。

　　草草写来，不求完善。没有缺点也非艺术。

　　握手！

　　　　　　　　　　　其矫　二○○二年十月七日

山西的《大众诗歌》你们出版社应该有。

二十六

宫玺：

　　文学和诗，其内容极其广泛，它包括人的生活、心理、行为、道德、宗教、伦理、美学、哲学、音乐、艺术、语言、神话、历史、地理、民族、社会、阶级、政治、建筑、服装、饮食，甚至自然等等。

　　如果把诗限制在抒情和哲理，不就让诗的视野太狭窄了吗？

　　坚持在某种形式主义之下写作，把诗定型化，和现代的种种新批评、后结构主义、解构主义、后现代主义等等的信条，又有什么不同？

　　二十世纪八十年代，开始受注目的文化诗学，因此应运而生。

　　余秋雨的文化散文，也就值得让人关心了！

　　我主张在诗中容纳更多文化，也许是对的。

　　请发表意见。也让宁宇、金城过目。

　　　　　　　　　　　其矫　二○○二年十二月二日

二十七

宫玺同志：

久未通讯，念念！

近日翻读《今天》去年冬季号得悉，刘再复出国九年后，写出系列文章：《漂流手记》《远游岁月》《西寻故乡》《独语天涯》《漫步高原》《共悟人间》《阅读美国》等七本。其中《独语天涯》与《共悟人间》有上海文艺出版社 2001 年出的简体字本。

你能给我找这两本送我吗？

原在山东泰安师范张欣，两年前调到浙江［工业］大学中文系任教，改称子张，最近写出《20 世纪后半叶的中国抒情诗王——蔡其矫与中国当代诗歌生存发展之路》初稿让我订正，我提四点建议更正，待修改之后给你一份，你也可以直接向他要。

握手！

其矫 2004 年 7 月 30 日福州

二十八

宫玺：

承赠《青青河畔草》，目录扫一遍，喜欢你读诗细腻，有感落笔！

年老知识稀少，来京嗜读书刊，感慨良多！王若水的《新发现……》，李慎之的自由主义和专制极权的论述，惊心动魄！

我好像中了民族主义蒙汗药，两年来发表海洋史诗三首，不自觉的失误，反映寥若晨星。只向后看，与现实思潮相背，惭愧惭愧！你知道季羡林吗？巴金要举荐他当作协主席，李慎之说他也中了蒙汗药！好像鲁迅也大大不是我们从前所认识的！

福建有人想从自由主义角度写我，未果。

握手！

其矫　2005.1.25，北京

致　骆　文[*]

骆文同志：

遵嘱将底片找出寄给你。并谢谢你对照片的赞许。

未能在家乡请你吃稀有的海产，遗憾！我家是三十年代钢骨水泥的洋式楼房，舒婷开玩笑称之为"公爵府"。

惠安的石雕，别有风格。清源山初冬的红枫，我看也胜过别的地方。

我和妻子重游抗日战争时住过的晋察冀边区涞源和阜平，见到剩存的房东。后又上华山的五个高峰，下山时几乎每步都咬着牙根。然后去看西安附近的茂陵、乾陵和昭陵，赴延安途中又拜谒黄帝陵，那片柏林美丽极了！在延安讲学，于六月十九日返京。

我家住北京东城朝阳门南小街大雅室××号，传呼电话就在院内。严辰、邹荻帆请来京开会的于黑丁，让我作陪。除了诗刊社，我别无接触。艾青那里，也比前少去了。

我喜欢北京有许多展览。

问候淑耘同志。握手！

其矫　［1983 年 8 月］

＊　骆文，作家。

致 振 昌*

振昌先生：

　　对毛笔已生疏半世纪，题字就免了吧。

　　我 16 日赴闽东旅行，一星期后回福州。

　　词和作者简介再誊一遍，也许有用。

　　曲谱附去，回音稍后无妨。

　　　　　　　　其矫　二〇〇三年十月十四日

　　词的最后结语"现光明"，有小儿科之感。要我的想法说出，还是以大光明较脱俗。

---

*　振昌，全名庄振昌。

致晋察冀文艺研究筹备组

晋察冀文艺研究筹备组：

顷接一月十三日贵组发出的为老区征求图书和赵尚志烈士立碑事，因为我在京，想直接把书和款自己交过去，请来信告我到哪里？找谁？来信寄：东城大雅宝××号。

蔡其矫 一月二十六日

致徐竞辞*

一

竞辞：

从西沙回来已经四个月了，计划中的两篇诗始终未能落笔。也许我在寻找最好的主题，也许我考虑得太多了，我曾回头检阅世界和中国的新诗成就，看了许多名著，目的是想把诗写得更好。我总得把诗写出来才能回京。从现在起一个月内我将全力以赴。

回京之后，我想和你结伴，去宁夏，去西南，写沙漠，写九寨沟，写黄果树瀑布，写天子山，这是我梦寐以求四篇大诗。秋天是旅行这些地方的理想季节，树叶变红时更加美好。为此，我们得准备一笔旅费。我想把存在香港的美金拿回来。得便时你告诉竞庄这事。

我的经验（特别是这几年），旅行最好坐飞机，不怕多花钱。钱存着也无用。而且身边带几本好书，每个地方多住几天，

＊ 徐竞辞，蔡其矫夫人。

不再走马看花。

完成了以上计划，我们再到泰国和新加坡旅游，充实我们的晚年。

今年夏天，福建比北方凉爽，因为经常下雨，刮台风。现在立秋已过，处暑也已过，气候最适宜于写作。

省文联食堂承包出去，我用电炉吃三餐，也已经习惯了，而且吃得更合自己的口味。假牙也已全部做好，按上去后又作一点修改，吃什么都能适应。

阿端全家在京了吗？汉城带真真在开学前能去看你吗？如不能，你也不妨去武汉住些日子。小桦和濛濛是在同一个二中吗？

问好！

其矫　八月二十四日

二

竞辞、阿端、小虎：

我来西藏已经二十二天了。这里空气中的氧气只有北京的一半，刚来时人们强迫我躺在床上不动，枕头边还放氧气。同我来的西藏文联付［副］主席，躺了一星期还起不来。我第四天就到后藏日喀则和江孜，看到冰封的仙女峰，比瑞士还美丽的羊卓雍湖，五千五百公尺的冈巴拉山口大风雪。后来又到东藏明珠林芝，看到二千四百岁的大柏树，到米林最前沿的连队，隔一个山头就是印度，然后沿着雅鲁藏布江河谷走三天，到藏族发源地山南，看文成公主结婚处的昌珠寺。八月八日回拉萨看《雪顿节》——藏族艺术节的藏戏和歌舞。

明天我要到藏北草原那曲看赛马节，五六天以后坐游览车走两天，到中国和尼泊尔交界的樟木口岸。我本想从那里到平均海拔六千公尺以上的荒无人烟的阿里（世界屋脊的屋脊）再从那里沿新藏公路进入南疆，但这里的同志都反对，外国游客也有在阿里失踪。那么我就在八月二十五〔日〕前后坐飞机抵北京。

西藏的太阳真厉害，不戴太阳镜眼睛就睁不开，我晒得黑极了。空气干燥，擦面油外还要在唇上擦甘油。一天要喝许多水。烧开水不到八十度就开滚。煮面条要用高压锅，否则面条都不熟。天非常蓝，云非常白，山光秃秃的，全是风化石。全拉萨没有一间药店，公共汽车只有四五辆。外国游客很多，菜花一斤两元，西红柿也一斤两元。

月底见。祝好！

其矫　八月十日拉萨

三

竞辞：

寄来几件邮件收到，其中一张邮汇 80 元稿费，必须在东单邮局领取。按规定三个月内必须领取。汇款日期四月五日，到七月五日有效。领取时要有我的身份证，还要代领的身份证，有两个身份证才能领取。所以只能交蔡军或三强去领。现把我补领的身份证寄存你处随时用。

我现在逐渐把福州的书和有用资料，运到园坂收藏。老家晋江市政府要为我成立诗歌馆，我建议设在园坂洋灰楼。已经买了三架书柜，也已把一些照片和底片运回去。

今年福建降雨特别多，到现在还不热。六月上旬端午节前后还将降大雨。现在室内被子将有些霉味了。

问好！

其矫　2005.5.28，福州

四

竞辞：

从西沙回福州，我只休息半月，又于 5 月 11 日前往南日岛、湄洲岛、崇武半岛旅行，并在园坂老家住了十多天，在石狮市开了 4 天会，6 月 5 日才回福州，收读你五日和十日两封并转来的别人几封函件。

我在大跃进时来福建，原是作为体验生活并非下放干部，只是原有省委支教书记林修德曾是我高中同学，大约出于不放心，一个月不见我，原来他从中宣部干部处调来我的档案，又不交回。我 1958 年补抓右派时理由不足只给我撤销党内外一切职务的处分，1987 年平反，中宣部打电话不问是否调回，文联不正式答复，是政治处一个干部告诉我，他还批评那干部非原则。现在轮到文联出不起大笔钱为我在北京买房子，又想用省宣传部名义请求中宣部调回中国作协，这事必定要拖一些日子。

我想请你在暑假带上小虎和濛濛来园坂住些日子，车票可托禄米仓耿真在旅行社工作的女儿代买。这是我在京时与小虎、濛濛讲好的。一切我都准备好，到时给我电报接。

其矫　六月六日

五

竞辞：

春节前数日，我带蔡濛至南京住三日，游中山陵、夫子庙、雨花台，然后与虎子飞厦门住两日，游鼓浪屿、集美和厦门大学及面向金门的新辟海岸新风景，最佳。然后回园坂老家住四日，让虎子、蔡濛由小学教员带领上紫帽山，除夕我办了一席丰盛的春饼宴。初一从泉州坐火车赴武夷山玩两天，初三返福州，初四买机票让他们返南京和北京。

元宵前夕我又与敏治回园坂，在母亲墓园修建亭子和山下的花园，所需款项由天治、其巩、满治、箴治及其侃夫人小王共捐资三万一千元，工程全部完成尚余一千多元，将来作修路用。敏治拍一些照片寄香港。

三月份，由于云南周良沛约我为《保山》画册写序诗，我翻阅从前的笔记本，又被中央两会大谈开发西部和环保所触动，自三月八日至十五日，连写九寨沟、黄果树大瀑布、天子山、夜郎古国、三星堆及林语堂等六首相当长的诗篇，分寄《人民文学》《诗刊》《绿风》《诗潮》《光明日报》副刊和《福建文学》。几乎是一天完成一首诗。接着又在十六日开始翻译墨西哥诗人帕斯得诺贝尔文学奖的《太阳石》，约十日译完，抄时竟需两天才抄毕。此译诗近六百行，已由福州的一个文化公司答应出版，近日还在认真修订。

四月八日中国青年报一个付（副）主任要写我的专版，我带他到园坂住一日，十五日福建评论研究室主任要写我的评传，我又带他到园坂，泉州和晋江走一趟。计划端午节再到园坂在新造……（未完，原稿缺失）

致　高　农 *

高农同志：

在海南岛，看到你由许燕影转给我的信。现在我把她的诗稿《轻握的温柔》带来了，请你过目，看能不能出版？用什么方式出版？要交多少书号费和出版费？

收到信，请复我短简，并告诉你的电话。

握手！

蔡其矫　五月三日

我住在凤凰池文联大楼后面宿舍楼中间楼梯第二层，没安装电话，只好用通信办法。

附我大前年编印的她的诗选供参阅。

---

* 高农，编辑。

致　高　琴[*]

一

高琴：

昨天我过生日，舒婷、袁和平、黄锦萍、伊路、朱谷忠、刘登翰等十余人在我的宿舍聚会，玩得尽兴。

你到新单位，怕不如工会那么自由吧？能否请假外出？我元旦要到霞浦参加一个作者的婚礼。一月份基本上在闽南活动，也到崇武海滨。二月也打算到杭州看梅花，你有可能一起去吗？那时放寒假，带孩子、爱人一起去也可以。无论霞浦、闽南、杭州，你只要请假五至七天。或者来福州玩两天也行。

望回信

握手！

其矫　12 月 13 日 ［1991］

蒋庆丰要调妇联《海峡姐妹》编辑部。

---

[*]　高琴，南平诗人。

二

高琴：

你九月一日寄福州的信和诗两首，今天才转来。

我这几年大都住在北京。去年九月回印尼探亲。今年三月下旬回福州，旋去晋江过清明节。五月参加百名文艺家采风到泉州地区。六月上、中旬去屏南和建宁，六月下旬回北京。七月参加四川西岭雪山诗会。九月去宁夏腾格里沙漠。

你油印的爱情诗集，希望能送我一本。

南平的百合花，也常在我梦想之中。今年六月多雨，从屏南赴建宁途中经南平时想去看你又怕你不在，也担心宝珠村百合不如往昔，明年如何？

夏夫人不错。曾女士离婚出人意料，她是那样温驯可人！

我一定争取明年六月百合花盛开时约你同登茫荡山，看宝珠村的百合园。

握手！

其矫　10 月 4 日〔1995〕

三

高琴：

十月二十六日来信及诗稿收到。

我非常愿意为你的《红蝴蝶》作序！

为更理想起见，想请你给我一些写序的提示：譬如你的经历、写诗何时开始，接受什么影响？感情经历可否也写点暗示？

我非常想念你！也常常回忆我们的友情，今年六月从古田赴建宁途经南平没有去找你，非常感到遗憾！明年春夏之间我一定去看你，请告诉我你迁居后的地址。

望常来信交流近况。

我不久前去宁夏腾格里沙漠，正在构思一首五六十行的诗。

握手！

其矫　11 月 4 日 ［1996］

四

高琴：

四日复你一信，五日读《厦门文学》十月号，见长篇节选《醒》作者雨晴简介，说她原名高琴，使我眼睛大亮！再看下去，说她在厦门某报工作，又是省作协会员，才明白是与你同名。你出诗集，是否仍用高琴？

又：红蝴蝶事实不存在，只有黑蝴蝶、蓝蝴蝶、花蝴蝶以及闪光蝴蝶、凤蝶等等。事实上你是写人，不是写蝴蝶，何不用更引人深思的标题和书名？

打算在什么出版社印行？

关于序的写作内容，你有什么要求和想法？

甚望你来信能对我写序有所启发。

握手！

其矫　11 月 5 日 ［1996］

五

高琴：

今天收到你寄来的《红蝴蝶》，当下就翻读个大概，并把黄文忠和叶砺华的代序也粗读一遍。

总的印象：这个诗集很有特色，不负爱情诗自选集的美称，插照也漂亮，用的纸也算高级，封面的两幅彩图也切合内容。

我还在考虑，签名之外的另一本，应该转寄给谁为好？给编辑选用几首刊登在杂志，或给志同道合的爱诗者供欣赏。

如果你的经济并不困难，还是到文联当秘书长为上策，可以继续在文学道路跋涉，甚至能够开阔眼界，并做称心的劳作。

我在京除了读书外极少其他活动。

南平常在我思念中！

其矫　9月8日［1997］

六

高琴：

十八［日］来信悉。

我四月一日去晋江，大约中旬回榕再去信定个时间。请来信谈南平近况，并告我星期五早上火车去南平是几点开，几点到。以及你不来接时我如何去找你？

见到黄文忠时把我将去南平玩几天的事告诉他。去茫荡山百合园路途不便，而百合花现在福州花店多的是，而且我也已在老家园坂去年种了四五种。

倒是想去建瓯万木林通游一遍。

更想给漂亮的女孩照照相。

握手！

其矫　三月二十三［日］晚［1998］

七

高琴：

记得四月一日我去晋江老家之前，又给你去一信，问：如果车到南平你未来接，我该怎么办，意思是问你的电话。我不确知武夷快到达南平的确实时间，如果在你办公时间，即给你办公室挂电告，如果是下班了，即给你家挂电话。我也忘了你家怎么走法。这些都是不必要的顾虑。

不知那封信你收到忘了答复，还是那信你没有收到，遗失了。我却在等你的回答。

昨天去冰心纪念馆，见到朱学新，她说你已在等我去南平。

明天是五一节，也许你节后尚有些琐事，请你来信告诉我，哪一天去南平最好？

握手！

其矫　四月三十日（1998）

八

高琴：

我图清静，从未按（安）个电话。

今天星期一（五月十一日）上午收到你五月六日写、五月八日发出的信，从邮戳上看五月九日下午三时到福州，但因为是星期六，收发室不上班，五月十日星期日也没有。

我决定按你来信说的：十五日早八九点乘武夷快去南平，你来车站接我，下午你去上班，晚上我们到江边乘凉或看电视聊天，星期六和星期日由你安排，十八日星期一我坐清早的火车离南平回福州。

舒婷十八日下午到福州参加他弟弟当晚的婚礼，二十日是她生日就在福州过，二十二日她参加访问团去莆田。

见面再谈。

握手！

其矫　五月十一日［1998］

九

高琴：

寄去千字的序言，如有不当之处，或要增添什么，请打我家电话。

并顺便把你的诗稿打印本寄回，其中有我的纠错字和删不当之词，请你细心看一遍，付印时参考。

其矫　十二月六［日］

你给我寄诗稿打印本时，地址你一定是粗心写错，所以我的回信被送到别的分局。这一次大概又是粗心把门牌写错了，我不得不加以纠正。可是信封写的和信里写的一致，我又不得不按你这最近来信的地址照抄了。也许挂号会保险些。

曾女士为什么离婚，她现在的通讯地址，告诉我。

十

高琴：

我已于三月十四日飞抵福州。计划四月一日回晋江老家扫墓，大约半个月后回福州。

我想到南平你家住几天，你看什么时候去合适？星期几你在家？怎样能找到你？你家电话怎样打？

握手！

其矫　三月十六日

十一

高琴：

不管你有没有写出什么，友谊还在呀！你来福州两次也不通知一声真不应该。打个电话让人转告或问我在不在总可以嘛！

今年百合观赏你没去还好，百来人践踏园子惨不忍睹。还是我们独自去看比集体袭击好，第一天没住南平出我意料之外，茂地一点意思都没有！参与者大都是书画"家"和记者，写文章只两人：许怀中和我，而许是官员。也不可能写出什么，活动一天半，开会时间比看花时间多，开两个会，看花只一小时！

这月十八日要到东山开海洋笔会，要是你能参加多好，去看海，玩五天。

工作还顺心吗？

握手！

其矫　七月四日

十二

高琴：

　　飞机在十一时二十五分起飞，开始还清楚见到南台岛和鼓岭北峰的山脉、田园、村庄。以后升到云层之上，就什么也看不到了。地上看云和天上看云，很不一样。九千至一万公尺处往下看，云成为密集的高低不平的泡沫球状。记得有一次秋天，没有一点云，地上的山脉河流都看得清楚，就是不知道是什么山什么河，长江和黄河都成了小水沟，太湖和巢湖也如同池塘。下午一时半，飞抵北京近郊，又能看到倾斜的田野和楼房。一时五十分下机，还要乘大客车半个多小时才到城里民航售票处，两个孙子接我，步行回家，已是下午三时。

　　下机的第一个感觉是非常凉爽，已是立秋气候，又值昨夜有雨，地面还湿着，空气清新，福州的炎热之后接触北京的秋意，心里特别舒适。此后一直是此地一年中最好的季节，好几次带孙子孙女，到公园去玩，远的要坐车一个小时才到的圆明园，近的到景山和天安门。今年这里的水果特别多又特别便宜，大桃子五角一斤，我一天要吃五六个。

　　这次的来京主要是为解决离休后的永久住所。按规定要给我九十平方。正好中国作协在亚运会村能分到三千平方楼房，我应该趁机申请，福建省文联党组书记也专为此来京商谈。所以我要匆忙在八月中旬先来向各方说项。也许你在电视机上也看到亚运会村的美丽，不过它比不上我现时住在黄金地带（距王府井只五分钟的步程）那样理想，如附近有平房给我更好，我可以种花。

　　福建的同志希望我在九月二十二日前返闽参加海峡两岸诗

人集会。短短十六［天］中要走厦门、泉州、福州和武夷山，中间也许还去湄州岛。我不善应酬，不如让舒婷去做首领，所以不想参与。

我最喜欢单身或陪伴一人去作最自由的旅行。能够陪你去深入苏杭的最有特色的风景更吸引我。明年三四月间如何？我们约好在哪里会齐？

聂鲁达和埃利蒂斯的诗你读了吗？很想听听你的读后感想。从事文学，信心非常重要。你写的小说，改好应该寄给季仲。散文和诗，力争在重要刊物上发表。利用一切可以利用的时间读书。只有读了很多的好书，写起来才有份［分］量。

蝉声和鸟鸣在耳，轻风拂柳，阳光平静，天总是蓝的，早晚还有凉意，我来京已近两周，还是想念福建的朋友。你常给我写信吧！

握手！

其矫　年八月二十三［日］［1998］

十三

高琴：

年岁不饶人，只要心境长留青春，也就能心安理得了！

关心爱人和孩子，在于时常尊重他们。至于各人的不足和苦恼，是无法分担的。

我最近常想：杭州之行，最好事先征得爱人的同意，约好时间就容易了。

送你几片秋天的思念。塑压双叶送你女友。

来信要我对诗作大砍大杀，结果如下：

《拥有月亮》："岁入初秋，晚空幽蓝/在草地翩翩起舞/堤柳秀发飘荡/腰肢柔软成湖水/爱心印上月亮

雾轻轻落/爱神坐在黑暗树梢/热泪洒遍万物/展示成熟女性的编织/我们拥有月亮"

两段，每段五行。最后两行中的编织二字不甚理想。

我编诗集，七月已结束，但还不想拿出，明年再看时机。

在京除做家务、看书，很少其他活动。看了两次香山红叶。参观几次画展。

问候你全家。

握手！

　　　　　　　　　　　　其矫　十一月十五日

致　陶　然[*]

一

乃贤弟：

十日晚和十一日来信收到。此信夹来的《聂鲁达诗选》你曾在几年前手抄给我寄过，你忘记了吧？这里《世界文学》今年三期上也有聂鲁达的诗五首，有四首是未见过的。并有艾青一篇回忆，据说是给聂"恢复名誉"。

邹荻帆曾要我译的《马楚·比楚高峰》，我说太长，不适于《诗刊》。

罗青编的《小诗三百首》和世界现代诗《灵犀》，收到后陆续看了一些。

这几年来看了法、德、英、美的诗，都觉得不及苏联的诗好。小说也有这样的感觉。也许这有个距离的问题在。西方的诗都不好懂，包括安格尔的诗（最近刊载不少他的诗），都不让我喜欢。如果以后你看到苏联的诗，请劳影印寄来，其他的不

---

　　*　陶然，原名涂乃贤，作家、诗人、《香港文学》总编。

是你欣赏的，都不必寄。多了，就浪费了！

陈国安的书前天收到。给艾青的等他回来给。

你的散文诗《致意》有感情，有一两段相当精彩。

到聂华苓告别茶会上，去美的另一人还未决定。据说聂坚持刘而不赞成邹。告别茶话会上，丁玲代表作协讲话。那天晚宴，也以丁玲名义饯行。

中新社香港分社如能成功，可以打开你的社会接触面。不过一定很忙。

你不应该受情绪的影响，学会坚强对付一切，不要向老板示弱。离开与否，全看有否必要，再作权衡，沉着慎重，以事业着想，有时要小忍大谋。中新社社长是谁？人如不投机也罢！

前几天寄出一本《诗品今译》，请你转给石君。

《祈求》自序退回。周良沛看了说像宣言书。我准备重写。

《祈求》目录如下：祈求、波浪、丙辰清明、珍珠、常林钻石、灯塔、悲伤、诗、时间的脚步、落日、十月、二十年、屠夫、玉华洞、广州、肇庆、七星岩、候鸟、指挥、风景画、女低音歌手、排练厅、请求、夜行、双桅船、气垫船、上海、开辟新航线、大叶榕、西北风、武夷山梅、峭壁花丛、九曲溪、竹林里、云海、大竹岚、五更天、燕江、九泷十八滩今昔、雨雾霞浦、闾峡、太姥山。

严辰给取下：地下瀑布、禁地、荒原、赠人、那一天、寒流、闽北红豆、夜行等八首。原来五十首，现存四十二首。

问候阿珠。祝你快乐！

其矫　六月十七日［1980］

二

乃贤弟：

1 日来信收到。

我把冯发枝那边寄来的发票统计一下，已经六百多块了（连邮费）！

以后要加以控制，少照人相。

给人民文学出版社的选集，我自选 111 首，约四千行，可能编辑会删去一些。自选目录如下：

1941～1946：乡土、肉搏、雁翎队、风雪之夜、炮队、兵车在急雨中前进、湖光照眼的苏木海边；

1954～1957：风和水兵、夜泊、瀑布、星期日西郊道上、船家女儿、女演员、海鸥、南曲、南曲（又一章）、榕树、鼓浪屿、福州、桂林、漓江、阳朔、海峡长堤、无风的中午、椰子树、莺哥海月夜、南海上一棵相思树、红豆、海岛姑娘、灯塔管理员、大海（删节）、西沙群岛之歌（删节）；

1958～1961：雾中汉水、宜昌、新来的女钻工、司钻的自豪、水文工作者的信念、川江号子、闽江、长汀、三伏的风、双虹、玉兰花树、水仙花、荔枝、诗人鲁迅、九鲤湖瀑布；

1962～1964：新春、才溪、无题、雨晨、满湖的正午、黄昏后、波浪、风帆、东西塔的歌、无题、二月、泉州、夜、梨园戏、细雨无声、九日山头眺望、红甲吹、赠别、期望；

1969～1975：新叶、山雨、冬夜、女声二重唱、桐花、悼念、屠夫、乌桕树、思念、也许、时间的脚步、哀痛、橘林、木排上、致——、玉华洞、劝、灯塔、荒凉的海滩、蔷薇、祈求、生命、崇武半岛、广场之夜；

1976～1979：大地、迎风、丙辰清明、十月、赠人、木棉、黄山、风中玫瑰、元宵、沉船、风景画、圆舞曲、常林钻石、湖上黄昏、心之歌、指挥、我愿、南海、荒原、珍珠、黄浦江上。

前天给你邮去《这里黎明静悄悄……》讲稿，有人说我讲得与众不同。

今天给邮去刊物《太姥山》，中有舒巷城的小说。

问候阿珠。祝你快乐！

其矫　九月七日［1980］

我打算过"十一"南下。《祈求》的清样已经寄来，江苏出版真快！你那里的社会新闻，不会没有激动人心的事吧？四川出雁翼诗集，只出一千本。老艾的诗集，原只要九千，后加到一万四千。诗在各地出版社都是冷门货。《迎风》还是慢些好。

三

乃贤弟：

二十二日晚来信收到，正要作复，又［收］到二十三日中秋之夜来信。

人生有许多不如意事，真正相爱的人不能结合，是永远都忘不了的。也许人的品质常在这种悲剧中表现出来，也许真正美好的人和事只存在这种悲剧中。可爱的人不少，但真正能让自己去爱的人却非常有限。

几次都想给潘耀明去信，但都没写成。虽然只需客套几句，却写不出来。我也不明白自己何以有这种不佳的心情。或者是因为我不想要虚名。

林承璜是个年轻人，大学毕业分配到出版社，毫无特出的表现，却也不讨厌。所有的编辑都是这样的。要［19］82年才出你的书，当然不是由他决定的。郭风的力量有限。周良沛也是。我希望你把注意力放在海外（如新加坡），国内是一时热潮，不会持久。看石君的文章，你应该认清自己的趋向。

中新社这一工作，我以为很好，它能促使你面对海外。你初期的小说有人物，是因为你写了华侨。

碧沛为人，还算忠厚。文字平常，但有眼力。他讨厌黄河浪。对女孩子能接近。你可以和他深谈。

《双虹》目录如下：双虹、女声二重唱、圆舞曲、柚子花、橘林、桐花、风中玫瑰、端午、元宵、夜、雨后樱桃沟、湖上黄昏、广场之夜、天安门广场、真正的诗、歌舞团来到林区、忆、八一湖、思念、也许、甘乳岩、桃源洞、北塔、多雨的冬天、悬崖上的百合花、南方的雪、怀想、赠人以枯花、木棉、回赠、冬末、浪花、六弦琴、感激、红梅、二月、泪珠、曲巷、春天的眼睛、月和山谷里的春天、赠别、期望、鼓山、福州、无题、指挥、荒原、南海、海上雨晨、黄浦江上、星湖之夜、秋天的乌桕树、新杨、蔷薇、致——建筑、不夜城、沈阳的夜、长春的风、草原的中午、密林烟雨、人参鸟、赠张顺华同志、松花江上。

问候阿珠母子。祝你快乐！

其矫　十月三日［1981］

《中外影画》的林青霞我注意过，有自己的性格。我可能十月十五日离京，经过武汉。

四

乃贤弟：

四月九日离开泉州，穿的是水鞋，因为正下雨。到福州后骑车还要雨披，办了几件事，买好十三日飞机票，因气候原因飞机未到，十四日又是空等，十五日只好临时改买软卧出发。十六日到上海，也非常匆忙紧逼，十七［日］中午又乘开往乌鲁木齐的快车，十八日早到洛阳。

因为前年到过，所以吸引我的只有牡丹，除了集体三看牡丹外，我自己也看了三四遍。这题材难写，憋了好几天，才写出三首十行，抄在下面。

晚上即赴开封，三十日到郑州。以后我个人的行程未完全确定。

问候阿珠。握手！

其矫 四月二十六日，洛阳［1983］

牡丹十行三首

一

洛阳再次卷入花的狂热

原来这就是

春光泛滥的标志

欢乐之歌的华丽乐句

在周天响彻

发亮带泪的红瓣

欲待扶起的可怜弱质
来是相会又是握别
短暂的爱
却牵动千年相思不竭

二

十三四岁的盛装少女
充满东方梦幻的柔光
赛过轻雾中的彩云
洒上郁金粉
无言也动情

适时的粲然一笑
流露全部的幼稚天真
枝软不胜花的重载
半吐正好
全开愁人

三

强烈有如希望
开放在群芳高潮中
生命早晨的巨大欢欣
浓染太阳的油彩
动人似歌唇

青春多么绚丽

心灵多么美好

缠绵语言的长河无声

爱的目光一闪

但愿此瞬永恒

1983 年 4 月 25 日，洛阳

参加牡丹诗会的有严辰、邹荻帆、公刘、流沙河、骆文、郭风、青勃、牛汉、曾卓和我，尚有河南中青年诗作者十余人，总数连工作人员共四十人上下。

五

乃贤弟：

祝贺你第二公子诞生！

我五月二十五日到厦门，周良沛不但失约，而且连信都不来。后来我去厦门大学找到讨论会的主持人，才知道丁玲改在六月四日到，还可能届时又延期。我按原计划二十九日回来，不准备再去了！讨论会中旬开。

《往事与随想》丛书，我似乎资格略差。先不要提，等我做一点准备，看别人怎样写，明年初再决定，行吗？

五月份我写了十二首长诗。重要的分三处寄：《上海文学》《长江丛刊》《十月》。

六月份我还要继续写诗。

问候阿珠。

握手！

其矫　五月三十一 [日] 晚 [1984]

六

乃贤弟：

《香港文学》创刊号的封面初看倒也别致，二、三期就觉得呆板了。这恐怕是美术编辑本人的艺术趣味与中国传统观念有距离的缘故。我对毕加索的盛名也觉得奇怪，看了一本关于他的书后有点明白，但也不欣赏。他说艺术的目的不是美，引我很久深思，有道理，但不接受。

刘以鬯的决断很了不起。道不合不相谋。应该另请高明。我以为你尽可放手干，不要怕弄坏关系。但是看作品要宽宏大量，我也常觉得自己看错了，后悔当时没有深思。何为的文字要比郭风修养高，他给稿大约可用。我就不必考虑，至少是近期不要考虑。因为你当编辑，我不是非常满意的诗决不给你。但舒婷、北岛等人，你倒应该留心。你们的刊物主要放眼海外，努力成为团结海外华人作家的核心，大陆不应占主要地位。

邵燕祥力求隐退，闭门读书，难得！其实出头露面的作家不是好作家。

《为诗一呼》由曾卓起草，严辰支持，可能是严辰提我的名，邵燕祥可能有意回避。周扬在反污染是"失败的英雄"，所以颇获同情。给周扬慰问签名是由中青年代表发起，带头的是甘铁生，后来连老的也签了，我当然参加。这事有点对某些人带有示威性质，一时痛快而已！

新一年的文艺界，能不能出现好作品，答复大约是肯定的。我自己，也不愿意走老路，总想拿出什么更新的东西。埋头写不一定能解决问题，关键还在于感受！

叶文福的诗似乎另有深意，他的情况我还不晓得。

又把梁秉钧送我的《雷声与蝉鸣》拿起来看，仍然不明白他为什么要那样写！他的散文是不错，他又主要是诗人，我总怀疑是我自己观念落后了！联合国教科文组织出版的《信使》，有一本毕加索的专辑，看后开窍，但依然不会喜欢后期作品，他前期作品倒很有深意；这是不是问题在于我自己的落后？

问候阿珠。

握手！

其矫　三月四日［1985］

七

乃贤弟：

五月二十七［日］、二十九［日］两信收到。梅子文剪报收到。

欧阳翎、梵杨的诗集送了我。韦丘没有。去年春曾为新疆阿克苏地委宣传部长（写诗）谋调深圳给他写信，未复，我也为勉人之难后悔。自从［19］79年之后再无其他联系。

……

深圳邀一批人中，有些我处得来，有些就不。我安于守隅，愿意独来独往。

出书急并不好。去年的反污染，硝烟难散。还是写出好东西更要紧，早晚都一样。

问候阿珠。

握手！

其矫　六月七日［1985］

八

乃贤：

我回福建，还来不及给舒婷写信，她就飞北京集中等待出国。《香港文学》第五期还未见到。舒婷此行是经过曲折斗争的。西德提出后，作协以傅天琳代替，外国人不死心，亲自跑到厦门会面，然后又到北京再次交涉，最有力的理由是：西德一个女诗人读了舒婷的《在诗的十字架上》哭了，就是她提名要请舒婷，如果不让去，他无法交代。又逢第四次全国作家代表大会前夕，胡耀邦有重要讲话，批评作协领导，又加以王蒙支持，才在会议期间正式通知同意她去。北岛就更加曲折，不但西德请他，瑞典和比利时也请，作协管外事的朱子奇，以北岛不是作家协会会员为理由加以拒绝。作家代表大会后，各方努力把北岛吸收为会员，又提出让北岛自己向公安部办护照，我离开北京时他正为这事奔走，最后有人从北京来，说是由于胡耀邦出来说了话，北岛能出国了。可能是很忙，我的信他也没有回复。你见华苓，请告欣〔诉〕她，我并不寂寞。我有许多年轻朋友。〔一九〕七八年她到京，我就想让她见北岛，有次约她到北海，她临时有事不能去，失去了见面的机会。我对出国一事也不积极，因为我不会讲英文。舒婷经过半年学英语，甚至发生了兴趣。我究竟年岁大了，半年也不一定会学好。我倒是对苏联更有兴趣；还有菲律宾、泰国，都是南洋范围内，而我未到过。

我打算今冬或明年春节前后去广州、深圳。也许那时能和你见面。

廖慧予编的研究资料，因为出版社都在赚钱，赚多了编辑的奖金也多，研究资料和诗集一样都是赔本生意，所以迟迟不出。

留美学生的论文，《诗刊》不会用。李元洛的诗报也不要给。《诗探索》或其他批评理论刊物，都可以。

你四月二十九日寄北京的信最近才转来。散文总是开不了头，不如写诗痛快。舒巷城的意见有些落伍，这与他的创作不一致。常常有这现象：理论落后于创作。叶文福的政治诗，是一种历史现象。我更注重艺术。

……

我正埋头写诗。回福建已写五首。

问候阿珠。握手！

其矫　六月二十七晚［1985］

《秋浦歌》你以为如何？我还要改，不急于发表。

九

乃贤弟：

先收到六月二十九日来信、又隔两天才收到寄杨桥路的四本杂志画报。

……

《中国旅游》办得不比《良友》差，问题在于深度尚欠。你可以发挥约稿的能力，倒不必太多插手编务。无为无不为，以超脱为上。《良友》上你的配诗，如能写照片所没有的关于三月江南的情思，虚拟中有回忆的真实，当更好。这是说，美的文字后面应该有更深沉的思想。

抽出更多时间来阅读、分析、研究，悟出更多艺术的秘密，当会使你升上更高阶梯。

我的散文开过几个头，只写成一篇《如此风波不可行》，是分析李白《横江词》的。中日合作研究李白，中国偏于考据，日本偏于艺术分析。我想两者兼有。但不能把自己写进去，比起黑塞来又差了一大截。

《逆着汉江的流水》，我未写好，也不想在国内重发。

到外边走走，对我吸引力不大。舒婷到西德，一天只能花三马克吃面包，又睡眠不足，是苦事情。我已忘了你家地址（楼号房号），仍寄中新社。

问候阿珠。握手！

其矫　七月十日［1985］

十

乃贤弟：

七月六［日］晚来信正要复，堂姊自香港来福州，少不得陪她去园坂住三天，今日回来，又收读十四［日］、十八日两信。

L 的事算过去了，可以增进自己的社会经验，也可以换个环境。塞翁失马，焉知非福！

舒婷的散文，也赞成，也不完全赞成。我自己比较喜欢朴素些。可是写下来都不满意。

作家出版社换人，我的诗集可能会有耽搁。据说由房树民副主编兼管诗歌。

香港"中华文化促进中心"请艾青、陆文夫为首的十几人代表团将于十月四日至十三日在港活动十天，所请的张贤亮、冯骥才不能去，邵燕祥（代表之一）提名我和袁鹰代替，但名单要双方磋商，由港方决定。

中国诗歌学会是去年底作协代表大会期间由晏明请几十人

为发起人，后来怎样就不知道了。当然是艾老为首。雷抒雁也可能插手。

园坂侄女蔡耀华去港一年，这次也来园坂。她说本想带一画册送我，后听人说检查，怕扣未带。我等她回港后与你联系，也许可邮寄试试看。

舒婷回来睡了四天。据说在德只敢用三马克买面包过日子。北京来人说美国人请她（另一个是郑敏），但尚未证实。

问候阿珠。握手！

其矫　七月二十五［日］晚［1985］

十一

乃贤弟：

前两天，收到你寄来的《良友》和聂华苓三本著作。《千山外，水长流》我正在读。

上海周佩红叫我把她同我的合影寄一张给你。我也把去年带她经广州去桂林玩了几天的施国英同我的合影寄一张给你。那大一点的是周佩红，那小一点的是施国英。

关于李白晚年足迹我写了七首诗。散文已写好两篇，还是不大满意。

法院对我重新裁决，撤销以前的三次判定，改判为免予刑事处分。

问候阿珠。

握手！

其矫　八月三日［1985］

十二

乃贤弟:

《香港文学》五月号收到。《争鸣》的"现代派出国"暴露了国内机构的官僚作风,一定不为当局喜欢的!

去年七月,我来福州住东湖宾馆,有个师大外语系刚毕业的女学生来访,值逢下雨,在我床上歇午,就闹得鸡犬不宁。黄培亮伪君子的口吻:"老毛病不改,现在大家想包庇也包庇不了。"最叫人厌恶!有机会我都想痛斥他一番!

在我看来,名利地位事小,自由快乐事大。生命有限,绝不为别人存在。

上个月,高级法院有新的判决书,撤销〔19〕64年和〔19〕65年的三次判文,改判为不予法律处分。我的冤案大白。可是,二十年的委曲〔屈〕也已经受过了!至今中国社会仍然把男女大防作为政治斗争的主要工具。对我的一切谣传,历来都多,我一向不理会。

中华文化促进中心邀请的代表团补员问题,怕轮不到我头上。我也无所谓。艾芜、陆文夫当团长。

作家出版社换班子,我也不争取诗集的出版。晚些更好,可以换点新的篇目。

散文只写了两篇,发了一篇到小地方。总觉得不如写诗痛快。

握手!

其矫　八月十日〔1985〕

十三

乃贤弟：

十三日信未复，又收到十六日来信。《良友》和《中国旅游》也收讫。

施国英十八岁上大学前就已通讯，现在二十岁。她评《迎风》遭我反对。

晏明四十年代曾在香港《大公报》工作。他写的《黄山，奇美的山》组诗为香港某音乐家谱过曲。

今年我不想出去，许多题目都应该写却未写出来。散文不是逼不得已就不写。写李白晚年足迹，原想散文与诗互插，《福建文学》索这诗稿，但散文占篇幅，没法要，我就光把诗拿出，散文就无心思写下去了！

法院的改判大约要与恢复党籍和原级别一起布露，但不会如政治问题那样公开平反。处境会好些，但无大作用。

自去年以来，精力不济，看书打瞌睡，写一点就不想写下去。这大约是老年难免吧？从前的人是吃菜吃补，我都觉麻烦。六月初我还每晨步行半小时，很快就坚持不了。

关于我去年七月的传言都不可靠，主要流布在写作者之中，爱的和恨（嫉妒）的都可能有。我不在乎。

刘心武的文章我当找来看看。

《中国作家》今年二期莫言的《透明的红萝卜》，写法很新，很有特色。

住香港的台湾作家施叔青的《窑变》我觉得很好。

问候阿珠。握手！

其矫　八月二十六日［1985］

十四

乃贤弟：

福建作协取消专业之说，是对付某些不能写的人（当时为了照顾），根本不会动到舒婷。九月二十四日作代会在马尾举行，很可能是例行公事：选举。也可能会把一些年轻人推上去。想让我当顾问。如果福建去港五人都是老家伙，我并不想去。我愿意和年轻的在一起。今天中国作协来问我能不能用英语会话，说要一个人去马尼拉，可能是什么诗歌朗诵会，我说不会。

时间是十月，太逼，我也走不了。我除了华侨约请外，不想去。今年在港举行书展，据说四川出我的《迎风》也参加，如有卖，替我买几本。钟阿城与北岛交往甚密。他的《棋王》很深。二十三日下午我即到马尾，至二十八日返，也可能随后赴厦门。握手！

其矫　九月十五日　［1985］

十五

乃贤弟：

上信说要我出去，我答：一、不会英语会话；二、十月太逼，我不走。过了两天，又来长途电话，说菲律宾大使馆要派个翻译陪我，十一月才动身，让我写个小传，随后寄来五百元服装费。我奇怪：也许是那边提出来的指名邀请。

我昨天开始读香港编的中级英语会话，又为服装发愁。明天大约舒婷要来参加作代会，我要问一些出去的经验。

明天下午我即去住马尾海员俱乐部，作代会在那里开，一百多人。过中秋后回来，厦门就不去了。得看几本菲岛的书，特别是那里的文学艺术。写诗得中断了。

但愿能停香港几天，看看你们。

问阿珠好。

握手！

其矫　九月二十二日［1985］

十六

乃贤弟：

又进一步确知，将参加的诗歌节，主要是朗读自己的诗作。十一月十日飞往，十一月十八日举行。据说因中国民航不挣钱，规定出国的一律直接飞去，不经香港。给五百元服装费，我将去厦门将就做一套西装。回程能否经港，怕也难！

二十七日结束的省作协代表会，舒婷和我都被选为副主席。

拟议中的赴港五人代表团，原是苗风浦提出的，这次他未能选上副主席，郭风说这事可能暂搁。

至迟十月底我需飞北京作最后准备。虽然舒婷给我讲许多她的国外经验，我依旧心不踏实。问候阿珠。握手！

其矫　30/9［1985］

十七

乃贤弟：

回中新社最好，驾轻就熟，人也好相处；并且可立脚香港，面向海外。

　　福建作协代表会议结果良好，增了五位副主席：魏世英、刘登翰、袁和平、舒婷和我，减去苗风浦一人，新上的占半数。除选举外无特色。

　　北岛成了忙人，也未给我回信。《波动》写实比别人深，辗转数次才在《长江》发表，国外已有翻译。

　　……

　　菲律宾诗歌节是政府办的，参加者二十余国，中国只邀请我一人，作协批准，其余手续福建办。陪我的是人家菲律宾大使馆译员。据说出国人员只能买公价美元50，不准私自多带。你如能托人在马尼拉给我一点零用，当然好。据说出国人员可带一大件回来，有人劝我买个小冰箱在福建使用，不知买小冰箱在菲在港哪地方便宜？菲律宾近热带，我已在厦门买了一套淡灰近白的夏西装。只有五本《迎风》可送人。又带全部我的出版成书的八九本参加展览，其中有几本相当旧。香港出我的选集现在大约买不到了吧？我还要带什么礼品送人最好？已买两幅丝织品达摩国画。还带了几首英译我的诗请人朗读。

　　古剑那里我另去信，如果他肯写我，照片即寄。我自己找人写，不合适。

　　江河要写评论。

　　黄地丁类似蒲公英。贴地面的小草花叫地丁，有黄、白、粉、紫等色，新疆草原多此花。

　　问候阿珠。握手！

其矫　十月十日［1985］

十八

乃贤弟：

十月四日信收到。《良友》和《中国旅游》收到。

文化部公文中国作协正式通知已到。参加的活动名称是国际诗歌节，时间是十一月十八至二十四日。通知说菲政局不稳，到后要与驻菲使馆联系，原来电话说是十一月十日动身，现在又拟定十一月十七日动身，到即参加诗歌节活动，也不知会后有否参观的时间。十一月十七日是星期日，十一月二十四日又是星期日，整整一星期。如果是会前有一星期活动被取消，那就太可惜了！

菲律宾新潮文艺社一行七人，昨天见面，说返菲要给我宣传，并请我讲学一次。七人全是晋江人，有两位正副团长还是同宗。

介绍你入作协，到北京时即提出要表寄给你填，还要你中新社香港分社填意见，然后你寄舒婷和我签介绍说明。

英文版《中国文学》1982年十月号写了一篇介绍我的文章，译了七首诗：《南曲》（又一首）、《汉水谣》、《榕树》、《船家女儿》、《波浪》、《祈求》、《珍珠》。我看译文不怎么样。聂华苓说过曾译过几首，并有好反映，不知道你能否用最快速度，让她把英译航空寄给我，到菲律宾国际诗歌节会上朗读她的译文。尚有一个月的时间，这事请你一定帮忙。

省作协主席团选举正副主席时，一开始何为即抢提郭风为正主席，没有人异议，通过。副主席曾内定为四人，在主席团会上提名时大大超过，达八名，没敢投票，也没人反对，八名全上，当然何为也在内。

赴港五人团早已吹了！

问候阿珠。握手！

其矫　十月十四日〔1985〕

十九

乃贤弟：

1985 年马尼拉国际诗歌节，系由联合国教科文组织及法国、荷兰联合赞助的，实际上是一次国际性的多边活动，而向我们发出热情邀请的是菲律宾联合国教科文组织全国委员会联系人，菲律宾国立大学电影中心主任，诗人、剧作家莫里诺小姐。鉴于菲方对我热情友好的态度，我驻菲使馆极重视此事，并建议国内派人参加。会议自 11 月 18 日至 24 日。参加者二十余国的诗人，将先后朗诵自己的诗，并在会议期中，展览各国诗人的诗集和抄本。

前几天我到厦门迎接菲律宾作家访华代表团成员之一的菲籍华裔林美华女士，她也不清楚，可能这次会议是首次在菲举行，而莫里诺小姐是非常著名的社会活动家。

我已托人买 12 日的飞机票往北京，在京住五天，当然要拜访邵燕祥、张志民、白刃，也要为你入会的事找邓友梅要表格。

本来舒婷内定只入主席团。我在会上造空气，呼吁让袁和平、舒婷当副主席。主席团推举主席，何为急提郭风，当然无人反对。以后讨论副主席几人，有的主张四人，有的主张七人，结果凡是有人提到的，都没有反对，也不举行投票，所以提到的八人全上了。

吕剑访问巴基斯坦，是这次在厦门与部队作家访问团接触才知道。他应该去。

我昨天才从厦门回来，一下子回复你几封信。到京后知道有哪些国际著名诗人参加马尼拉诗歌节，当再知会你。此信到时我也要赴京了。

问阿珠好。握手！

其矫　[1985]

二十

乃贤弟：

想不到红磡车站进站后还要下几个楼梯，经过罗湖和出罗湖海关还要走很长两节[截]路，其专提着两个行旅[李]，我握着大皮箱，雇出租车到文联，李建国不在。其专一直送我到组织部招待所。入晚我独自坐小巴到蛇口，想不到蛇口距深圳要一个多小时的车程，找到海上世界，没有人告诉我这是当年海港访问团宿过的明华轮，杭州歌舞团来的汪碧云和她女儿左云儿留我过夜，第二天请她们吃顿午饭就独自回深圳，找到来自新疆的市委政协研究所的宣伟，下午由他带领去看几个朋友，当晚小车载我们游香蜜湖娱乐场。第三天我问到有豪华大巴直开福州，在省文联大门口停落，我就临时决定走，徐敬亚送我到站，十二时开车，第四天早八时到了家，那三件行李还是资料室的同志帮我拿的。

路上觉得东西多，到了家后又觉得没有什么东西送人。好在出罗湖时其专给我买了四条烟，还有菲律宾同学送的四十包芒果干，两个厂主送的二十四件短袖衣，总算应付过去了。

昨天我生日，正巧厦门肖枫和华侨大厦的王孙静两个老朋友来访，他们匆忙去买蛋糕、蜡烛和酒，我到厨房叫了几个菜，还有三个女同志帮忙，热闹了大半天。

回到福州后都忙于分送东西和看望朋友。访问报告还没落笔。过几天要到三明作报告（行前答应），圣诞节回来，一月十二日去园坂，春节在广州。

其矫　十二月十三日［1985］

二十一

乃贤弟：

受了《北美日报》转载《西行六首》的鼓舞，我再抄几首让你看看，不知有什么地方可用？

我的西行，是在找民族之根。历史和传统，对于今天是有重大作用的。

国外华侨，都有民族传统的感情，关心现在国内对此有什么看法。文化的继承是一问题。民族的团结，又是一个问题。我以为，诗是要写这种题材的。

如果这些会被接受，我将继续抄去。

最近看了两本关于李白研究的书，大有得益。关心国家民族的命运，是诗的动力。在艺术的背后，有更重大的思想在。我还在着手写恢复生态平衡的题材。这是世界性问题，也是我国当前急务之一。

握手！

其矫　二月十八［日］晚［1986］

二十二

乃贤弟：

好，我决定写，八万字左右，童年少年略为提一提，着重写上海、延安、晋察冀的生活，主要创作活动是建国以后，写海军的旅行，也略为提到教学工作。作家关系主要写公木和艾青。写我的成长过程和时代背景。私人生活想尽量避开。现在就记札记，明年正式动笔，怎样？这事是你促成的。我有点胆怯。

因为丁玲开人代会延期到厦，聂华苓的申请却不能延期，所以当时直飞上海转北京。丁玲创作讨论会不接纳国外的人，所以不来厦门。周良沛在六月十二日来园坂看我，当天回厦。我告诉他，你因他行踪不定未寄照片和复信。

我的《迎风》已在四川通过，抽掉八首过于尖锐的，留下五十九首。

问候阿珠。握手！

其矫 ［1986］

二十三

陶然弟：

……

记得巴金前几年的《随想录》，我偶尔看到几段，非常有文采！我觉得有参考必要的，还是世界上名家的传记，自传或小说体的都好，甚至是一些画家的，写得都很精采［彩］。八万字的著作，必须一看就放不下，文字不讲究是不行的。角度的选择，行文的波澜，不可缺少。一本书里如果只是提供一些资料，那不是作家的任务。作家的任何著作，都必须告诉人以真理，都要让读者从其中体会到人生的奥妙。

就是相片的选择，也要有生活时代的气息。你觉得三联这套丛书，有魅力吗？

其矫　六月二十三日〔1986〕

二十四

陶然弟：

六月二十五〔日〕和七月二日两信收到。

下周我就要动身前往西南，没法写回忆。我以为应该放弃，不须惋惜，更不宜给梅子增添困难。我也没把握能把它写好。

大体计划经广州，沿西江到桂林，于八月初到贵阳，八月中入云南。九月到成都。如入西藏有困难，即于九月底回北京。

璧华的文章看了，笔下有力量。不过，这一定又使当权者不高兴。

七月二日至十一日我在福州。走以前看了你的《天平》，回来已经忘了内容，又再看一遍。你笔下大都是弱者，这又是写不幸。开头好，结尾差，人物不活。

问候阿珠。握手！

其矫　七月十二〔日〕晚〔1986〕

二十五

陶然：

　　……

　　有一件重要的事要你出主意。莫文征说：四月我交稿他就积极提请日付版，稿件不必寄犁青，交他就可以了。但我想，既然是犁青出钱，不寄他似乎有点说不过去。但又想犁青不一定有空去读它，所以是不是你得便打个电话问他对此有何意见？

　　又：莫文征说须交黑白照片一张和二千字的小传外，尚须有年表。而你电话没有提年表，而提评论目录。我问莫文征，他答有评论目录也好，但没有也无妨，不过要占一点篇幅。

　　我计划三月半回福建。

　　又：我决定这选集全部只取短诗。

　　望回信。

其矫　一月四日〔1996〕

来信告我犁青明确通讯地址。

二十六

陶然：

　　不知你手上掌握对我评论的索引多少？如果可用，请抄一份先寄我，或者我可再用曾阅写我《年谱》中的资料加以充实，并可写信向王光明和孙绍振，问关于我的论文评述的具体年月和刊名并纳进去。

　　王光明曾对我的《客家妹子》写了论文。孙绍振曾对我的《波浪》写了赏析。

公木在今年《诗探索》第二辑写了论述我的长文《干雷酸雨走飞虹》，最为全面。

你寄来的画刊，作联报都收到。我渐渐懒于写信。

我上信所述，不知你已否与犁青通话？

握手！

其矫　［19］96.1.12

《诗选》我已选抄到 1981 年。

二十七

陶然：

第七届全国作家代表大会将于十一月九日在北京召开，我是福建代表团的民选代表之一，全团大约是十二人。不知你是否会被约请为香港代表团代表之一？

以前给您寄去的诗稿《闽粤海商——泉、漳、潮海盗》，我最近拟改写，你能不能把那篇稿子给我寄来，我想把它分解为两篇较短的叙事诗。

广东的林贤治在浙江《西湖》文学杂志中连续发表三篇分量非常重的诗论，评论九十年代新诗致命弱点。不知香港文学界有否反映？

渴望不久能和你在北京见面。

其矫　2006.10.14，北京

二十八

乃贤弟：

一月三十一日和二月六日两信收到，剪报多份也都收到。

原想春节过后即启程赴西南，现在又迟疑不决，北京中国作家协会寄来一张表格，征求我到什么地方体验生活，包括农垦、地质、煤炭、林业、水电等部门所属的单位，我填上云南林业部门单位和海军北海舰队。

邹荻帆是湖北人，所以长江文艺出版社给他出书。我把《迎风》重新编好，凡是已收入《生活的歌》的一概不用，除了"迎风"一首。这个集子打算给四川，如不成，再寄百花出版社试试看。

……

我读书的计划也未完成。有许多该写的都没有写。所以也就不急于出门了。

问候阿珠。祝新春好！

其矫　二月十七日

二十九

陶然弟：

……

《回忆与随想》不是可以明年交稿吗？目前我还不能动手，心思不集中，尚有西南之行在心里惦记着。也许冬天回北京后再动笔吧。像臧克家那样不如不写。该怎样写才好又心里还没有数。

《天平》依然继续你自己的作风，偏重于故事和主题，社会性强一些，人情性格的刻画少一些。或者可以说，文艺的职能上，你多说重教育（反映社会），而忽略美的熏陶。虽然你对人物也有褒贬，但感情不深入，这也是由生活决定了的。你写的都是与你生活无关的人物，都是第三者。作品与自己的生活无关，总非上品。至少也要把自己的人生哲学放在作品中人物身上。才有感人力量。或者你的创作方法，过于客观，过于属反映论。你写的散文诗，可以看出你的人格。可是你所长的小说，却对此颇有缺欠。你最初的作品尚有正面形象，后来却几乎不见了，一切不是弱者就是庸俗之辈，而你又鞭笞不足，流于市民习气，要有警惕！

其矫　二月二十八日

三十

乃贤弟：

文章登在《大会堂》比在《香港文学》好些，因为读者多……找一个使你能有更多时间写作的职务。或者投入生活的漩涡。譬如经商或从政（公务）。你所缺欠的是生活，所以写来写去都未惊人。

北岛全为自己出国奔跑，我也好久未得他消息，有信也未回。

我已开始写诗，散文还未动手。什么活动我都不想参加。最热时候可能去园坂住几天。

问候阿珠。握手！

其矫　二月二十一［日］晚

致 绿 音[*]

绿音：

　　谢谢你给我一本《贴风而立》。

　　自从〔一九〕九一年三沙诗会之后，我一直在等着你发表新作。

　　我不久南下，四五月可能会来福州。

　　盼望知道你的近况。

　　握手！

其矫　三月十三日

---

　*　绿音，诗人，现居美国。

致　舒　婷*

一

佩瑜：

你的信使我苦思三天！有对的地方：许多事情都不免要往深处想。一宗宗赤裸裸的能不想到它产生的根源吗？你的思想，反映了大部分人的真情。我也正为这而痛苦：有些不能说呀！与其写一些表面的现象，不如去翻译外国和古代的诗词！但同时，我又不能赞同［你的］思想。你把一切看得太平易，你的要求也太急，你不能权衡轻重，一概抹杀是不对的。

任何历史现象，都有它的必然规律。魏晋时代，变乱频繁，士人被杀甚多，传有的隐逸山林，放浪形骸，郁成风气，但就在陶渊明的大量田园诗之外，也有些尚存的猛志，可能成为主流。近代的政治，更是迅速变迁，几乎没有一种风气，能存在较多时候，转瞬即应接不暇，但也不是无缘无故地来，又无踪无影逝去。

_____

* 舒婷，本名龚佩瑜，诗人。

只有时间，能医治一切创伤。

近百年来，中国人民的希望靠谁实现？历史已经有了结论。但是中国人民的希望，有完全实现，并蒙受了不少灾难，追求自由，却奔向锁链！其中的历史背景，是十分错综复杂，能够一下子就挣脱锁链吗？看来是不可能。

那就让我们一节一节地敲掉它吧！

已经发表的诗，你应从不写的部分去想它。就从已经发表的来看，也是老的比新写的有深度。这现象难道不足以庆贺吗？照心里所想的写，肯定难与读者见面。作者考虑历史的原因，不能背离过去的信念，甚至也不能不考虑到效果。一味莽闯，并非属作者内心的痛苦，是难得被理解的。我曾这样写道：

> 即使不为自己打算
>
> 也还要想到孩子
>
> 为了这，不愿得罪强权
>
> 自然赋予我们的家庭关系
>
> 变成诱人堕落的力量
>
> 借着伦常的感情
>
> 把人拖进陷阱

即使苦难再深，生活也应丰富多采〔彩〕。打倒僧侣主义！欢迎雨和月，风和花！

一个多月来，北京又遭受附近地震的影响，我的家是旧教堂改的宿舍，都住到室外去了。你的信至今未转来，大约是这个缘故：生活无常。我已去信询问。

顺便抄两首附去，请你再发表意见。

握手！

其矫　十二月二十一日［1976］

二

舒婷：

上午刚给你和仲义一信，下午就收到《国际诗坛》和你二十五日的信。

邵燕祥的讲话在《明报》刊出，陶然给我影印寄来，读后五体投地。从他写杂文以来，我就觉得他思想成熟，仿佛是个政治家，但对他放弃《诗刊》大不以为然……

关于三联的稿"诗断想"，我的拟十四篇，大都是过去印过的，抄清就是了。就是上海辞书出版社《中国新诗鉴赏辞典》约我写你的《祖国啊，我亲爱的祖国》和《船》，我尚未着手。能否让仲义帮忙把有关这两首诗的评论资料搜集寄我，计划在二月十日前写出。

陶然过于热心，不但帮助周佩红写我的评传已成篇章向外推销，还要你把我从前给你信中的片言只语找出。我再认真想想，还是不要在春节前后让你劳累。"诗断想"五万字已经足够了，你的，不如留以后再说。

仲义当时答应你不持家务，怎么他现在都忘光了！他哥嫂来过年，最好请个人帮忙，或尽量简约。

我确实怕活着的时候看到传记。不真实无法自在，真实也再无自由。

我是到晚年方真正快乐，让我再快乐一些日子吧！不过，你前不久提出的，把我的有关资料留你保存，心里非常赞成。

《醒梦》求你务必下笔改动，特别是太实的部分弄虚一些。

握手！

其矫　［19］88.1.18

致　曾　阅[*]

一

焕阅同志：

　　旧历七月十三你给我的信已经转来。我回京已经十多天了。所以提前，是因为孩子的要求。假期批一月，但我打算多住一些时候。

　　从信中知道你的经济情形，才觉得托你找花树是给你增加负担，如果未进行，不如暂时搁一下，待明年初春时再搞吧！或者待我从北方回去，顺便去故乡走走，那时定去找你，我们再一起决定。

　　不过，从你信中，我还是不大明白你是怎样下去了，如果你不嫌，在来信中谈个梗概，让我知道，也好替你想点办法。你家中除母亲外，还有什么亲人？你的生活这样困难，采药所得怎得支持！

　　刺桐和攀枝，原来晋南民间也有，这真出乎我意料。看来，

你对花树很有见识，将来我也要向你学习。

回北京后，埋头看书，只找过极少数的人。艾青从新疆来京治眼疾，精神极佳，曾请我吃了几次饭，玩了两个半天。老一辈逝去的有一些，残存的大多有病，能出来工作的是极少数，不可能恢复过去的情况。今年二月我来过，现在的情况和半年前差不多，文学事业进展缓慢，刊物大都出不来，出来的也都引不起人的兴趣。老一辈的作品看不到，新的写作者出现一批，但尚不大成熟。电影是在拍，有新改旧，也有从已有的长篇小说改编，但也不是很快能和观众见面。出版方面，旧稿颇多，一时清理不出来；新稿也有，尚须修改，印出的不多。外国作品，只有高尔基的在重印，也只有少数，一出就被抢购光。美术和摄影倒很活跃，有出版，也有展览。你要什么画片吗？

不久前又解放了一批文艺界人物，但还有不少未有消息。

回到北京，反而比在永安时忙；这封信早就想写了，一直到今天才拿起笔。

希望来信详谈一切。过些日子我大约也得写点东西。什么时候回去还未想好。

祝你顺利！

其矫　八月二十三日　[1973]

二

曾阅：

公木要我证实的 1958 年 7、8 月间的事。那时我在汉口长江流域规划办公室挂名宣传部长，到四川检查工作，走了川北和川东两个地方，回到重庆，感到炎夏难当，临时决定回北京休息。到作家协会，他们说打电报到处找我找不到，却又"自投罗网"，立刻叫我参加批判公木的大会，我当然什么都不知道。那时中宣部的党委书记刘之廉、干部处长张海，作协总支书记李梓，全被打成反党份［分］子（因为曾替丁玲翻案）。随后即批斗我，说我的《大海》歌颂斯大林攻击赫鲁晓夫为"反苏"；给我以撤销党内外一切职务的处分，我非常气愤，即要求到福建，也就是回原藉［籍］。此处分1978年改正。

《年表》附的三幅图，要注意正确性。第一图：我从印尼的泗水到新加坡，再到缅甸仰光，想从云南回国，因沿途匪患而取消。即走回头，在仰光上印度船，印度有瘟疫，船上旅客被扣留在马来西亚的槟榔屿一小岛一星期进行免疫消毒，再经巴桑和吉隆坡，到新加坡坐船到香港，然后到汉口，我又独自到南昌，把在南昌的肖枫也动员一起到陕北。在西安坐汽车到洛川，再步行三天到延安。第二图：1939年7月从延安出发，经延川，原计划在延长过黄河，遇日军增防，改变原计划，向北经绥德、米脂，在葭县过黄河，到晋西北的兴县，然后经临县境在中秋节那天直奔同蒲路，在忻县和阳曲之间过封锁线，翻过覆舟山，走中条山，过滹沱河到河北平山县的会里，再到阜平的花沟，在城南庄周围建立华北联合大学。第三图：永安是小意思，正确与否无大关系。

握手！

其矫　十二月三十日［1993］

三

曾阅：

今天收到公木序的印件，立即拆读，也感动至大！

我想寄一本我的《抒情诗》给他，你有他的地址，请即打电话告诉我。

天蓝，抗战前燕京大学外文系学生，抗战初以一篇诗《队长骑马去了》著名于世。曾在延安鲁迅艺术学院教务处工作，是鲁艺文学团体路社的出版部长（我是路社研究部长）。进城后是中央党校的教员，已去世。1980 年人民文学出版社印行《天蓝诗选》。

印件中的空白我能填上，想请人打印先行寻机发表，如何？

祝新年好！

其矫　十二月二十六日［1994］

四

曾阅：

北京人民文学出版社，要我出四百页的一本诗选，附文要有小传、年表和对我评论的索引。

我想参考你的《年谱》，可是资料都放在福州，因此只好向你求援：

把你写的《年谱》复印件或分登在刊物上的各分段挂号寄来，用完后当再挂号寄回。

出版社要我三月半交稿，我已抄诗大半，主要是收短诗，长些的只选段。在抄读中，益发悟出诗还是短的好。长诗都不耐再读。

随信附寄一本我作诗的摄影集。

问你全家好！

其矫　一九九六年一月十日

五

曾阅：

寄来《年表》（下）收到。

福州虽有我的住宅，但不能久住，过于孤独。所以比过去多些时间留京，夏天到冬天，只有春天才回闽扫墓与会友。

今年九月，我去游一趟宁夏的腾格里沙漠，很有收获，正在着手一首五六十行的诗。

也时常想念故乡，不过大家都忙于业务，泉州和晋江旧友，见面机会都不如从前，所以北京还算不寂寞。

祝新年好！

其矫　12 月 25 日 ［1996］

六

曾阅：

腾格里，蒙语天一样辽阔，是中国第四大沙漠，横亘在贺兰山脉和祁连山脉之间数十公里的巨大缺口，素有"风库"之称，强劲西北风裹挟流沙向这里宣泄，是中国历史上风沙灾害最严重的地区，飞沙越过黄河波及陕、甘、宁三省的广大干旱地区，并成为黄河泥沙灾害的主要源头。

汉代这里曾经是南匈奴的游牧地，飘拂过张骞和班超的旌旗，驰骋过李广和霍去病的车骑。六世纪南北朝西魏，在这里设立鸣沙县，被流沙侵蚀缩小为鸣沙镇，后来也不见了。这里古称沙陀国也不知什么年代消失了。现在只留下一个番王国的遗址。

南匈奴的后裔西夏，在这周边建立了二百年的沙漠王国，是宋朝最强劲的敌国之一，其势力扩及甘肃的敦煌。成吉思汗经这里南北四次进攻西夏，最后一次毁灭西夏的城堡和陵墓，并在这里受箭伤死于兰州。意大利的马可·波罗觐见忽必烈经过西夏旧境，当时这是丝绸之路最北一段。明代在这里的黄河北岸建筑长城，并驻兵于现在的中卫。

我是九月二日上午乘飞机抵达银川，与宁夏文联主席兼作协主席张贤亮晤谈，他派车当天下午去游西部影视城（《红高粱》等名片拍摄地）和西夏王陵遗址。第二天由作协副主席陪游银川市。第三天坐火车抵中卫县，第四天由县文联主席张建忠陪同到黄河重要渡口沙坡头。这里是游览腾格里沙漠的起点，每年旅游人数达十万人次。我到时已是旅游淡季，沙坡山庄停止营业，由张建忠替我办理住宿在沙坡头沙生植物园。第五天、第六天独自在沙坡头附近考察，第七天有八个香港老年摄影家来这里，雇了十五头骆驼，进沙漠拍黄昏景色，我也参加了整个下午的活动，其中一幅照片登在《青年摄影报》，占报纸半张版面。

第八天雇了两头骆驼、一个导游、一个女模特，于清早进入沙漠，中午在携带的帐篷休息，下午迷路，导游一再登高找目标，终于发现内蒙〔古〕境内一条抵达盐湖炼硝工厂的公路，已经走了一个Ｌ形的歧路，黄昏才抵达内蒙古的盐湖炼硝厂，夜宿在厂招待所。

腾格里沙漠风无定向，格状的沙丘、沙岭无一定形状，随风的变化方向而不断改变，既无路也无足迹，所以第九天自内蒙古返回宁夏沙坡头，也不敢走直线，依然踏昨天足迹走 L 形，依然走八小时才回到黄河边……

握手！

其矫　四月十八日〔1997〕

七

曾阅：

我将在六月十一日抵园坂，在那里住一星期至十天，然后从泉州到广州，参加六月二十三日至二十六日在广东虎门镇召开的中国诗歌学会主席团会议，会后即从广州飞北京……

其矫　六月三日〔1997〕

八

曾阅：

你前三年写就的《蔡其矫年表》，我看过几次，不但详〔翔〕实，而且很亲切，特别在"文革"前后的交往记载，有不少很有价值的资料，是别的作者写不出来的。我建议你应积极寻求赞助者，并亲身来北京联系出版单位，让辛劳写出的著作与广大读者见面，为荷。

此致

敬礼！

蔡其矫　一九九七年十二月二十日

致谢宜兴[*]

一

宜兴：

这次为短评霞浦诗群，读了你三首诗，感到你独在彷徨。

汤养宗勇往直前，王世平坚韧不拔，刘伟雄外柔中坚，叶玉琳雄心勃勃。

而你和杜星，也许达不到预期效果。你们似乎心中无主，犹疑彷徨，表现为议论烦杂，不够简炼［练］，不够集中。

先求写得短些，再短些。强迫自己简，削去旁枝余叶、让树成形。

尽量少占篇幅，以质胜量。

看稿有感，写供参考。

其矫 十月三十日［1991］

* 谢宜兴，诗人。

二

宜兴：你好！

突破也不能抛弃原有的基础，这是指个人的经历、教育、所受的影响所带来的气质，爱好，个性，各有不同，不能放弃原有的特长，所谓"与人步伐一致代价惨痛，彷〔仿〕狒〔佛〕走向万人冢"，诗歌更是这样，投入万人的汪洋大海，就有被淹没的危险。

改造一个社会不容易，改造一个人更难。革命常常不如改良稳当。诗歌大约也取渐进比较合适。

内容与形式是不可分开的。可以这样说，内容即形式，形式即内容。语言既是形式，又是内容。记者与诗人可以结合。存在不能一律化。生活与艺术的关系在人身上都各不相同。

握手！

其矫　十一月七〔日〕晚〔1991〕

三

宜兴：

因为连续接到贺年片，才下决心在三日晚近八时骑车到东街口外文书店，耽搁到九时四十分回宿舍，见你九时留的条，是和未婚妻徒步来访，真遗憾！

记得有一年夏天你来，我在北京。今年九月到三沙开会，你第二天就走，未及晤谈。这次又不遇，好像我们缺缘分！

要是你留条记下暂住的地址，我会骑车赶去会面的。

要是你未婚妻在榕，请她十二日或十五日来我这里，有许多朋友要在这两天为我做生日宴。十六日我将到柘荣，十九日回。

　　握手！

　　　　　　　　　　其矫　十二月三日晚十时 ［1991］

致 谢 冕[*]

一

谢冕同志：

人民文学出版社要出我的一本诗选，四百面。附录除小传、年表外，还要有评论要目。

记得 1986 年《福建文学》八月号，曾发表你一篇《不被窒息便是幸福》，题目是不是这样？请告知，为荷。

握手！

其矫　一月二十一〔日〕

二

谢冕：

必须写两方面，母亲和外来。

外国模式写中国新诗。百年追求，为这兴奋一百年，痛苦

---

*　谢冕，北京大学教授，诗评家。

一百年。古典压力，张继二十八个字压我们一千年。外国人痛苦没有中国人深。年纪大人痛苦深，青年少。现代主义受到抵抗，什么地方都这样。想了几十年还是这个。

多元而且古典诗有很多读者。已经是事实。多元并称，没有主流。并存。

古典的压力。

王光明：现实的压力。

智慧魅力。

新晋，崇高，超越。

致源修[*]并转南英诗社

源修并转南英诗社：

　　我 10 月 25 日飞来北京，你们 10 月 24 日寄往省文联的信，最近转来。

　　南英诗社请我当学术顾问，最近曾阅来信也有提及，我当然答应，并非常乐意。

　　物质文明和精神文明，应该同时并举。预祝南英诗社兴盛发达。将来有机会，我将前往英林与大家会见。

　　握手！

蔡其矫　1994 年 11 月 26 日

　　＊　源修，全名洪源修，晋江市南英诗社社长。

致蔡三强[*]

一

三强：

世界上关于光学的制度基本上有两大系统。英、美是用 A. S. A 和 Westen 来表示，德、日、苏、中是用 Din（定）来表示。我以前有一个曝光表，你记得吗？即表面的玻璃裂了一道纹，还可以卖一百元左右，那是 Westen 厂的制品，用时就需要换算。即 A. S. A. 200 等于 Din24°，又等于 westen125。A. S. A. 100 等于 Din21°，又等于 westen80。这是要看专门的书，才懂得其中的道理。我以前刚学摄影时，买了许多外国的摄影杂志，其中有许多专门知识。那时你们尚小，不懂得看，到你们大些，那些杂志都丢光了。你来信问的是 Din，可见你用的是中国胶卷或日本胶卷，而且是黑白片，那么一定只有三种，即 Din24°，Din21°，Din17°。其中以 Din21°为常见，即以它为标准，如果 Din21°是 100，Din24°即为 200，Din17°即为 50。那就

---

* 蔡三强，蔡其矫三儿子。

是它们之间各差一倍，即 Din24°比 Din21°快一倍，Din21°比 Din17°快一倍。买胶卷时就要注意上面的标号。Din17°又称慢片，颗粒细，可以放大，宜摄人像。Din21°又称快片，颗粒较粗，放大差些，一般初学的人都用这种片。Din24°，又称特快片，新闻记者用，颗粒极粗，不宜放大。一般来说，慢片很少看到，大都为专家所用，效果好，但曝光时间难掌握，照近距离人像，常要用 1/10 秒，1/5 秒，即都要用三脚架才行，手拿是不行的。这以上说的是黑白片，如果彩色片，那就要慢许多，如黑白片用 100，彩色片就要用 32，或 24，或 12，即慢两三倍以上。你来信中有问 Din19°，恐怕你写错了，只有 Din17°，没有 Din19°。或者是我记错，即 Din23°，Din21°，Din19°，而不是 Din24°，Din21°，Din17°。两者中只有 Din21°是不错的，可见这种快片最常见，特快片和慢片都少见。摄影上的倍数有一个独自的规则，以镜头来说 16 比 11 小一倍［半］，8 比 11 大一倍，6.3 比 8 大一倍，5.6 比 6.3 又大一倍。8 为常用，故以它为标准。以速度来说，以 25 为常用，即以它为标准，50 比 25 快一倍，100 快两倍，200 快三倍，1/10 比 25 慢一倍，1/5 慢两倍，1/2 慢三倍。

你带去的相机，可能是 1950 年我在香港买的那架，快门曾经修过，不大好使，要注意保护，防潮，防灰尘。未上胶卷时，先试试快门，看会不会发生故障。如发生故障，多拨动几次，也许就会灵活了。

一个人的前途，要看客观环境如何而定。经济发展了，工厂正规，而且多，各种为工农业服务的事业，如文化艺术也就发展了，需要干部多，个人就都有前途。如果经济未发展，工厂不正规而且小，各种事业处于停止状态，干部过剩，那个人就不会有前途。而经济是否能发展，要用政策是否正确。你所经历的大变动，使你不能真正用功读书，这也是客观环境决定的，与你同年龄的人大都知识浅陋，而政治认识都很不错。希望你经常［过］三年的下乡，有所觉悟，而能勤奋读书，把文化水平大大提高一步。至于前途，则需等待，但又要争取一切机会。如果能到工厂，即使是差些，也比农村好，至少是过集体生活，有组织，不像农村那样散漫，领导的水平也可能高些。而且到了工厂后，上大学比农村又要容易些，调动也比农村快些。

河南医学院学习时期一年至二年，学不到什么，但如果能转学升大学，那也未尝不可。我的经验是多变动为好。

一方面要等待，一方面又要抓住机会，两者之间怎样处理，要根据你自己的经验去决定。

二

三强：

你以前的摄影构图的确太不好看，如照人像，树就像是从头上生起似的，人站在当中，姿态极不好看。这上述两种构图，是摄影中应力求不取的。还有，照片中的人，都是直立，头部太小，身躯不必要的多占地位。这是你不知道构图的起码技术，原因是你从不研究别人的摄影。

一般的摄影，大体分为两种。一种是以人为主，以风景或其他背景为副。一种是以风景或其他物体为主，人是次要的。

以人像为主的照片，距离是三、六、九，这是一个重要的原则。距离三尺，即拍人的胸以上，中心点在眼睛或稍低一些。距离六尺，即拍人的腰以上，中心点在颈部。距离九尺，即拍人的脚踝以上，中心点在胸部。距离三尺，只拍一人。距离六尺，可拍二人。距离九尺，可拍三人。三人以上，则须站在距离九至十二尺。十二尺以上，则大都是以风景为主、人物为副的照片了。人像的背景，以简单和少量为上。一根柱子，一扇门，一片树枝，就行了。照人像，距离要求十分准确，以眼睛清晰最为重要。如果要照全部人体的像，自头顶到脚底，（这一般来说应力求避免）不能顶天立地，须要上下都留一点空间，即便成了以风景或建筑为主的照片了，人不过是次要的。

你寄来的全部照片中，只有一张构图不错，即小妹在树上斜倚，人的姿势自然，树干角度好，这是以风景即树为主体的照片。这一张是谁取的景，我看很好。

以风景为主、人物为副的照片，人物绝对不能占在正中间。构图（即取景）的最重要原则，是井字形的构图法。即人的地位，不是偏左，就是偏右，地平线也不要在中间，不是偏上，就是偏下。以风景为主的照片，人也可以只取半身，那么就更不应占在正中间了，可以偏右下角，或左下角。也有半身像占照片一半，风景或背景占照片的另一半。

人像距离三尺，六尺，或九尺，即使只有一人，也不应站正中间。但如果取背光，则可以占正中间，因为没有陪衬之物，如照相馆照的那样，不过，这种照片，要特别讲究姿态，千万不能太死板。

照风景，冬天要在上午九时以前，下午三时以后。夏天在上午八时以前，下午四时以后。清早和黄昏照的更好。如果是照远景，中午前后也可以，但光圈要放在 11 以上，速度一百以上。照人像，也是上述时间最好。如果在中午前后照人像，那就要在阴影底下和阳光没有直接照到的地方才好。照人像，距离越近，光圈就要越大。如果距离三尺，照头部为主，光圈要在 3.5 以上。距离六尺，光圈 5.6 或 4.5。距离九尺，光圈在 6.3 至 8。速度则看光线充足与否而定。光线暗些，速度 25/100，光线亮些，速度 50—100；光圈大，速度就要快，如距离 3 尺，光圈 3.5，速度就要 50—100；如果用 25/100，那只要眼毛一动，嘴角一动，照片就不清晰了。

照相是一种很复杂的技术，要经过苦心的学习，才能掌握。

小妹信中所述，说明她很不会做人，明知吃亏，只图一时痛快，其实不应该。看人不要把他看得过好或过坏，要有两点论，一分为二，就可以平心静气对待了。

不管今年能否上大学，要不断为达到这个目标努力，总有一天机会能来到。古人说，只要做，就能成功，只要寻找，就能得到。不能坐等机会，也不能悲观失望。我想劝你多写一点信，多写一些字，多记录自己的生活和感想，这样来锻炼提高自己的文字水平。

摄影在乡下是没有条件的。

我的情况很平常。差不多天天进城，有休息时间就看点书，劳动全由我自己支配。这里小道消息很多，如说毛主席关于解放干部的谈话，限定最快时间解决，不过到下面就有许多具体困难不好办，所以迟迟不能解决。我只好耐心等待。春节前曾给省定案办写过一信，至今未答复。

希望你对一切都不要灰心，努力不断提高自己的文化。

包裹收到后来信告知。祝你好！

其矫　四月十八日

三

三强：

阿端来信，说小虎将在八月中、下旬到京，也要我在那时候到。并说汉城、小妹也来，大家热闹一翻［番］。

我原想在七月底动身的。阿端来信说不必那么早。因之，我又来住园坂，等八月中以后从这里动身北上。

请你来信园坂，谈谈家里情况。如需从这里带什么东西，也在信中提一提。

来信寄福建晋江县紫帽山农场园坂村蔡其雀转。

问大家好！

其矫　七月二十日

其侃是否已从西沙回京？竹竿巷近况如何？

四

三强：

我在泉州住了四十八天，在厦门住了十一天，已于四月一日回到永安。在过去两个月当中，我仿佛又回到过去的写作生活，登了福建最高的山峰——戴云山，登了泉州最高的山峰——清源山，参观了故乡最大的水库——山美水库，到闽南最重要的渔港——崇武。可惜因为今年春季多雨，还有许多原来计划要走的山区不得不因旅途困难而取消了。回到永安之后，我打算休息几天，随即把脑子里的许多印象组织起来，酝酿一些诗作。

过三天就是清明节了，永安的山坡和悬岩开满映山红和野玫瑰，并有若干迟开的桃花。树上都长起新叶，看过去全是郁郁葱葱。许多不知名的树开满白花。一年之中，正是这个时候花最多，举不胜举。

我原计划五月回北京，但考虑到住的问题而迟疑未决。昆仑和保姆大约占里面的房间，你母亲得住在外间了吧？阿端来信说，他四月间可能出差经北京，会住几天，说不定回去时会把昆仑带回兰州。我很想在阿端把昆仑接去之前去看看，我势必住到爷爷那里。但你爷爷来信说，他打算四月中间和其侃及你三爷爷、三奶奶去广州参观交易会，随后到桂林和昆明，不知什么时候才能回北京。希望你来信把家里的情况谈一谈，看我什么时候回北京较合适？五月或者六月较好？

你参加工作后情况如何？你的工厂在什么地方？做的是什么工种？每月工资多少？工作时间都是白天或三班倒？你很累吧？你的工厂中领导和群众的关系如何？工人属知青的多不多？现在你吃饭是在工厂或在家里？现在你母亲的情绪怎样？肝病和牙齿有否进行医治？

我的工作分配仍毫无消息，类似我这种人大约都不会被使用，我也毫无办法去进行活动。如果文学艺术的机关仍不成立，我怕只好等退休，而退休的地方又是一个非常麻烦的问题，北京极难进去。

等着你的来信。问全家好！

其矫　四月二日晚

五

三强：

八日凌晨到泰安，岱庙七时才开放，等了半个多小时。岱庙可看的东西很多，一直看到八时半才上去。在路上结了几个游伴，其中一个是北影的编写人员，跛脚，所以走得慢。中午在中天门吃饭。南天门最壮观，十八盘比黄山险要好看，五时到达岱顶，住在招待所，又赶去拍日落前的照片。那拱北石最理想。第二日五时半去看日出，可惜有雾气，太阳不是从海面跃出，而是从雾霭中出现。早饭后下山，在南天门下拍了几张，仍在中天门吃午饭。从西路下山，并不好走，到黑龙潭已是高峰遮住日光，没有拍成。晚上又坐夜车到南京。

在南京主要去看与文学有关的莫愁湖和白鹭洲，也看长江大桥和雨花台，最后才去看中山陵音乐台的黄昏景色。

十二日到无锡，主要玩鼋头渚和三山公园，后者是建在三座小岛上的公园，坐游艇往返二毛五，一刻钟才到。

十三日到善卷洞。所以叫善卷，是纪念那个发现此洞的外来隐士。这洞虽好，但太浅，中洞就是一个狮象大厅，现拟改称自然大门，从侧门上面立即到上洞，气温永远保持 23 度，是因为有一片斜悬的石（名为云）挡住外面的气流。这上洞人工气太重，那水面反映的荷花，是用短墙把水留住的，失却原来神仙的风味。下洞虽深（156 级，五层楼高），与定陵的地下宫殿深度差不多，但景色不多，坐船出洞，水深三四米至五米多，经过三湾，但可惜洞口太不雅观。从善卷洞到宜兴，坐下午三时多的车到无锡。

在北京未照完的那卷 20 张的彩色片，在泰山的第一日就照完了，现在寄给你，你交给古大彦，什么时候他有空冲洗，洗好的底片你可三张相联〔连〕剪开放在信内寄来。

　　大门的钥匙在裤袋内忘了，请一起寄去。

　　我在福州至少住半月。

　　这里暖和极了，有人只穿背心。

　　有空给我来信。

　　问好！

其矫　十月十八日

六

三强：

　　许久未见你的回信，甚念！

　　我明天离开园坂到福州，在危永胜家住到 25 日，月底到广州，因为涂乃贤于四月二十三日结婚，婚后到国内旅行，来信约我到广州会面。

　　在广州计划半个月，然后就从那里直接回北京。托古大彦冲洗的胶卷，就不必寄来了，我到北京自己去拿。

　　其庭申请出去，大约五月十日左右到广州。

　　问好！

其矫　四月十五日

七

三强：

　　我于四月三十日来到广州。

　　你二十一日来信收读了。你十六日寄出的底片，也未说清是冲了还是未冲，我当去信让其雀把未冲洗的底片寄来，以便在这里冲洗，这里冲洗一卷才三元，质量好。如已冲洗，那就算了，反正得将来由信中寄出印放。

　　大约月中回京，但我仍不打算去电报，接车也够花精力时间的。如果带的东西多，当即打电报告知车箱［厢］来接。这里的蚝油，每瓶 0.92 元，比北京便宜一些。但我也想在岳阳或汉口停一两天，带东西多就麻烦了！

　　其庭最近要出国，我可能等他走后才动身赴京。

　　其他特产，有辣椒酱、辣豆乳、椰子糖。

　　问候王萍。

　　祝好！

　　　　　　　　　　　　　　　　其矫　五月一日

八

三强：

　　十九日来信收到。包裹也收到，并已去信给你外婆致谢。这里也听说邓出来。这次的教育真是永世难忘！有一本内部书《历史的见证》你一定找来读。我决定二月四日到福州，给我信寄仓前山施埔前路 6 号 2 楼 4 直。竹竿巷近况如何？汉城能分配近些的吗？小妹的事必须继续抓紧。你调仪表维修也要加紧进

行。有什么进修的机会也不放过。我两月来写了不少东西，到
福州泉州还要写。问大家好！

其矫 一月二十七晚

致蔡其雀[*]

一

其雀弟：

我七月十七日离开园坂，从厦门到广州，再坐船溯西江到梧州，改乘汽车到桂林，在那里玩三天。经柳州到贵阳，去看黄果树大瀑布，最令我感动的是瀑布的伟大气魄。然后经黔滇古道经六盘水到昆明，去看石林，那真是世界的奇观。在大理十天，去看石宝山歌会，人们疯狂一样对歌求爱。一直走到玉龙雪山。再从攀枝花入四川，登峨眉，游乐山，最后看自然景色最美的九寨沟，于九月二十三日回到北京。这两个多月的旅行，大部分旅途非常艰苦，但精神和身体都很好。

你们在电视上，也一定知道今年国庆与往年不一般。现在北京的节日气氛已经非常浓，一切整洁如新。

我在北京也种了不少月季，今年长势特别好，到现在还有花。不知园坂的月季秋天开得怎样？

有寄到园坂的我的信件，可以转寄来京，也可以拆开后用

大信封寄来。有些请我看的稿子很占地方，就放在园坂等我回去看。杂志除了登有我的诗作，都可以不转寄。工资和稿费暂时放在你那里。

房子的修理和粉刷，如进行即通知我一声。房产落实政策有下文吗？

祝你全家安好！

其矫　九月二十六日 ［1981］

二

其雀弟：

秋季的月季是会比春季开的差一些。也许我们施肥还不够。盆里新种的，因为是新枝力壮，开得就好。

冬季剪枝，要注意去老枝，留新枝。树形以展开式为好。新枝壮枝不宜剪得过短。

三叔母几乎不出门了，腿无力，但还健。你应该给她写信。如果冬天有闲空，不妨来京看看。三叔母的几个孩子，常来京小住。北京建设在突飞猛进，近郊更是高楼幢幢，路宽景好。

问候你全家。

握手！

其矫　十月十八日 ［1981］

三

其雀弟：

我在园坂的信件，请挑选一部分寄来。其中可能有一封彩色照片，别人在催着要，请先付邮。有些信可以拆开合并，随时寄出。

我在北京又买下五颗唐菖蒲头，有紫、红、黄、白、粉五种颜色，春节以后才种在土里，打算以后寄。

问候你全家。

握手！

其矫　十一月六日［1981］

四

其雀弟：

我六月回北京，至十一月十七日来福州。计划元旦以后前往闽南多地，顺途也去园坂看看。

顷接曾阅来信，云县政协文史工委会想发我父亲和我的传略，他已与你商定，请你将资料汇集，如果你没时间写，他可以代笔。不知你搜集资料进行得如何？

离开北京前夕，我去看三叔母，她说其禄尚住医院，不知近况如何？

今年园坂庭院的月季开的好吗？茶花是否已经含蕾？

问你全家好。

握手！

其矫　十二月三日［1981］

五

雀弟：

上次寄去太阳花籽，三四月播种，初夏开花至晚秋，也可扦插。成片地栽最好，也可盆栽。

再寄去四种，最好查查书上所说的下种，但也不必绝对化，南方的气候与北方不同，可能全年都可播种。

祝你全家新年好！

其矫　一月三日［1983］

六

其雀弟：

我三月中回福州。四月初一定回园坂。在家乡过清明节。北方过年无法吃春卷，打算清明节在家乡补上，临时买什么都可以，独有海苔（音虎啼）得预先准备好。你如进城看到中菜市或南菜市或西菜市有卖海苔的，请先买下半斤，让碧芳晒干储存。

寄去花籽四小包，是我前些天去中山公园时买下的，其中一包什么花籽已忘记了，反正都是春天播的。你可以用小盆分开播，长出一两寸再移栽。

听说福建今年冬天特别冷，多雨，又值阴历闰二月，可能有些花今年春天都会迟开。不知我们新栽的茶花有开的吗？

我在北京的家已搬入新居。大雅宝房子空着没人住，但信件仍能拿到。新居距大雅宝很近。

问候你全家。

握手！

其矫　二月二十七日［1983］

七

其雀弟：

五月三日我回北京。听说三婶十七日首途返京。

我经福州时，得知有一笔稿费二百元寄园坂，不知领出来了吗？

这里的月季正盛开，新的品种很多。不知园坂的月季如何。那棵很高长的名叫银星的，是否开白色花，大不大？金和平也开了吧？其他有什么情况，望告。

北京比福建热，现在已经 28〔摄氏〕度了。河南的牡丹，开不到十天就败了。历史上有名的姚黄和魏紫，其实已经失传，新的品种更好些。

施铁病情是否好转？

问候你全家。

望来信。

握手！

其矫　五月九日〔1983〕

有重要的信可转来。

八

其雀弟：

四月上旬我寄出一批彩色底片到香港，估计洗好的相片现在已经寄到园坂了。请你有便进泉州时，把照片放在我房间存的信封中，印刷挂号（信封左角剪斜口）寄到北京东城大雅宝 34 号。

我后天出发到山区旅行，半个月后就能回京。

问候你全家。

握手！

其矫　五月二十一日［1983］

九

其雀弟：

六月十七日来信收悉。

我父亲故去后尚留一小笔未分交其侃保管，我已将你的来［信］转给他，如能从这公款中抽出所述的 367.43 元，请你回信，如不能，即由我一人承担，除稿费之外尚差多少，请来信告知，为荷。

月季每年以五月和十月为盛期，其余时间虽开但都小些。花开之后，必须下狠心修剪，按书上所说，壮枝留三四十公分，弱枝只能留一二十公分。剪枝之后才不徒长，并能在十月开更多的花。

来信所说的草本花，大约指太阳花吧？天天开，五颜六色，可惜现正盛开，撒籽太晚了。我将带回一些让你明春种。此外我将找一点秋天的草本花籽，下次信寄去。

唐菖蒲我也会带别种颜色的球茎回乡。

我在北京也大栽月季，这里的品种更多。

问候你全家。

握手！

其矫　六月二十五［日］［1983］

十

其雀弟：

七月三日来信知悉。

其侃经常出差在外，可能现在不在北京，我去信尚未见回复。现由邮局汇去 50.43 元，补不足之数。收到来信告知为盼。

《双虹》已再版，我订购了三十本，就先放在园坂吧。再版报酬极少，扣去三十本书的钱，大约所剩不多了。

寄去四种花籽，本应冬播或春播，但南方气候暖和，或者现在播种还来得及秋天开花。等我今天冬天回园坂时，当带多种花籽回去。

上次寄来的相片都收到，回信时忘了提。

今年春天我在大门口内花坛播种的矢车菊和石竹，不知开花好看否？不好看即全拔掉。

月季花我也插枝不少，不知能活否？

此信封内的花籽，可在你机关播。就像乡下播种一样，把花坛整理好，灌足了水，水侵入地后，把种籽撒放均匀，再上盖细土两三公分。初出时，暑天太阳炎热，可能的话插树枝遮荫。

问候你全家。握手！

其矫　七月九日〔1983〕

十一

其雀弟：

今年我大约会在北京过冬天，春节前后回福建。这里比往年气候暖和得多，据说是几十年所没有的。不知家乡情况如何？

桃树下的那些月季大约已长得很大了吧？十二月，正是南方月季剪枝的时候，狠心剪掉弱枝与长枝，强枝留四十公分，弱枝不留或只留二十公分，明年就能使月季长得更好。舍不得剪枝，势必使月季退化。门口那些今年插下的月季长得如何？还有盆中那几棵嫁接的长得怎样？

香港寄到园坂的彩色照片，什么时候到达园坂，请即替我转来。楼上客房桌内有几本我的《生活的歌》请给我寄两本来，还有今年上海寄给我的几十本《双虹》，请你也给我寄来四本。

你明年打算种什么花，请写信告诉我，我即由邮局寄去。

问候你全家。

握手！

其矫　十二月十日［1983］

不久前曾给我寄一本年历，是送给你的。

十二

雀弟：

十二月十六日来信收悉。寄来挂号印刷品也于昨日收到。

花籽我当留心寻找。先寄太阳花籽一包，一定要等天暖时播种，一寸以上才移栽，以后还可以摘三寸以上插栽，随插随活，人称"死不了"。花色有红、黄、橙、紫、粉、白和渗色，每天都有花，太阳出来开，太阳落后闭。栽成一大片，人称为"铺地锦"。播种可在盆中免被鸡吃。

月季如果觉得太密，可以把不好的去掉。元旦至春节中移栽最好。栽在盆里的月季枯黄，可以连土拔出，去掉旧土重栽。门口种的月季，头年没花，元旦以后剪去细枝，地面只留二十公分的壮枝，第二年即有花。

去年波斯菊可能种晚了。今年再种，可能每株能开百余朵花，花株高达二米。这种花是夏天播种，整个秋天开花，一直到天冷才枯死。

寄去一些小年卡给彩华。

问候你全家。

祝新年快乐！

其矫 十二月二十五日［1983］

十三

其雀弟：

上次给你寄四小包花籽，其中一包忘了花名，现在想起了，是蜀葵，单枝直梗七八尺，枝上有花几十朵，像芝麻一样从下往上开，花期两三个月，在夏天。现在即可下种。

我今天离京，明天到苏州，沿苏州至杭（州）的大运河两岸游览江南典型水乡约十天，下旬到福州，本月底到园坂。

省文联分配我住房两间一单元，有厨房有厕所和过道当饭厅，但文联整个大楼要到七月才能交付使用。

有些邮件寄园坂，请你代收存。

问候你全家！

其矫 三月十日［1984］

十四

其雀弟：

电台广播，已出现第一号热带风暴（台风），干燥的夏风也在今天开始吹了。

我希望园坂家院内花地浇水，应注意了。洞桥墓地下的那片花木，应请美灶开始修剪，杂草铲除，干旱时抽水浇灌，不必太节省。

我旧历五月节［端午］一定回乡看看。

修卫生间和楼坪结束，请荣生结算，我还需出资多少。

其矫　五月十二日［1984］

十五

其雀弟：

信悉。晋江政协编写文史资料一事，我当把你的来信转给其侃，他比我知道多些，请他答复。我这里简单提两点：

1. 日本投降后，三叔曾担任泗水商会会长，二叔担任泗水华侨中学董事长。

2. 新中国成立，1951［年］三叔定居北京，1952［年］二叔定居北京，两人先是在陈嘉庚领导下的侨务组，后三叔是北京市人大代表，二叔是北京东城区政协代表。两个同是福建城投公司的投资者。

你也能提供一些他们［20世纪］三十年代后期在家乡资助办学的材料，这是主要的。最后编写当然由县政协编写组找人。

我的稿费得便时汇来，只寄二百元整数即可。余下的作过去和今后转信寄信等邮费和养花用项。

三楼砖坪修整很对。五十年洋灰老化，得靠平常的养护。一楼二楼粉刷后，可能的话也注意今后钉子不敲洋灰墙而敲在木条上。你这个家可以弄得更漂亮些。

问候你全家。握手！

其矫　一月二十九日［1985］

253

十六

其雀弟：

春节过后用邮政包裹给你寄去唐菖蒲花球五个，收到了吧？

现在再给你寄两小包花籽。那颗粒大的叫旱金莲，种在花盆里要搭架，种在地里也要有攀缘的东西。那细长的叫草芙蓉，种在墙边地里就行，比较一般。

家乡有什么新气象？

问候你全家。

祝新春好！

其矫　三月十五日［1985］

十七

其雀弟：

三月二十六［日］来信收到。

本月底我即离京南下，五月底到福州，六七月间可能去园坂住几天。

顺便又寄些花籽。

问候你全家。

握手！

其矫　四月二十日［1985］

十八

其雀弟：

我来福州已经十天了，忙于布置新居，但除了买三把藤沙发，什么家具也不中意！

上个星期去乌準家，这个星期去莉斐家，得知碧芳、荣生不久前来过福州。

分配给我的宿舍，有两间一厅的单元，甚至有厨房，但我一人难起伙，都在食堂吃。伙食不错。水、电便利。

我在这里，至少得待到夏天最热时候，才去园坂避几天暑。只担心梅雨季节到来时，楼上是否会漏？橱里的被褥，过了端阳节请援朝替我拿去晒一晒。

今年月季开得好吗？唐菖蒲是否开了，有几色？在这里我也要买些自己中意的花。

问候你全家。握手！

其矫　六月十日 ［1985］

十九

其雀弟并转紫坂小学诸同事：

我在延安鲁迅艺术学院的同学李焕之，生长在厦门鼓浪屿，祖籍晋江池店镇。我们第一次合作《晋江市歌》发表后，紫坂小学的前任和现任的教职员，希望我写的校歌由李焕之谱曲。五月中我给他去信，今天收到他的曲谱和信，其中谈到迟复的原由，现把它们同寄去，请传阅，并在试唱后来信告知，为荷。

此致

敬礼

蔡其矫　七月十四日 ［1985］

二十

其雀弟：

你的调查非常具体。我的同事向你表示谢意。

这次回园坂，深感你家劳动力十分缺乏。两个女儿出嫁并都有孩子又不在身旁，荣生、宝丽全在县里工作，援朝成了你家的支柱，但她还要顾及山上地里，碧芳身体不好，你又全日在乡工作，因此必须把家务减少到最低限度。我建议，荣生计划的自来水如能实现，最好同时建一排水池，利用废水浇花，月季等都耐碱，肥皂水也可用。今年冬天，我回园坂把月季减少一半，把花坛缩小成双行长条，土层即可加厚，减少蒸发量，把不好的品种送人，只留最好的二十株以内。盆花也可以减少，小盆尽量去掉，因为这小盆最不耐旱。需水量大的花，如绣球，只留一两株。精简出来的花，可以拿到乡政府。今年的重点是茶花，乔木、灌木的花不需太多水分，草本的花只留非洲菊。元旦前后，我们动手大干，如何？

粉刷二楼的工作，有机会就继续吧。我曾向莉斐建议，她如调广州成功，把一些已经落后的家具都送园坂，再开辟一个房间，因为假期姐妹都来，现有的房间不够住。

铁门刷红漆时，也可把三楼天井罩刷一遍，以免生锈腐蚀。

握手！

其矫　八月十日［1985］

二十一

其雀弟：

转来三强的电报收到。他打两封电报，一封寄来福州。

前几天给你一信，谈你家劳动力不足，可裁减一些花，月季只留好的，花坛缩小加厚，等我元旦前后去帮你改造月季花坛。盆花也可减少。草本的除非洲菊，其他可去掉，只留乔木灌木，用水量也就相应减少。

问候你全家。握手！

其矫　八月十三日［1985］

二十二

其雀弟：

我七月二日离开福州，经过上海、重庆、成都，于七月十八日飞抵拉萨。在西藏活动了四十天。八月底回北京，十月底回福州。

园坂的花怎么样了？月季还开吗？郁金香和洋水仙有否萌出花茎？紫罗兰今年有花吗？腊梅和朱砂梅有否蓓蕾？茶花大约还未开吧？

过了元旦，有可能会去园坂住到春节和元宵。我也约请徐竞辞一起来。

问候你全家。

握手！

其矫　十一月二十三［日］［1986］

二十三

其雀弟：

我已于四月二十三日从云南旅行回到福州。今年清明节又未能到园坂扫墓，心中负疚。

大约有信在园坂吧？请转来为荷。

问候你全家。

握手！

其矫　五月二日［1989］

我在福州买了一把摇椅，如有便车运去送你最好。荣生能来福州吗？

二十四

其雀弟：

去年七月我回京，至今年五月上旬回福州。中旬去南平、建瓯一带活动，至月底，原想早些回园坂，因手头有些文字要完成，未能如愿。

今天突然在办公室见到园坂村老年协会的请柬。我定九日到泉州，十日早饭后回园坂。不知此会成立何人主持？见面详谈。

请柬不用信封，也不知是谁带来？

其矫　六月二日［1990］

二十五

其雀弟：

荣生从青阳汇来二百元收到。

寄去唐菖蒲花球五颗，有红、紫、黄、白、粉等五色，春节后即可种，埋土一寸即可。

问候你全家。

祝春节快乐！

其矫　六月十六日［1990］

二十六

雀弟：

　　照片洗出，现在连底片寄给你。

　　彩华、耀华的三片，你写信时寄去。

　　其余晋江县的，我都分别寄了。

　　握手！

其矫　二月二十七日［1991］

二十七

其雀弟：

　　转来一信收到。

　　今有一事相托：

　　陈允敦教授三月十八日九十大寿，有隆重华诞请我去，并附带要我办一事，你见字条就知道了。池店乡是你工作过的地方，也许知道海瑞题字的歇马庙吧？如不详，请打电话问周海宇。你有照相机，如可能，替我拍一张。如抽不出身，我十七日下午到园坂，我们一起去拍，好吗？

　　问你全家好。

　　握手！

其矫　三月九日［1991］

二十八

其雀弟：

　　我十七日下午两点钟左右到园坂，当晚要住城里市文联招待所，不住园坂，因为第二天清早还要乘车到华侨大学，上午九时在陈嘉庚纪念堂祝寿。

所以你如能事先替我把歇马庙的彩照拍下来最好。

问你全家好。

握手！

其矫　三月十日 ［1991］

二十九

其雀弟：

兹寄去《紫坂小学校歌》第二稿，请你转交该校师生讨论修改，然后寄回给我，以便从速与北京李焕之联系谱曲。

握手！

其矫　四月二十五日于福州 ［1991］

顺便询问荣生我还需要支付什么？

三十

其雀弟：

三月二十五日我离开福州作两个多月的旅行，六月五日来到北京，接读你四月二日来信及表格两张。

昨日我打电话给其侃，得知你寄的表格他已填好并寄给你了。我填表也就只能补充一点材料，最后还要靠你来综合完成。

未能在四月二十［日］你定的日期寄回表格，大约县里的限期也会宽松些。

问候你全家。

握手！

其矫　六月八日 ［1991］

三十一

其雀弟：

我三月离开福州，在华东、华中旅行七十天，六月回北京，九月又来福州，在闽东、闽西走了四趟。拟十二月到闽南一带，可能在园坂住几天。

北京朋友给我寄一小包紫罗兰种籽，现在分一点给你在园坂种植。它是名贵的花，产自欧洲，被人当做爱情的信物，开十字小花，艳丽紫色，异常芬芳。

播种适合温度15℃～20℃，现在正合适，明年五月开花。

找一个宽面的花盆，装上松软的土壤，浇透，然后播种，上盖浮土一公分，放在日照的地方，五六天后出芽。花苗长至4～5枚真叶时第一次移植促其侧根发育，株行距5×5cm长至8～10枚真叶时可第二次移植花盆或定植于花坛中，株行距25×25cm。如果嫌麻烦，可一次播种成功，我们水井旁那块从前种唐菖蒲后来种菊花的矩形花坛正可利用，浇上水，用手指捏花籽，撒布均匀，上盖浮土一公分。待长至8～10真叶，删去太密的，便成。

在花盆播种可不施肥，移植床、定植床，均需施肥，可用麻渣豆饼等有机肥。

问你全家好。

握手！

其矫　十一月十九日 ［1991］

三十二

其雀弟：

月季老化；只好找一年生的新枝高插，元旦过后进行。有些不贵重的，现在就可以把新枝每三四芽剪成一段插在花盆里。剪插完后，只留根上三寸粗枝，希望春天能发新芽。或根本就挖出，剪去老根，留点新根和三四寸粗枝重栽。如果不活，并不可惜，免得年年辛苦浇水。

围墙西边干旱不大通风又日晒多，所以茶花多病。山茶的性喜欢湿润。明年如病不能治好，只好挖掉，换栽其他。现在大家都忙，花也只好精减。

我父亲生平资料，过去都不注意。你有条件在本村老人中调查。我也提供点滴。

祖父蔡赓臣，壮年与旧铺的陈实生赴福州考举人不中，中年去世，家道沦落。听祖母说，我父亲十六岁，叔父十四岁，卖了两亩田，随他二姐夫李标（新店人）去印尼。我小时在旧厝后轩还看到不少线装书，那是祖父留下的。也许是这个缘故，我父亲练就一手好毛笔字，并能写律诗，我小时见过他诗集的抄本。到印尼后，我父亲在粮店当店员、司账，后来在一间只有几平方（米）的三角形的小店卖一分钱一杯的咖啡，我叔父买豆腐和炸虾饼。积了一些钱，我父亲十八岁回乡结婚，我母亲就是陈实生的侄女，我外祖母是劳动妇女。还听父亲说，他婚后还在御赐桥干货店工作过，比较闲散，还曾与许卓然、秦望山等人认识。即使在这时候，祖母还带新媳妇下地种鸦片烟（比种田收入大）。我母亲结婚第二年头胎生我据她说是她自己收生的。大约在我记事的六岁前，叔父才回乡结婚，三叔母当时是下辇新式学校的女学生，非常稀罕，可见那时家道有上升，结婚仪式相当隆重。她的头胎生其焊，我母亲三胎生其侃，都在国内，1926年他们还很幼小即全家迁印尼。那时他们在泗水有三个店：餐馆、粮食和咖啡杂货，到1929［年］我离开印尼发展到七八个店，除三叔父管理的餐馆外，其余都很小。我回国后，他们有些扩大。1937年我回印尼三个月，条件又比以前更好，家属不再租厝，在餐馆旁盖了住屋，有了载货汽车。太平洋战争，全部炸毁，幸而母亲把平时的金银器和金币装在瓦罐埋入地下。逃到山区几年躲过战火，回来挖出瓦罐，以这为资本，再加居住山区几年的经验，改营土产，主要是糖、米、烟，是有关民生的货物，在战争中最吃香，可以囤积居奇，左右市场，批发和专利，赚的都是大钱，跃为泗水首富。叔父当了商会会长，我父亲当了新华中学董事长，这都是能出大钱的人才有的衔头。

还有一点，太平洋战争，陈嘉庚到了印尼，经人介绍，一个时期住在我们山区的家，因此回国以后，总是陈嘉庚做他们的后台，兄弟都任侨务组员、侨联要职、市区人大代表和政协委员。叔父又和公安部有关系，所以其俊、其杰、其适都接继这个关系在新加坡和香港作代理商。

也许施铁比我知道的更多些，你有空约他谈一次。

我大约要在春节前才能赴闽南。

荣生要是出差来榕，不妨住我这里。

问你全家好。

握手！

其矫　十二月十八日［1991］

三十三

其雀弟：

　　我好几年没有参加清明扫墓了！今年春节见母亲墓地杂草小树不少，决定清明回去清理一下。请你告诉援朝，我四月二日到园坂，住到四月六日离去。

　　握手！

其矫　三月二十五日［1992］

三十四

其雀弟：

　　九月底和十月中旬，我将到泉州参加两个庆展：九月二十八日洛阳桥摄影技术学院开学典礼和十月十七［日］、十八［日］母校培元中学九十周年庆祝。

　　为了减少往返之劳，我将在九月二十七日到园坂，住到十月十九日，共半个多月。请你转告援朝。

　　握手！

其矫　九月十四日［1994］

三十五

雀弟：

　　今天去北海公园参观菊花展览，买了三个品种：黄、红、白，寄给你栽在花盆里，明年开花。

　　我上月二十八日飞抵北京。

　　问大家好。

　　握手！

其矫　十一月六日［1994］

三十六

其雀弟：

寄来林建民的著作复印件收到。

上海有个女作家，出差到厦门，想到园坂我们家住几天，我等接到她的电报就动身到厦门带她。

援朝说要拆洗我的棉被，现在请她暂时缓办，可以等端阳节后再洗。

问候你全家。

握手！

其矫　四月十日〔1996〕

三十七

其雀弟：

原想清明节回园坂扫墓，不料三月十二日我摔断右胸第九第十两根肋骨，断端相错 2～3mm，行动不便，在福州看病洗澡都要用公车出入。独自一人不敢远行。

现在伤势略有好转，如有人陪伴，我也可能去看久违一年的老家。

今年阴历闰三月，福州经常阴雨连绵，很不舒服。

问候你全家。

握手！

其矫　四月六日〔1997〕

三十八

其雀弟：

我将在六月十一日抵园坂，在那里住一星期至十天，然后从泉州到广州，参加虎门镇迎香港回归的世界华人诗会。

请你告诉援朝，把我应用的被枕在有太阳的时候拿出晒一晒。

问你全家好！

其矫　六月三日 ［1997］

三十九

其雀弟：

十二月三日来信今天收到。

其侃从福建旅游回来，就已告诉我园坂老家修饰得非常漂亮，一切都极新鲜醒目。我也想乘十二月底福建作家协会换届的机会回去，可惜临时又由于许多事情缠身不能动身！

从来信中得知你和荣生对修饰老家非常细致认真，用费又尽力节省，只花一万一千 ［元］ 实在很不容易，连照明用灯都已翻新，想来电线和电门也都有新的安装，一定也是他亲自参加动手；墙壁刷淡蓝涂料，门窗楼梯外绿内灰，天井大门银灰，也非常合适。将来有机会，再把庭院花木修剪，去杂存新，就更优美。

祝你全家新年快乐！

其矫　十二月二十九日 ［1997］

四十

其雀弟：

我今日飞福州。大约四月一日回园坂住几天。

请援朝晒被。

握手！

其矫　三月十四日［1998］

四十一

其雀弟：

我已自北京飞来福州，计划本月底到园坂。

请你让援朝在天晴时把我的被、枕拿出晒一晒。

问你全家好。

握手！

其矫　三月十九日［1998］

四十二

其雀弟：

今年北京多雨，雨后还很闷热，与南方一样潮湿。

五月下旬在泉州各县采风，集体行动，安排得非常紧密，想顺便去园坂都未能实现。

不知你家近况如何，有便来电话告知一二。

你托竞辞买药，剩余十元，现在买邮票寄去。如有需要续买，我也可以代劳。

祝你全家安好！

其矫　八月七日［1998］

四十三

其雀弟：

十一月十日给你汇去二千元，是我的捐款，至今已一星期多还未接你的电话，到底收到了没有？叫人放心不下。

其矫　十一月十九日，北京〔1998〕

援朝春节回不回去？

猫公石泉水的计划能否进行？

四十四

其雀弟：

和布水谈过楼上修厕所和翻三楼坪，荣生也建议，不过造价太高，可部分修改。不知五一节七天假期你和荣生如何安排，如果不外出何不在此时间进行？

香港寄来的钱所剩只几千，如可以动工我即把它寄去。

在雨季之前做这两件事，不知你意如何？

握手！

其矫　四月二十日〔1999〕

四十五

其雀弟：

荣生来电话，约我五月一日回园坂，修二楼厕所和换不锈钢贮水池并部分翻修三楼板坪漏雨的几处。

我订五月一日下午三时抵达洋楼。如果没人做饭，我想到时电话叫车路口谋吓送饭菜，并随身带一把热水器自行烧开水。

如方便的话，请你把大门的钥匙多配一把给我留着。

如有事吩咐，请来信或来电话。

握手！

其矫　四月二十三日［1999］

四十六

其雀弟：

校歌座谈记录迟至十七日下午三时寄出，十八日到达省文联，正值星期六和星期日收发室关门休息，我迟至出发前一天即二十日上午九时才收到。

座谈会在开学第二天即九月二日就召开，但又想把校歌制成录音带后一并寄来，而录音带的制作者泉州师专的拖延，由于我的催促，匆匆把座谈记录先寄来。

请你转告校方，录音带制作后，可直接寄李焕之。

握手！

其矫　九月二十日九时半［1999］

四十七

其雀弟并荣生侄：

我在洞桥水库旁为母亲墓地栽草种树的事情传到香港，在港的弟妹打电话到北京给我，说她们要出钱在墓地旁建立一座纪念亭。我想这事只能托你们代为筹划和办理。

在墓地左前方的那小块平地上，已经有一条石椅，就在这条石椅的洋灰地上，盖一座小亭（比碧芳的略小但等高），可供人休息或躲雨即可。这事你们都已有经验：找什么人来造？何时进行？需款若干？请一并告诉我。我即把款汇去，一切请你们操劳，是为至感！

问好！

其矫　十月六日〔1999〕

四十八

其雀弟并荣生侄：

十月六日，我给你们去一信，请求你们代为筹划在洞桥我母亲墓地建一座纪念亭，谅已收到。

我历来都想让后辈对祖家有个印象，三个男儿都先后去过园坂，两个男孙也计划这个寒假（元旦和春节之间）让我带往参揭。所以，我想建纪念亭最好能在元旦前完成，不知可否？

纪念亭造价，不妨以两万元左右作预算，造型以简洁为好，用料不妨好些，如大理石或青花岗石作座台，白花岗石作柱，琉璃瓦作顶。

洋灰楼前面住着曾在园坂小学当教员的宝蕊，和我去过乌石认识花农吴长江，可否请他去约那个花农来参加设计在墓地附近再种花木？

问你们全家好！

其矫　十月八日〔1999〕

四十九

其雀弟并荣生侄：

上星期去两封关于纪念亭的信谅已收到。

关于纪念亭的构想，我又想到如下：

一、其造型力求简朴大方；

二、底座高出原来的洋灰地一尺，一尺中入口处分两台阶，亭中地面用水磨嵌镶石英的红色水泥；

三、亭中心立一座青花岗石，长方形，顶面可当桌面用，南向直面作碑铭刻字，上款书纪念亭三字，下款写蔡其矫、蔡其侃、蔡敏治、蔡天治……共建；

四、四根长柱为白花岗石，连接的栏杆也是白花岗石，栏杆横条宽些可当坐〔座〕椅用；

五、亭顶用绿琉璃瓦，亭盖应略宽些可遮风避雨；

六、亭边原来的相思树尽量保留，可略去一些枝杈，亭边栏杆外和台阶旁，可放盆花。

上信说到此亭应比碧芳的小些，但高度应一致，这是最重要的。

本月十五日前后，我将由中国银行转汇港币壹万元，作为采购建材之用，你们收到后最好打电话通知我，以后什么时候再寄壹万元，也可同时告诉我。

石材早日购来并请石工琢磨，架构完成并采购琉璃瓦，希望纪念亭能在元旦前竣工，如太迫，也可延到春节。青花岗石上碑刻的字，请雀弟挥毫。

问好！

其矫 十月十日〔1999〕

五十

其雀弟暨荣生侄：

我十二月六日飞成都参加笔会，今天十二月十五日回到北京。

洞桥工程进行得如何？如有难题可来电话商量解决。

工程全部结束，可写信或打电话告诉敏治。她将回园坂拍几张照片寄给香港弟妹。

洞桥风景植树，我已带兴吓参看各处花木公司，如有难购之梅、柳、睡莲等，可电话叫乌石吴长江采办。

我大约要到清明节前才到园坂。

问你们全家好！

其矫 十二月十五日 ［1999］

五十一

其雀弟暨荣生侄：我六日飞成都，十五 ［日］ 返京。

新年好！

昨晚福州敏治来电话，说几次她打电话到园坂，你都不在。你有空时不妨告诉她洞桥工程进度及难题。

我早就计划带两个男孙子（一个大学已毕业，一个上大学一年级）蔡昆仑和蔡濛濛到园坂住几天，这个寒假（一月底二月初）能够实现。届时福州的敏治也可能参加。我原来的铺盖都不够用了，请你在存款中支一小部分添置被、褥、毯之类；明年夏秋香港的弟妹也有可能来一两个住几宿。

新辟的水池旁边用土，如不够可从水库边取些补充，以载花木。

握手！

其矫 十二月二十七日 ［1999］

五十二

其雀弟：

你的挂号信今天收到。

工程费用总计我已告知敏治。

……

你的拟作，我以为晋水比桐江为人熟知，故土思无期，虚写比实写"永萦思"为合适。

……

希望荣生改造庭院的想法能够实现。延长球场至门口的水泥道也能早日进行。

问好！

其矫　三月二日〔2000〕

五十三

其雀弟并荣生侄：

我十月二十日去杭州参加西湖博览会，二十二日由一个企业家出车出钱去考察大运河，经苏州、扬州、宿迁至山东的微山湖，就顺便来北京过冬。

今天福州小郑来电话，说荣生电省文联宿舍，告诉我园坂修路已达家门口。请把详情电话，我等着。

问好！

其矫　十一月二十二日〔2000〕

五十四

其雀弟：

年前给你寄一包裹鱿鱼干，不知收到否？

去年秋天与蔡联泽谈话，他主张改造洞桥水库，把从前的水沟两岸筑高，形成小瀑布，泻入从前的石桥下。为此，他要请工程师来设计并构图。不知他是否已正式选上老人会长？能否为家乡建设尽一己所能？

家乡从前如果如联泽所说，应是古桃园坂，那最好能恢复部分古貌，广种桃花桃树。我和弟妹所捐建设款项还有剩余多少，能否在春天到来时，买下水蜜桃的树苗，种在桥洞下游即墓园前方的山石之旁。你在镇政府，必有懂得种果树的人，请教他们树苗哪里买，何时种植好。也与洞桥佛庙的主持人尚碧、美地等人商量，果树由他们管理，收益归佛庙。园坂龙眼的黄金时代可能已经逝去了，而家乡的山地也只能以种果为佳。水蜜桃是最佳选择。也可能种少数柑橘、凤梨（凤鼓）、甘榄等试试看。

我尽量争取清明节回家乡住几天。

祝春天快乐！

　　　　　　　　　　　　　　其矫　二〇〇一年一月二十七日

五十五

其雀弟：

上次信中说到在洞桥种植水蜜桃，你可能不好办，也顾不及，我想出一个办法：

1. 打电话给乌石长江花圃的吴长江，请他代购水蜜桃苗木，就以我的名义委托他，他的电话是2486725，最好晚上打，他一定能收到。

2. 事先与美地商量好，苗木一到就交给他，让他请人去种，工钱归我出。以后浇水施肥也归我支钱，收成归佛祖。

我原在吴长江处买过几次花木，如柳、碧桃都非常好，他为人很地道，也曾到洞桥观察一次，建议开水池。在电话中，也可以顺便请他现场指导，如他能雇人包种，那就更理想。不过也要与美地、为碧等人事先商定，种哪些地点和种多少，我以为多多益善，反正是试验，成功与否不计较，目的在引导家乡的种果事业。

祝好！

其矫　2001年3月2日

五十六

其雀弟：

今年清明节是四月五日，我打算四月一日到园坂。

春节期间敏治从美国来电话，原来和我约定清明到园坂要改期到八月，并顺便提到香港天治也要改到秋天才来。这样也好，可以多些时间再修路和广种花木。

我想从美灶到我家的那段路铺水泥。可能的话也把我家三层楼坪重铺隔水毯和轻型塑料砖，杜绝雨天漏水。如你遇到傅水师，顺便探问价格如何。

问好！

其矫　三月十四日 [2001]

五十七

雀弟：

在木水把假山瀑布完工之后，有两件事是否可以相机进行？

一、乌山花匠在送花的傍晚参观我们的那些睡莲后，作个很重要的建议。他认为毒杀蜗牛撒药，须连续撒六七次，因为药粒入水如蜗牛来吃就会溶化失效。我曾把这告诉你，不知你转告灶吓否？这事不可大意，如蜗牛在立春到来大量繁殖，可能会把睡莲吃光。

二、水库堤岸已种刺桐和木棉，这都将在清明时开花。近时又在它们间隔之中种下六颗广岛绣球。但在这些的旁边靠水面沿岸，仍有许多杂木。这些杂木是否请灶吓找人来砍净，按每日工资二十五或三十元付给。清出来的靠水面稍低处，立春后可种一排日本樱花。

我下星期的十六日将飞抵北京，参加十八日召开的第五届（应为第六届）全国作家代表大会，二十三日大会结束，可能在京住几天，但一定会在春节前到园坂住一段时间。

顺便请你打听一下：从泉州去丰州的路上四黄有个泉州花卉城，木水也在那里包些地，不知春节时能否开张？

随时可来电话，十五日下午以前都在宿舍。

握手！

其矫 十二月六日早 ［2001］

五十八

其雀弟：

我十六日飞来北京，参加中国作协第六届全国代表大会。会已结束，今天来住东堂子家。

家没经长途电话登记，写这封信问修村委会至洞桥的车路及灰洋楼至洞桥水泥人行路是否已修好？来电话，至盼。

其矫　十二月二十三日〔2001〕

如果村委会到洞桥二米半车路因伤人厝角等受阻，可先修从宝蕊家门口电线杆至车路约一百米的一米宽水泥人行路先建。

五十九

其雀弟：

从村委会至洞桥的二米半宽车路，划红线已经很久了，再未见有什么后续举措，沿路居民也未热心支持，长久以往可能黄了。你应让荣生主动去催促，如果春节前未能动工，我们就得准备在春节以后进行独资铺设自宝蕊门前电线柱至洞桥的227米长一米宽的水泥人行道。不能再拖，春雨一来，施工不便，清明无新气象，香港来的弟妹，不好交代。

往南安去的路上，四黄的泉州花木城春节前开张，你若能去参观最好，不能去，也须交代木水去订购日本樱花三十株，种植在洞桥和水池南面所有空隙，四月开花。

我已买化合肥分给灶吓和地吓，施肥最好时间是在立春前后。施药除虫也应在立春以后进行一次。

特别是水泥路一事，究竟何时能进行，你应给我来电话，以决定春节我是否到园坂。

问你全家好！

其矫　二○○二年一月八日

六十

其雀弟：

如果四黄的泉州花卉城买不到日本樱花树栽，要打电话吴长江问他能否代购，或者叫地吓骑摩托车到锦地我们曾向他买十五棵广岛红绣球的那一家主人，他曾问我是否要日本樱花，我当时曾说要十棵。

我家到洞桥的水泥路，一定要抓紧，催促，甚至你也可以向紫帽镇书记随便提起，让她督促最有效。

我是否到园坂过春节，就看上述两项进行如何。祝新年好！

其矫　二○○二年一月十日

六十一

其雀弟：

通向洞桥的两条水泥路工程进展如何？能否在春节前后完全竣工？

寻购日本樱花结果如何？以上两事望即电话告知。

祝春节好！

其矫　二○○二年

六十二

其雀弟：

今天我突然想起：十月中旬，蔡美灿到福州看我，那时正好《回廊》〔《蔡其矫诗歌回廊》〕印出来，在我宿舍放了一百套，我给他带去五套，一套给美灿，一套给他同行的某公司老总，一套让他转送香港的林若梅，一套给泉州人事局的蔡文良，一套给泉州审计局的蔡文超。

现在寄一套《回廊》的勘误表，你在后厝街再复印四份，再打个电话给他。午、晚在家，和他联系怎样把五份勘误表给他去分发。

等水泥路铺到洞桥，应该托四黄（筑庙的同乡）去买上好的肥土，铺在所有种花的地方增加一尺，希望明年那些桂花和梅花能有花。

握手！

其矫　二〇〇二年十一月四日

六十三

其雀：

寄去《蔡其矫诗歌回廊》正误表一份，请你在后厝街复印若干份，凡是拿到一套书的都给一份：

镇政府 2

小学 1

你 1

荣生 1

声呵 1

黄国华（让声呵转交）1

洞桥公园进展如何，请及时转告，用信、电话均可。

灶呵、地呵除工份给钱外，需过旧历年时给钱否？请你得便时探问他们，为荷！

问候你全家！

其矫　二○○二年十一月十四日

六十四

其雀弟：

我北京家里的电话没有长途挂号，只能打进来，不能打出去。有事向外地联系，只能写信。

前不久给你汇去一千元，寄镇政府，想你还在上班。什么时候你全退休，有信是寄政府还是寄园坂村？

洞桥水泥路，什么时候通到洞桥，就得运土铺尽可能多的种植园。你通知我，即再给你汇一千元。

家里和山里的蜡梅有否开花？那些梅树有否结蕾？睡莲大约不开了？

有机会得叫木水去除虫和施肥。

洞桥公园有否信息？

问全家好。祝新年快乐！

其矫　二○○三年一月五日

有否通知他并转告文良、文超关于勘误表一事？

六十五

其雀弟：

今早八时美地来电话，他说原定从刘全到洞桥那段路两万元，后来不够，要我出五千［元］。我想为什么不在开工前向我说，可能临时他又想增加工程量，譬如在他屋后搞点什么。他说去年我曾答应此数，我说没有呀。他才说你多少给一点。我想完全不给，也不好。我说，给一千［元］吧！他问给他寄还是寄你转。我说不知他地址怎样写，还是寄你转。

修这条路，便于运土，我按理也应捐助。但捐多少，多了会养成依靠性。一千［元］不多不少。如果真的结果钱欠的多了，再说不迟。

今天即寄一千元由你转交。

运土买土的钱随后汇去。

祝新年好！

其矫　二〇〇三年一月十五日

六十六

其雀弟：

收到寄来两张蜡梅、一张白梅的照片，可能是洗照片的商店用过期的洗相药水，光洁度不够，未能把花的颜色正确表现。

你是想把过去都难得开花的梅树今年有花了的好消息用摄影告诉我。这让我非常高兴。

我也想知道爆竹花（墙头的）迎春花（大门外栽成行的，俗称黄茉莉）今年开花的盛况。还有春天最盛期的碧桃、刺桐、木棉、紫薇、藤萝等等，请你到时也把它们一一摄影，留作纪念。

何时洞桥水泥路修通即电话告诉我，好寄款买土运土，把能加土的都加土。也叫木水请工人把院内的非洲菊一一分株移栽，以及除虫、修枝（特别是藤萝要大修剪）。

其矫　二〇〇三年一月二十三［日］

六十七

其雀弟：

从洋楼后门厕所到接去洞桥的水泥路，铺上洋灰路，你请个工匠估计，需款多少，写信告诉我，想为方便走路，这段路非铺不可，需款我即寄去，也不妨叫布水来做，他比较正规。

洋楼庭院那些花木，也不妨在花季以前，叫木水派一两个工人来整理：移栽疏化那些非洲菊，把重复太多的品种删除到洞桥栽种（在填新土之后），同时除虫、修枝，特别是墙头那些藤萝和素馨，需要疏化，不可太密。

春到来也需施肥。利用厕水和下复合肥均可。

本来我想请其篮的儿子合吓参加管理，好像他有顾虑。还是花钱让木水叫工人算了。

一切由你掌握，务使每年的花木都旺盛。

问好！

其矫　二〇〇三年一月二十六日

六十八

其雀弟：

我向青州订的花木寄到了没有？运土前后即可栽种。收到时来电话告诉我：株多大？能否栽活？

现把一份剪报寄去供以后水库周围建成后采购苗木时参考。

春天施肥、修枝、除虫，要叫木水雇工进行。

洋楼后门厕所至洞桥路铺水泥也最好在雨季之前施工。

洋楼庭院内的花木重新整理，不可太密，多余的可迁移到洞桥空地栽种。

十分挂念家乡的建设，望常联系。

问好！

其矫　二〇〇三年二月三日

六十九

其雀弟：

寄去二千元，水泥路铺到洞桥，即可买土运土，因为所有种植地下面都是石层，盖土也甚浅，植物生长势不旺，最好再铺土一尺。佛宫旁后的相思树和岩石，也可加土至可以种植花木，将来逐渐取代相思树。

洋灰楼后门厕所到洞桥路，也可铺水泥便于行走。

从报纸广告得知山东青州天鸿技术中心有苗木基地，我订一百五十元的樱花、美人梅、樱桃共三十株寄到镇政府大院你收，并附去该中心的价目表，洞桥周围可种垂柳、垂槐等，如需要可写信订购，所费也在这二千元中支出。

春天到来，叫木水修枝、施药、施肥。

问好。

　　　　　　　　　　　其矫　二〇〇三年二月十二日

七十

其雀弟：

　　我已订购香花槐1.5米左右种苗20株，货寄福建晋江市紫帽镇政府大院你收。

　　　　　　　　　　　其矫　二〇〇三年三月十七日

七十一

其雀弟：

　　我来福州已一星期，除了第一天是晴天，其余都是雨天，出门非常不方便。

　　我想晋江老家也大体这样，潮湿阴冷是一定的。我四月一日回园坂以前，大约曝晒铺盖的机会不多，请援朝只需把最必须的略加清洗和晒干，其余的不必大加整理。

　　在洞桥居住的美地，我后来又交给一千元交代他种树和修路，请你方便时给他一个电话，告诉他我四月一日到园坂住十天，将与他一起整修一切。

　　问候你全家。

　　握手！

　　　　　　　　　　　其矫　三月二十三日〔2003〕

昨天是春分，山中桃花一定盛开。

七十二

其雀弟：

今天寄一千元，清明期间雇人修尖仔山祖父母墓，尽量造永久性如找买便的石料围成圆形，周边种些松柏。（20世纪）五十年代我记得有一棵松树，非常壮观，现在大约很少卖松树苗，或者大山上有，请人挖几棵移种。你和美地商量，或者他有办法。

政府提供绿化，苗圃都可以寄货，你觉得种什么好，电话告诉我，可以叫山东青州市苗圃寄些木苗去。

前后寄种苗，如多了无地种，也可以分给乡人，如医务室贯吓，其篮儿子美合，老人会女副会长等等，都是比较热心绿化的同乡。

问大家好！

其矫 二○○三年三月二十三日

七十三

其雀弟：

昨天报上登图片，江苏无锡樱花怒放，北京玉渊潭公园的赏樱节已开始，我去看了，有一种红山樱已露红蕾，下星期末就会大放。

园坂的几株樱花，有否开少数几朵？

清明修祖父母坟，只求坚固，不求形式，你就按可能的条件在清明开放，逐渐进行。周围种松。

有什么问题，可随时来电话。

问好！

其矫　三月三十一日〔2003〕

洋楼大门外那些迎春花（俗称黄茉莉）有没有掉叶？一般要掉叶后才开花。浇水过多并不好。

七十四

蔡其雀同志：

北方的种苗基地绿化花木实在便宜，寄货也迅速。上次寄的香花槐 1.5 米种苗每株才 3.5 元。今天我再寄 100 元，购 1 米左右种苗 50 株，每株才二元。50 株到紫帽政府大院，可给镇政府一些，其余可送乡亲，剩下的可寄栽于莲花池西新镇的黄土上，等水泥铺到洞桥，运土完成，可栽在新填的墓边短堤上或其他如佛祖庙边相思树下新填地，也可在尖仔山祖父母墓周围试栽，为荷。

其矫　二〇〇三年四月三日

七十五

其雀弟：

今天芒种，气象预报，闽南将有暴雨，我很担心，园坂水库情况如何？

因为非典，我不能回闽。已经有许多福建朋友，都来电话劝我不要回去。端午节那天，还有朋友来电话说，凡是北京去的人，都要到闽侯十八重溪隔离两星期，那里距福州几十公里，没有病也会闹出病来。好在北京非典，形势已好转，也许七月或八月，我得回去看看。

已很久没接你的电话了。五十株一米高的香花槐寄到了没有？洞桥水泥路已铺成可以运土了吗？洋楼后门至洞桥路的那一小段土路已铺水泥了吗？山头祖父母的坟修好后，款项已集齐了没有？有空你再打电话告诉我，有什么我可以在京办到的？香港那边，有谁会来园坂？洋楼院里以及洞桥风景地的花木近况如何？

我在北京，除看书写作外，也去公园看樱花和芍药，也买月季和紫丁香，端午也吃粽子。

问好！

其矫　二〇〇三年六月六日

七十六

其雀弟：

今天六月十六日收到照片七张，可惜祖父母坟地赤土路右边的四株木棉和刺桐不在相框内！希望下回能补照一张。

门口的樱花和中池左边园内的樱花，都不是最好的品种。买的时候无花所以也不知道它不是六瓣粉红的正品。山东青州苗圃自称他们的樱花有五个品种（也许我记错），你不妨查我寄去的广告，写信叫他寄来说明究竟有哪些品种。我在北京樱花节。看到一种山樱最好。

水库如果将来筑北边的堤岸，说不定溢洪道可以提高，水库的水面将会更大。迎水坡下面的桥洞也应该早些复原。复原后可以在附近筑石围堰栽文殊兰。红色文殊兰生出的子株要保存好，以便繁殖成几坆。

北京非典已近末流。只要北京去的人不再到十八重溪隔离，

287

我即能回闽，并到园坂住一两天观察以及作必要的添置，如在三段池西边石上立一座小塔。

水库中央的水鸡石上，曾经计划筑水泥的八角亭，以配合佛殿和坟地两座石亭。也许公家出面后，水库的布置可以顺利无阻力，我想尽量为家乡完善这片风景地的建设。

祖父母坟地空隙尚多，也可以再栽能搞旱的松柏之类。

洋楼后门至洞桥路之间，能不能只铺一条窄些的行人水泥路，不妨碍邻居的利益？

美谈带来几种竹，也请拍张照片看看。

问好！

其矫　二〇〇三年六月十六［日］上午

七十七

其雀弟：

本拟这个月中或月底离京回闽。福州的朋友屡次来电话，说福州近日奇热，气温达四十［摄氏］度左右，劝我八月待气候正常才回。

东南地区的气温居高不下，不知是否影响洞桥的花木？水库的水是否如常？洋楼内外的花，浇水够吗？

希望有空来电话。握手！

其矫　二〇〇三年七月十八日

七十八

其雀弟：

你来电话后不出一小时，我就接到寄来的十七张照片，其中有二三种花我都不认识：黄的、粉红的，有点藤的。

洪水有点可怕，再大一点就担心成灾。

睡莲黄的和蓝的都不见，只剩红的和白的，八月我回去在福州再带一点，发展到第三池中。

广岛红花终于有花了。这种花也颇稀罕。

我希望今年冬和明年春天能在福州度过，把水库旁以及佛旁，也发展为花园。

问好！

　　　　　　　其矫　二〇〇三年七月三十［日］，北京

七十九

其雀弟：

我已买好机票，十八日下午三时起飞，五时抵长乐机场。二十三日是处暑，星期六中午，我可能会带些福州买的葫芦竹和睡莲回园坂。

今天上午收到挂号寄来的十四张片。洪水破坏相当大。墓地加固围墙要修复并加高。洗衣池两边的围堰要整理。我到当场观察后再和你商量如何进行。

非常想念园坂的一切！

　　　　　　　其矫　二〇〇三年八月十四［日］　北京

八十

其雀弟：

玉真自香港来电话，说她花了十九万元买下洞桥水客北部那片龙眼地。不知荣生将如何设计、建造、经营它？

玉真说她六月底将回来住些日子，也约我同时也到园坂看看。

我觉得，荣生本来计划扩大花园，通过公家、政府的支持很难早日实现。现在用私人购买就容易多了！

玉真又说要请援朝来办伙食，这样，我到园坂就可以多住些日子。

望来信谈谈将如何建设它。

问好！

其矫　五月二十五日〔2004〕

八十一

其雀弟：

我来北京已近一个月，下了三场雪，已入三九严寒，想念家乡，必近梅花含蕾，蜡梅盛开。请你在梅花怒放时，各拍一照片，让我也分享赏花之乐，为荷。

家乡近况以及亲人来乡信息，亦望时告一二。洞桥冬季各种花木大约如故，建立水塔后冬灌也可以施放复合肥，让明春花放灿。

如能在冬天购买一些肥土加厚，改良土质也是重要事项。

我计划明年三月半回福建。

祝你及全家

新年快乐，万事如意！

其矫 2004.12.26，北京

八十二

其雀弟：

十月十三日香港林若梅来电告我，你将在当晚乘车回晋江，估计今天十四日上午你会到达园坂，我在你出行时给你的信你已读到。

也在昨天，在其杰景山东街的家，北京和香港的弟妹大会合。我把你托转达祠堂筹款的事向大家宣示，香港来人说，女的不算人口，我就更不明白按人口各交二百元的事该怎么办，所以只把你作的表格让各人填写，现在我另纸抄上。按人口收二百元的事，你直接和他们联系。

捐款的事，只有其杰在会下暗地交我五千元，这款是否即汇给你？

上信所问三事你来电话回答为要。

其矫 2006.10.14，北京

又：十四日上午十时半，其杰来电话说，他带现款不多，已用了一些，昨天他数了数，还能拿五千〔元〕，后来觉得太少，会后他向其庭儿子以恒商量请他筹款五千〔元〕，叫我十八日后去取，那么他捐了一万〔元〕……

八十三

其雀弟：

祠堂的捐款，应该有个银行存折，那就有了一个号码，可以电汇这个银行号码，既不需汇费，又可以省去收款要数钱。

你只要写信告诉我那里的银行地址和存折号码。银行汇比邮局汇款快捷又安全。

又你要告诉我，按人口我该汇多少钱，这款自然要单独汇去为宜。

我还是主要为祠堂广场栽梅花和桂花，苗木大部要让木水到浙江采购，这事可缓办，以清明前后为合适，但也要先考虑浇水问题，申请自来水大概不太困难吧？此事你可先电话告知木水，以便他春节出外采购时顺便办妥。

握手！

其杰另五千［元］也已筹齐了。

其矫　2006.10.20，北京

八十四

其雀弟：

今天其昂的两个女儿来我家吃饺子，我又抄得其昂、其颜在香港的电话，与十四日给你的信所抄的会合，已把我家族的通讯告齐了，你可以和他们互接联系。

明天我即寄二千元作洞桥修建材料及工人工资。

什么时候洞桥水库放水可以取土，你再电话告我。

祠堂用水是开井或申请自来水，也望能在筹委会讨论。因为如果在祠堂前广场栽种花和树，浇水问题必须先予解决。

……

八十五

其雀弟：

其杰捐款一万［元］，其中五千［元］早就交到我手里。另外五千［元］在其庭那里，也屡次来电话叫我去拿。我总抽不出时间前往。因此，我想分两次寄。第一次今天下午即到邮局汇去，另一次等我有时间去其庭处拿到即寄。

接林若梅［秀莲］香港来电话，她到园坂参观说紫坂小学有很大的广场，如果属实，也可考虑开辟一个花圃，让小学生有机会实习管理花木的经验。你以为如何？

我有一短简给木水，有便即交给他，如何。

其矫　2006.10.29，北京

猫公石泉源如何利用，要经专家设计。

八十六

其雀弟：

今天给你寄出其杰捐五千［元］，连同上次的五千［元］，他捐壹万［元］已寄齐了。

今天其适托其庭交来捐款三千元，也同时寄去。其适的电话已经告你了。得便你应给他去电话告知捐款三千［元］已收到。他和其杰都是比较发达。

十号是我领工资的日子，而十日至十四日我都在参加全国作家代表大会住北京饭店，我当设法抽空寄我的两千元捐款。

其矫　2006.10.31，北京

八十七

其雀弟：

我在十一月十日中国作协第七届作家代表大会开幕式中午到王府井建设银行从我十一月工资中异地取款取出二千元又在东单邮局给你寄去我的捐款二千元后，一个多星期没有得到你的电话告诉我收到，我才去信询，而你二十五日来电话我在医院，你告诉徐竞辞只说信收到而没有回钱是否收到，这又叫我很不放心。这到底是什么原因。今天我再写这信问你，一月十日从东单邮局汇去的二千元捐款，你到底什么时候收到，为什么不来电话告我。后来我去信询问你又只说信收到，而没有说汇的捐款二千元是否收到，叫我十分放心不下。今天再去这信，请你告诉我捐款什么时候收到，为什么不来电话告知。一个星期多后我去信询问，你给竞辞电话只说信收到，没有回答我的捐款二千元是否收到，这又是什么原因，见信请速来电话告诉这一切的真实情况。

其矫　2006.11.26，北京

（致蔡其雀书信均选自李伟才、蔡其雀选编的《蔡其矫园坂家书》，海峡文艺出版社 2018 年 8 月版）

⊙ 日记

1964 年日记

九月二十日　星期日

今天是中秋节。从心里感到凉爽到清醒，我能想象小河、树、收割的田野、白云、蜿蜒的路。我给自己做个试验，哪一个中秋记忆最深？首先想到的战争最困苦的年代，1941 年平山南部的丛山，很有特色的山村，吃没有盐的老得要命的牛肉，把牙齿咬坏了的那一个清凉高远的中秋。不过我只记忆那个白天，却怎样也想不起那个晚上。

来这里已五个月又一星期，日记也写过一本了。总结一下，得到了些什么？1. 比较习惯于艰苦的生活，过去不是没有艰苦，但不自觉，一到有可能时，总是要享受，现在才懂得有必要过清苦的生活，不再作各种享受的幻想了；2. 谦虚得多了，知道骄傲真正的害处，知道对人处事的重要性，也知道自己很不行，须要向一切人学习了；3. 能够克制自己，不再放任纵性，凡事要三思而后行，懂得听人的意见，懂得为别人的利害思考，上述是较明显的，但最根本的是知道改造的必要和可能，不再坚持旧的观点了。

竞辞来信总有些凄苦，下次信我得抄《欢乐颂》的诗句。

九月廿一日　星期一

昨天下午开始，今天早上结束，我又写了一篇 3000 字的短文《由"一分为二"想起……》。陈干事看后，站在窗前谈了半个上午。短文 3 段：坏事怎样变好事，优缺点消长的渐进，判断人一生的阶级分析方法。陈的话中有些启发；1. 始终要强调斗争；2. 总结别人的经验保证后代不变质；3. 有些人吃无产阶级的饭，拿无产阶级的钱，却做资产阶级的事。

中午理发、看报，想到以后的学习更集中一些，迅速解决中心问题。

九月廿二日　星期二

4 点醒来就再也睡不着。为什么我的检讨始终写不下去？我是在回避什么最重要的东西吗？为什么总找不到矛盾的主要方面？

恩格斯说："真正的、自然的、历史的、辩证的否定，亦即一切发展的动因，是对立的划分、对立的斗争和对立的解决。"（《反杜林论》）不把正确的与错误的划分清楚，不坚决进行斗争，问题是难以解决。

"一分为二"比较全面的解释是：（一）一切事物总是包含着内在的矛盾，矛盾即是事物，矛盾即是运动，矛盾贯穿于一切过程的始终。矛盾是普遍的、无所不在的。（二）任何矛盾都是包含着互相对立、互相排斥、互相斗争，同时又是互相联系、互相制约、互相依存的矛盾双方。（三）统一体中的对立面，不是处在和谐的"同舟共济"的状态，而是每时每刻都处于斗争中。矛盾的斗争是绝对的、无条件的、不可调和的，而矛盾的统一只是相对的、有条件的、暂时的。（四）处于统一体的对立双方的斗争，推动事物的运动、变化，对立双方的斗争在一定条件下引起矛盾的转化，引起自然、社会发展过程中的质的飞跃。斗争的目的是达到向发展的更高阶级的转化。

差别就是矛盾，对立就是矛盾，矛盾就要斗争，斗争引起转化而达到解决。

灭亡—新生！

否定就是革命！

来福建这几年，个人主义有了发展。现在是到了从发展到消灭的转折点。

九月廿三日　星期三

黄宗英在一篇文章中讲得很恳切：前进的道路只有一条——彻底革命："在农村中，无产阶级专政只有依靠贫农、下中农才能实现。这一条阶级路线不容许有丝毫的动摇，而《北国江南》却通过艺术形象把它否定了，宣言贫农、下中农在阶级斗争中是起不了作用的、不可依靠的。还是寄希望于富农的'良心'吧。""近年来，在国际上，修正主义者和资产阶级对'女性'的'传统美德'特别发生兴趣。这一类型的妇女形象，不管年龄、身份如何，她们共同的特点是：温柔文静，逆来顺受，忍让为先，一切精神的和肉体的痛苦都甘心默默承担。执着地信任人，是她的精神力量，只要不失去爱的信念，耐心地等待吧：幸福会向她飞来，好运气会敲她的房门，迷途的羔羊也会返回，一切一切都会变好，奇迹会出现，只是因为信任、爱和等待。"出身资产阶级，受资产阶级教育，又未曾认真彻底改造，在这些问题上不能无动于衷的。不能含糊，要严肃地正视它，明确地彻底地解决它，坚决改造自己的立场、思想、感情，绝不应该回避、护短、文过饰非。我们正在进行一场"文化革命"，这种不勇于革命的动机，也是达不到革命的效果的。把"深入生活"作为取得创作素材的一个手段，一个写作过程中不可少的步骤，这就根本抽去了毛主席文艺思想的灵魂，改变了它的实质，把它歪曲了、庸俗化了。只有真正和工农兵结合，只有深入到火热的斗争中去，才能使自己改造成为无产阶级的文艺战士，才能真正地热爱社会主义，热情地歌颂社会主义的英雄人物。

九月廿四日　星期四

为什么检讨总是拖，总是动不了笔，原来我在回避主要的矛盾。我老是想从远处谈起，有时想从参加革命谈起，有时想从1952年"三反"谈起，有时又想从1957年或下放谈起，这些不能不和错误有联系（思想联系），但究竟无直接联系。我必须粉碎这些想法，而采取单刀直入，所谓快刀斩乱麻是也。我必须把过去不愿说的说出来，还原事实本来面目。从王的那一封信三点谈起。也谈孙知道王。这才是真正汲取教训。感情上的需要。以为遇上了不好的人。一直不觉悟。不从世界观人生观去看。塞流和开源。这是我一生中最大最主要的矛盾。

九月廿八日　星期一

诗《南方来信》算是写完，与原来所想的不一样，但却克服了这几年来不正确的方法，也应该算是一个极微小的初步的胜利。

九月廿九日　星期二

早上接到竞辞和孩子来信。竞辞 10 月 10 日出发去西南农村搞社会主义运动，为期半年到一年。她写得很简单，一定是忙，心也乱。我也一时不知道说什么好，赶紧把长信写完。分 3 段。一段写学习心得的大概。二段抄《南方来信》诗。三段讲《人民日报》两篇文章对我检讨准备的帮助。接着又给三强写谈《水浒》。下午陈干事送危转安带来节日食物，就让他把信带出，希望早日寄。危带来鸡、鱼、奶粉、苹果。这一天心很乱。

九月三十日　星期三

昨夜大失眠，想的都是检讨的事，以至精神不振，上午给小妹、汉城写的信极简单。中午睡了约一小时又睡不着，想的还是检讨，看来这就是斗争。想把检讨重写，想了题目，想了结构，又写不下去，把安子文的文章再看。又想起竞辞下乡的事，该再在孩子信中给她说些什么才好。许多东西都该写。明天还得给阿端写信。

十月一日　星期四

昨天晚上收到竞辞寄来的节日礼物：一铁盒巧克力和粒糖，四个小本，一小块方手巾。我最喜欢那原是给连环画作者当奖品的小本，当时就想用这些小本，想译诗，但睡眠时间到了，来不及，今天早上一起来就动手，译《鹤》和《独鹤》。

今天这里不巧，是阴天，但从广播中得知北京是大太阳天。中午说吃好的，却不理想，又都冷了。中午睡了一会，醒来心血来潮，一下午都用在写新检讨，也许是天转热，也许是心急，在几天凉爽之后，这一下午和晚上都有微汗，半夜头又大痒，被子也盖不住，这是很奇怪的现象，我想主要是精神太集中的缘故。

上午已把给孩子和给竞辞的短信都写好了，晚上又在新本上译了《孔花》和《雁》。在另一新本子上写了几句自己想到或改动的格言式的句子，占一面。晚上又写了《天宝蕉园》半成品。以后我要充分使用这些本子，把它们写得满满的，这种写作最好利用晚上的时间来进行。

检讨得先放下来，在阅读中进一步准备，才能压得住。

十月二日　星期五

发出给孩子们的信。再把《矛盾论》择要通观，原来同一性和斗争性依然是普遍性的问题。二遍读莫三鼻给，作摘句工作，看来《非洲》得写点历史。这两天下午觉有微汗。

十月三日　星期六

昨天晚上又译了4首，有一首躺下后还想，妨害了睡眠，早起才写上。上午写了一篇3000多字的短文：《"一分为二"即不断革命》。下午看《非洲风暴》，晚上又译诗。晚上收到竞辞寄来的书和本子。现在本子多了，决定以后日记是记事，思想和学习记在本子上，这样比较集中些。看来，以后的学习能够真正加紧了。

十月四日　星期日

昨晚睡不好，老醒，是胡思乱想？是病？自断是感冒，早饭后吃了5片药，上午把"毛选"索引看了看，很有用，但不需全抄。下午开始抄主席语录。

十月五日　星期一

看国庆节《人民日报》许多反映生活的文章，下午抄语录。

十月六日　星期二

昨晚下雨，今天阴，时有雨。继续抄语录。

十月七日　星期三

大阴，继续抄。看印尼、古巴小说。

十月八日　星期四

大阴，停止抄。古巴小说的水平不低，引起我想到延安、行军的一些生活，甚至引起创作冲动。

十月九日　星期五

早上收到竞辞 9 月 30 日来信。开始写《道德的根据和内容》。晚上写成。

十月十日　星期六

早上老胡来等了一个多小时会见了我，带来他姐姐送的书，实在不必要。危转安送来肉、鱼、肉松、花生、苹果、梨、植物油。接孙静信，下乡 5 年，一年才能回一次，农村阶级斗争这么严重。今天竞辞离北京，不知她和孩子心情如何！

十月十一日　星期日

天阴得厉害，情绪也不好，构思《黑非洲》，许多事都该做，但无重点，即无收获。

十月十二日　星期一

开始写《黑非洲》，下午又同时开始为《纪律……》抄材料。

十月十三日　星期二

整个是半年了！天转热。完成《纪律的自觉性和科学性》，约 1500 字。

十月十四日　星期三

又阴又闷，下雨，在窗台准备《批评》资料，给郭〔郭风〕、苗〔苗风蒲〕写了一信。晚昙花开，又闻到香。近 4 个月开了 4 次。

十月十五日　星期四

写完《批评与自我批评》，约 2500 字。发出给郭、苗的信。

十月十六日　星期五

写完《黑非洲》，与原计划不同，大量材料被抛弃，只写个人的思想，但这思想又是从材料中产生的，这种创作方法比以前有大进步。下午从事搜集《个人主义》资料。听广播赫鲁晓夫下台，谢天谢地，但不知以后发展又将如何，分裂会停吗？国际形势有改变吗？

十月十七日　星期六

广播说昨天下午 3 时我国爆炸第一颗原子弹，真是好消息一个接着一个来，这两天的世界舆论一定是很热闹的。今天又写完《反对个人主义》。

十月十八日　星期天

上午收到竞辞 13 日晚写的信，她 14 日下午 7 时 20 分才离开北京，取道京汉、粤汉到贵州，3 天的路程，应该是昨天到贵阳。我 12 日信她还未收到，这里迟发了，9 月 29 日发的信她却已于 10 月 5 日收到。而 9 月 18 日的信却到 10 月 2 日才知道。有些信迟发的原因大概是忙和疏忽。这次来信不到 5 天就到我手里，是最快的了。今天阴得很，情绪又不好！

十月十九日　星期一

写完《小资产阶级》。关于"一分为二"的文章已经有大将出马，关锋的文章比若水亲切些。

十月二十日　星期二

把《南方来信》和《黑非洲》抄在稿纸上，发觉太理性些，也许我最近看理论的东西多，头脑中逻辑思维多于形象思维了。

十月二十一日　星期三

写《阶级分析方法》，几乎无自己体会，只是编写，看来得换个方法了。学习范围又得放宽些。

十月二十二日　星期四

阴，看《阿尔及利亚》。

十月二十三日　星期五

阴得厉害，续看《阿尔及利亚》许多情况与中国抗战时相似。

十月二十四日　星期六

看完《阿尔及利亚》法国人的残酷不下于德国人，可见一切压迫者都是一样坏的，美国人现在越南南方也同样，不过更多地假手于伪军。

十月二十五日　星期日

洗澡，疲乏。想写《阿尔及利亚的真理》，又得重看一往遍。

十月二十六日　星期一

仍阴，接北京寄来的《红旗》杂志，其他都未到，报上续有关于《一分为二》和《李秀成》的文章，看法又高了一些。老是在想检讨，看来不能拖，早写为好。

十月二十七日　星期二

看《红旗》。这几天来又继续看《马恩两卷集》，已在看第二卷。

十月二十八日　星期三

阴得厉害，半月来老是阴天，用眼过度觉不适。

十月二十九日　星期四

管桦的《生命》使我非常激动，想得很多。

十月三十日　星期五

早8时多收到竞辞20日从贵阳来信，告诉我赫光头下台的真相和原因，真是让我高兴极了。我即申请看最近的《参考消息》，不知能获否？10时又听广播勃列日涅夫和柯西金在欢迎上升号宇宙船人员会上的讲话，内容一：说二十大以来路线是正确的；二：国际要团结。前者可能是要脸子，我们也会给予适当照顾的，看来国际团结有希望。午睡睡不着，干脆起来准备检讨。

十月卅一日　星期六

把竞辞寄来的周扬报告拿起来看，原来对矛盾融合论早有批判和警惕，报告是去年的，那时为什么看不出，许多东西党都有预见，现在看来，头脑清楚非常要紧，不能感情用事，不能临时应付。想起给法院写信，以便扫清障碍，并把要问要说的记下。

十一月一日　星期日

上午姚干事送来竞辞寄的画两张、维尔肤、多种维他命、维他命C、毛巾两条。画在中午贴上墙，坐着有得看。给法院的信让姚干事带出。

十一月二日　星期一

晴空一点云都没有。中午写谈三国。看批驳杨献珍文章，原来他也反对三面红旗，认为总路线方法不对，有主观唯心主义等等。

十一月三日　星期二

《福建日报》开始报赫下台的言论，日本和印尼看得对，波兰的也登了，一点对大部不对。10时广播，阿尔巴尼亚、新西兰对，墨西哥、瑞典可能有一点可取，而匈、保、蒙、德全糟糕，这些是坚决跟苏的。只是未提罗和捷。姚干事说，《参考消息》大家抢着看，无法借。今日来的《人民日报》，原来中间人物是邵荃麟主张的，真惊人，康濯也有一份。给其专写信，决定孩子信让他交。

十一月四日　星期三

给孩子们信全写好，又给郭、苗、黄去信。恩格斯的著作有写了后二十几年才发表的，这事很引人深思，除了斗争需要，都要自觉到东西不够好。艾思奇驳杨献珍关于经济基础的观点，1956年写了后发表，现在问题看得更清楚。慎重多么重要。

十一月五日 星期四

晴。两天来发表西欧各国共产党对赫下台的反映，都在坚持二十大路线。回顾 10 月份我的思想情绪都不正常，巩固已有的非常重要。慎重也非常不可少。有一点点骄傲自满都不允许，这毛病不改可不成呀！

十一月六日 星期五

信没有寄出，也许不寄好。看《英雄的古巴》。

十一月七日 星期六

十月革命时，广播和报纸充满好气象。洗衣服。做理论和实践摘要。看完《英雄的古巴》。

十一月八日 星期日

晚上收到小孩的来信来书。三强写得空前的长，使我非常想念，很久睡不着。

十一月九日 星期一

重新给三强和小妹写信，其余照旧。看昨天到的 9 月份《世界文学》。抄了几首短诗。晚上看《风雨桐江》很有兴趣。

十一月十日 星期二

危转安和表姐一齐来，原来上月 24 日曾让孩子送小桌来被穿黄衣的干事退回，孩子都急哭了，这使我不愉快。表姐有病，要住院。中午接竞辞 11 月 1 日自遵义来信，用午睡时间写了回信，比常短，只一张。

十一月十一日 星期三

上午看报上几篇长文，何其芳关于《早春二月》很结实。

下午整材料。

十一月十二日　星期四

上午整理材料，下午把《风雨桐江》看完。

十一月十三日　星期五

今天终于开了一个头，这头开得多难，说不定还要改动，但开了头，思想全活，面貌全改变，可见动手非常重要，一切光想不做是不成的，做中才能提高。晚上把竞辞的信发出。

十一月十四日　星期六

看完《南行记续集》，继续写检讨一节。冬天最明亮的时间是 11 时到 2 时。天气已冷，穿了许多。

十一月十五日　星期日

继续写第一节，只剩结语关于性质问题，我又看了《人民日报》文章，觉得自己要老老实实，不要给自己戴大帽子，要谨慎，分是非，弄清思想，不能粗心大意。

十一月十六日　星期一

写完第一段，并重抄，计 4000 字。

十一月十七日　星期二

开始第二段，有一个头，但怎样接，怎样不出差，绕中心，有不遗重要的？

十一月十八日　星期三

好艰难地写下第二段的第二节。

十一月十九日　星期四

完成第 3 段，又是 4000 字，觉得很高兴，特别是添了一节

不可少的。7 天写 8000 字，算比前认真多了！晚上决定，第一
　　段开头要变。

十一月二十日　星期五

大半天就非常顺利而激动地写完第三段，2500 字。

十一月二十一日　星期六

写完第四段，2500 多一点，因为昨晚想第五段太兴奋失眠，
今天写的时候老觉得精力不集中，到底写得怎样要过一两天再
看才明白。今天，竞辞应到乡下了。

十一月廿二日　星期日

第五段写完，有意外的收获。看来，开头一段得重写，这
是最最重要的一段。

十一月廿三日　星期一

今天抄了一半，手都酸了。

十一月廿四日　星期二

全部抄完，共 15000 个字，正如原先计划的。

十一月廿五日　星期三

把竞辞来信又都看一遍，做些摘要，于是决心把写好的大
大删改，思想检查再突出，联系当前实际政治形势，因而一再
犹豫不决：意见到底提不提？

十一月廿六日　星期四

又进行修改 3 遍，觉得意见还是提。再过一天，如不逢人
可征求意见，打算抄 3 份。开始学哲学。

十一月廿七日　星期五

做哲学摘记。

十一月廿八日　星期六

上午做摘记，下午看马恩选集。

十一月廿九　星期日

阴。今天整天用分析段法抄马雅可夫斯基的诗，有很大的发现，形式是不重要的，主要是内容和语言，接郭风和孩子们的信。

十一月三十日　星期一

姚干事拿来危转安昨天送来的鱼、苹果、帽、袜。给小妹写信。下午开始抄检讨给机关。

十二月一日　星期二

接竞辞从遵义来信尚未下乡，很短，把孩子给她的信也寄来，看三强写的我哭了。今天赶完给机关的，把最后意见部分删去，几月内的斗争最后胜利。

十二月二日　星期三

抄第二份一半，给三强、汉城〔蔡汉城，蔡其矫的二儿子〕信。

十二月三日　星期四

大风、寒流。陈干事回来。抄完第二份 10 张。给阿端写信有点教训味道。

十二月四日　星期五

陈干事看完，没提意见。又把给法院意见抄另一信，一张。

给许部长写摘要。

十二月五日　星期六

摘要写完，今天全部工作完成，以后该全力学哲学和写点东西了。意见送不送还未决定。

十二月六日　星期日

阴得厉害。收到北京寄来的羊毛、棉花、饼干、糖、花生、肉松。

十二月七日　星期一

阴，把羊绒加在丝棉上，把棉花铺在褥子里，弄得也流了汗。决定不提意见了。

十二月八日　星期二

重又开始摘记哲学。想不出该怎样修改已写好的检讨，晚上和陈干事谈约一小时，知道他的看法，可也不得解决，打算读一点书再说。

十二月九日　星期三

看《雷锋的世界观是怎样形成的》《历史将宣判我无罪》，决定检讨只是调动的问题。

十二月十日　星期日

表姐送来肉、蛋、肉松、牙刷、苹果和橙子，多了些陈干事不满。没有衣服，大概前几天的信还没收到。心中不愉。我一定要严格要求自己，再不能任性不约束了。

十二月十一日　星期五

先晴后阴，从日记摘材料。干事把学习心得还来。

十二月十二日　星期六

开了一个头，完全是自己的话，方向正确了，结果必是明了得多。晚上来一个新人，环境一变动好久睡不着，老想一些措词的问题。

十二月十三日　星期日

写完最主要的部分，估计后天就可以抄了。这时想念起竞辞来，她能看到多好！

十二月十四日　星期一

后半部基本是压缩。恶果部分重写。今天抄了一半。

十二月十五日　星期二

抄完一份，11000字。

十二月十六日　星期三

抄第二份只差末了一段，脖子都硬了。晚上感到疲累。

十二月十七日　星期四

晴，写完摘要，全部工作又已完成，轻松，想念竞辞乡下生活必定比我艰苦。

十二月十八日　星期五

外面有风。做哲学摘记。

十二月十九日　星期六

奇冷。3份材料拿出去了。

十二月二十日　星期日

抄3首诗，做哲学摘记。

十二月廿一日 星期一

做摘记。到《文学评论》。第三届人代开幕。

十二月廿二日 星期二

继续摘记。今天冬至，吃馒头。

十二月廿三日 星期三

做摘记。

十二月廿四日 星期四

反映情况，做摘记，突然感到寂寞，几天来做梦都见亲人。

十二月廿五日 星期五

昨晚到了《世界文学》10月号，今天大部时间看报看诗文，阴，摘记停一天。圣诞节，想过得好一些。

十二月廿六日 星期六

昨晚有小雨，今早阴暗不能看书，亮后又下雨，续做摘记。看完10月号《世界文学》。

十二月廿七日 星期日

做摘记。

十二月廿八日 星期一

继续做摘记，看二遍志愿女教师。

十二月廿九日 星期二

做摘记，进展颇快，明天即可到新问题。

十二月三十日 星期三

量变质变规律丰富极了，今天只摘一半，又看了报上文章，对《长生殿》的看法有道理。

十二月三十一日　星期四

　　肯定否定规律也是精彩极了，对我的处境是既有鼓励，又有启发。一年最后的一日，想念孩子，想念妻子。危转安送来棉衣、棉裤、毛袜、苹果。我猜想是这一次或上一次有问题，心中颇不悦。晚上想写简单总结，陈干事来，谈了一个多小时，谈到生活艰苦问题，倒是值得注意。很久睡不着。做了出行的梦和掉牙的梦。穿了棉衣棉裤后很舒适。多么寂寞的年夜！

1965 年日记

一月一日　星期五

这一年开头的一天过得不好，一阵阵的哀愁不断涌来。昨晚没睡好，午觉也睡不着。上午把昨晚未写完的 1964 年简要总结写起。下午做完肯定否定规律的摘记。午饭炒米粉只吃了一半，非常想念孩子！

一月二日　星期六

下雨。昨晚约 3 时醒，再也睡不着，想也许今后应该写小说，把全部人生经验再消化一次，有计划阅读一些资料，进行较大的概括，而以 4 个朋友的经历做中心，反映不同时期不同地区不同斗争的生活面貌，独立自主，长期努力，必能成功。

一月三日　星期日

昨晚又同前晚一样失眠。早上洗头。所以失眠都是想打官司的事，躺着想白天把要点写下，但到白天又觉得不应做。还是学习理论认清环境好。看报。做很少的摘记。假日 3 天就这样过去了。幻想有人来看，真是太不该。今后的困难我还都未看清楚呢！唯有时间能医治一些，性急是不行的。生活艰苦的劝告，今天想来很对。

一月四日　星期一

时晴时阴，未做摘记。译词。看新年前后报纸上几篇重要文章。又想打官司，必须斗争。问姚干事，答没有我的信，真奇怪！只好草草给孩子各写一张，大字。连竞辞也没有信，又不知她的地址，整整一个多月来，什么信都没有！

一月五日　星期二

拒绝把我的信拿出去，让我又胡思乱想，午觉睡不好，但后来一想，以前也曾这样，是个人问题。可是，为什么没有信来，那谈话不是无因。

一月六日　星期三

前天姚说没信，今天却说有信，一定是信中有什么特别的地方，我也把要发的信压下来。今天到 11 月号《世界文学》，报上也有些哲学文学材料。上午做些摘记，下午看报刊。把去年小结给了姚。我今天情绪似乎高些。左眼跳得厉害，老流泪。

一月七日　星期四

做摘记，看完《世界文学》，老想打官司的事。

一月八日　星期五

晴，有风。做摘记。对什么事情都有两种估计，就处之泰然，如对信，除了坏的方面，也可能有好的方面，甚至还有不好不坏，这么一想，就不会受影响，而使思想活泼，不钻牛角尖，这也是新经验。

一月九日　星期六

信早晨拿进来，是上月 22 日、26 日、29 日到的，只是他们没有空，不是为别的。阿端和三强是比较懂事了。今天全用在写信上，中午画一张自画像画不成，想把照片寄给竞辞。冠玉母亲寄东西来，真使我难过。

一月十日　星期日

洗头。没有人来。经过 4 次失败，第五次终于把自画像画成功，照片不寄，信又改写。下午做摘记。

一月十一日　星期一

乌准今天送来肉、蛋、糖果、肉松、猪油。3 封信拿出去。

一月十二日　星期二

上午做摘记，下午看报。

一月十三日　星期三

摘记。看马恩两卷集。

一月十四日　星期四

写好给法院的信。主席对抗日战争、世界二次大战、反蒋美的 3 年解放战争都看得很准，他对战争与和平的问题总是对的。

一月十五日　星期日

摘记，看报。看完马恩两卷集初遍。

一月十六日　星期六

摘记。下午心神不宁，抄了玛一的诗两首，讽刺青年作者。

一月十七日　星期日

又抄两首诗，长期停了的看诗看英文又开始。下午做摘记。

一月十八日　星期一

抄一首诗，看报，做摘记。

一月十九日　星期二

到《红旗》今年第一期。译杭州词。摘记。

一月二十日　星期三

大半天看报上重大文章：苏共、印共、日共，徐寅生谈打乒乓球，《光明日报》关于《桃花扇》《勇往直前》的评论。摘记。

一月二十一日　星期四

洗澡。做政治经济学摘记。晚译一首词。

一月二十二日，星期五

写小说还是回忆录？在构思小说。做点摘记。看报。

一月廿三日　星期六

今天特热，像春到，棉衣裤穿不住，但不敢脱。今天想了想，还是写回忆录较实际，小说将来再说。做摘记。情绪又好起来。

一月廿四日　星期四

整天只抄一首诗，看一些诗，因为是假日，休息一下，摘记停一天。下午分半份灶馆。

一月廿五日　星期一

灵感一来，差不多整天都在抄素友的诗，因为在民族、生

317

活、政治等方面，他是和我们最接近的。

一月廿六日　星期二

这两天气候转热，老想脱毛衣毛裤，今天下午终于脱了毛衣，觉得正合适。看报，12000 吨水压机总结充满哲学思想。回忆录老动不了笔，因为目的还不明确。

一月廿七日　星期三

今早又脱毛裤，昨夜很热，被子盖不住。

一月廿八日　星期四

做摘记。晚上收到父亲、竞辞和三强的信，做了许多荒唐的梦。

一月廿九日　星期五

整天看报纸，也想该怎样写回信。得提徐寅生的文章。

一月三十日　星期六

乌准送来鸡、糖果和衣服。

一月三十一　星期日

做了一点摘记。

二月一日　星期一

阴，偶有小雨。旧历除夕。想念孩子。晚收到孩子的信。

二月二日　星期二

阴历新年。除看了一点村史，什么事也未干。中午收到竞辞 25 日来信，想象万千，但下午要拿笔写，又不知从何写起，写了两行又撕了，明天写吧。

二月三日　星期三

全天大部时间用在写信中，给孩子明信片，给竞辞母亲写信并寄一照片，起稿给竞辞信。晚上来了《世界文学》和《世界知识》。

二月四日　星期四

抄完给竞辞的信满两张。看《世界文学》。

二月五日　星期五

每月到这时候总有不痛快和担心，寄信也成为生活中最突出的矛盾，可见无论什么时候，矛盾总是存在的，人永远没有舒坦的时候。今天除了看些报纸差不多没干别的。信拿走。

二月六日　星期六

前晚起下雨，昨天时断时续，相当大。今天阴冷。关于党史党建部分细查一下，觉得为难，搞大还是搞小，决定不了，暂停。

二月七日　星期日

看马雅可夫斯基的诗，当作放假。

二月八日　星期一

摘录毛著文化教育。

二月九日　星期二

前几天才给竞辞写信夸口从未生病，今早起就肚子痛，是受了凉？天气在变，开始感到潮湿，春天的征候。中午睡了大觉，没劲，晚上服了羚羊感冒片。

二月十日　星期三

上午 11 时危转安来，送了一大盒炸糕，说春节拿来退回，我只留下少数，其余让带回。他说将去上海，可能也去北京，我突然有些忧悒。午睡也睡不着了，又是心事重重。

二月十一日　星期四

继续做摘记。突然想写短篇小说，为长篇积累经验。

二月十二日　星期五

做党建的摘记。晚上开始整理剪报资料。

二月十三日　星期六

整 10 个月，300 天了！有意见不提出，在心里老想它。摘记今天告一段落，已写了一整本。以后打算通观一至四卷毛选。

二月十四日　星期日

去了一条棉被，缝了一个夹被。看聂鲁达诗，发现自由诗规律是以句为单位，每一句都是能独立的。

二月十五日　星期一

看毛选第一卷。理完报纸资料。昨天是阴历一月十三，想起一个人。

二月十六日　星期二

看一篇"一分为二"的文章，思想突然开朗，情绪也好了。今天是元宵。

二月十七日　星期三

想起写一年总结，用"一分为二"观点和解决问题来写，但又要留有后步。

二月十八日 星期四

下午姚干事谈话，才清楚近一年来我的错误做法，我是太少想到错误本身了，这是我不实事求是，以后应该注意改变，真正把坏事变好事。

二月十九日 星期五

从今天起全力准备一年总结，首先看一遍毛选一至四，有目的地，并参照一些"一分为二"的文章，注意文风。把时间作更科学的分配，抓住中心，又不放弃其他，让生活紧张起来吧！取消午睡。

二月二十日 星期六

二十多天来今天才又晒太阳，跑步。今天思想特别活跃，写了不少随时想到的，并把全部日记重看一遍，八月是我最困难的日子又是我改变的开始。

二月二十一日 星期日

看完毛选第一卷。大约昨天跑步掉棉衣受凉，或今天午睡起来小便未穿棉裤受凉，感到不适，但仍为总结写了不少材料，精神兴奋。

二月二十二日 星期一

感冒转重，赶紧在棉裤内又加毛裤，昨天下午开始毛选第二卷，今天看到四分之一，写了不少材料。昨夜有雨，今天更冷。昨晚想总结兴奋，睡眠又少。

二月二十三日 星期二

开了炼乳。吃错药：把磺胺胍当作消炎片，好在无害。看毛选今天进展不大。

二月二十四日　星期三

感冒转重，把羚羊感冒片全吃完。

二月二十五日　星期四

感冒未好，增加头痛，看书效果差。昨天最低六度，今天最低七度，极暗，有小雨，大家都说冷，尤其是昨天。

二月二十六日　星期五

感冒又加重，下午戴上口罩，晚饭后吃消炎片，觉得冷，天仍阴。

二月二十七日　星期六

感冒还好。毛选二卷看完。总不肯往困难方面去想，一想到困难又难过起来。

二月二十八日　星期日

感冒还有点尾巴，不敢洗头。看毛选三卷。觉得总结要实事求是，科学的态度才真有益。妻子孩子的信该到了，但还未给。

三月一日　星期一

跑步十分钟。昨晚左鼻孔流了血，身体好的缘故。洗头。看毛选三卷，不断想过去光阴的空费。

三月二日　星期二

把花叶万年青植在小花盆沙土中。想给妻子孩子写信的内容。也许总结应多写缺点，以作警惕。

三月三日　星期三

总结为的是鼓舞信心，不可低沉，实事求是、老实要紧。中午收到今天才到的竞辞明信片，孩子们可能无信来。

三月四日　星期四

写好给竞辞的明信片，七百余字。看完毛选三卷。

三月五日　星期五

上午把给竞辞的明信片送出。下午收到法院裁定书，心里非常高兴，它帮助我解决了一个思想问题，法院是正确的。而我做得不好，是我的修养问题，想到这，有些难过，但想到我已认得了这大缺点，以后可以走得稳些，又是值得高兴的事。很想立刻就着手写总结。甚至也要考虑给法院一封感谢信。

三月六日　星期六

昨夜大半夜睡不着，胡思乱想。决定把毛选四卷看完再写总结，不急于表示态度，多冷静思考，好事或坏事都可能有，作多种准备，彻底粉碎多种幻想，包括未来的生活。今天气候最低五度，有雨。

三月七日　星期日

继续看毛选。晴，阳光使人喜欢，三个多月来停写的诗又写了五行，想起程□，又写了几行。意识到进入新阶段。

三月八日　星期一

跑步一刻钟。接到其颜和他媳妇来信，先吃信中一块糖再看信，她原来曾在战友文工团学习过。这一天又是特别高兴。

三月九日　星期二

穿上球鞋跑步，晒了太阳，喝水特甜，极想去劳动。毛选四卷看完。下午又画自画像，我比二月时更胖了。

三月十日　星期三

晴，跑十分钟。乌准送来肉蛋、花生、猪油。不知怎样又很忧郁，晚饭后心中不舒。

三月十一日　星期四

开始写总结，这天写完第一部分，约四千字。

三月十二日　星期五

跑步太急了，可能受冷，不舒。这两天气候转热，外面又穿夹衣。今天总结写了约两千，第二部分只写一半。接到阿端的信，是懂事了，作文中可以看出。

三月十三日　星期六

十一个月了！总结第二部分写起，不大满意。下午陈干事找我出去打手印，又顺便谈话。打手印我以为将释放。谈话结尾又好像要换地方。回来心里不安，饭吃不香。看来裁定书是不利的。真反悔，个人得失的念头害了自己。总结还是写下去。写完再说。

三月十四日　星期日

跑步一刻钟。总结第三部分写三分之二。

三月十五日　星期一

林禧祝来信，有诗。上午全用在看报。中午起大风。下午把胡子剃了，把总结匆忙结束，准备去劳动。傍晚收拾东西。心很乱，许多事该抢做。

三月十六日　星期二

给阿端、乌准、禧祝写信。姚干事说还未决定什么时候走。

画自画像两次未画成，脱了棉衣。

三月十七日　星期三

给竞辞写信。抄了《黑非洲》和杜甫的《春日江村》。

三月十八日　星期四

洗了蚊帐和床单，补卫生裤，都是准备工作。心里惦记着什么时候走，换个环境总是好的。

三月十九日　星期五

跑步近 20 分钟，出了汗。抄马雅可夫斯基的诗。这近 3 天学习有些乱，应该没法正常起来。

三月二十日　星期六

阴。今天写总结第四部分。

三月二十一日　星期日

春分。写完第五部分并第六部分的三分之一。收到两期《世界知识》，无看头。抄马的诗也差不多了。

三月二十二日　星期一

有雨。总结第七部分写三分之二。

三月廿三日　星期二

总结完，全文 23000 字。天热，换毛裤，棉衣穿不住，空气中有湿气。

三月廿四日　星期三

今天收到竞辞母亲 3 月 18 日来信。心上一块石头落地，信中只谈孩子情况，未谈一句关我的事。寄来孩子照片，阿端大人了，小妹太胖。

三月廿五日　星期四

清早雷雨，想起写诗。雨后天冷，又穿棉衣裤。看去年的文艺论战。

三月廿六日　星期五

阴。冷。续看文艺资料。

三月廿七日　星期六

继续文艺资料，关于阶级性与个性说得好。晚又译 4 首旧诗。思想总是一上一下，没有直线录。

三月廿八日　星期日

雨，阴冷，看完文艺资料。抄诗。

三月廿九日　星期一

有雨，阴冷。开始记马恩语录。

三月三十日　星期二

上午姚干事拿灌口公社三社大队松山生产队陈必治来信，并说可以给表姐写信来取东西，我以为可以等几天才走，下午没干部来拿信。晚上已脱衣躺下，陈干事来找，我知道快了，把 4 封信拿着。先是算账，知道明早走，即给陈干部谈意见，原想知道一年我究竟错了哪些，但看口气不会谈，即由他告诉我要注意哪些方面，要着重思想不着重劳动，不要乱讲，尊重干部和组织，毛病要改，准备过冬。11 多时了，回去搬东西，这一晚完全没睡着，如初来一晚。

三月卅一日　星期三

4 时多吃早饭，收拾行李满身大汗，姚干事帮了大忙，5 时出发，挑了行李出大门不远老毛病要吐，走一小节路就肩膀受不了，后来是警卫人员去雇三轮车，要不就是累死了也挑不到。6时开车，闽江水混，东天的红霞太美了。因为流汗、冷，看风紧又集，到白沙7时多，雇了手推车，一路快走，又是满身大汗，一路上人来人往。9时过到目的地。想不到又干业务。两次掉泪，太动感情了。中午还是睡不着。下午雨。

四月一日　星期三

写4封信，填表。下午和叶交谈，知道些情况，但组织性纪律性要加倍注意。慎言非常重要，不要不知不觉中又错了。晚点名编组。还帮助裁纸。

四月二日　星期五

贴、剪标语、油印，看了礼堂、售货处。一清早起来决定每天记缺点，但又难实行。

四月三日　星期六

布置会场，满身汗，忙得很，晚上说了句糊纸匠，难道我在埋怨吗？4封信下午交给指导员。

四月四日　星期日

早晨很热，贴标语流汗。开会，见到各式各样人物，仿佛展览。记录报告，心不专一。下午大雨，气候转冷。晚上突击整理讲稿，半夜穿上棉裤，下3时才睡。

四月五日　星期一

下雨极冷。到下午讲稿整完。李干事昨天回来。和群众关系不密切。注意和叶不要太靠近。对干部过冷。

四月六日　星期二

一本书、一本笔记、相片、手表存李干事那里。

四月七日　星期三

雨中到田头溪挑石头，第一次劳动。讲稿印大部分。

四月八日　星期四

印完装订，写了一张布告好大的劲。昨天收到报纸杂志，今天看报。

四月九日　星期五

印完订好决心书，下午晴，洗头。

四月十日　星期六

上午挖贮水池，遇大雨跑回来。

四月十一日　星期日

打扫卫生，挑肥一担送到三区，下午同两人到田头溪边掘野杜鹃，斩了两枝野紫薇插在天井里，这一下午过得有意思。

四月十二日　星期一

印表格写一短新闻，发现一只虱子。补昨天傍晚收到竞辞3月29来信，极简单，附来孩子的几封信。

四月十三日　星期二

大晴天，到东溪、大王前、田头溪采消息，等于游山玩水，谈的极少。晚上看电影《丰收之后》。收到郭风、苗风浦来信。几乎忘记今天是失去自由一周年。中午洗了澡，洗了4件内衣，又发现一只虱子。

四月十四日　星期三

下午到六区，队长是实干家。回来在路上遇见割牛草的，是很艰巨的劳动。

四月十五日　星期四

早饭后去林炳，那里重视宣传工作，管理较严，回来遇雨，几乎淋湿，晚上看电影《黑山阻击战》和《辉煌的节日》，12时才结束。

四月十六日　星期五

上午把稿子全写出来。

四月十七日　星期六

上午去劳动约两小时，有些吃不消。收到乌准来信。

四月十八日　星期日

叶兴林去福州。上午写一则短稿，抄了黑板报，字写不好，满身汗。下午给风浦、郭风写信。

四月十九日　星期一

写《越南》解说词，晚饭前叶从福州回来。

四月二十日　星期二

印好小报。还得时常想到做错的事，并有所改正。

四月二十一日　星期三

临时赶印日前形势。

四月二十二日　星期四

下午到五区、三区、田头溪，田头溪自有一番热情气氛。

四月二十三日 星期五

早饭后去田头溪,路上遇李教导员,谈了一路话,对我的工作有启发,在田头溪采访很热闹,但还是不得要领。又去东溪,冷冷清清。下午写关于田头溪的广播稿。

四月二十四日 星期六

一天都用在写田头溪小报稿,很勉强,很慢,东溪的却很快就写出。傍晚买了猪肉,又忙一阵。中午忘吃饭,未午睡,疲乏,早睡。

四月二十五日 星期日

燥热。写幻灯解说词。晚上放映,说得非常不好,心里不舒。

四月二十六日 星期一

到田头溪放映。

四月二十七日 星期二

收到竞辞来信,说5月中旬可回北京。

四月二十八日 星期三

给阿端写信,晚到东溪放映,冒雨回来。

四月二十九日 星期四

布厂放映。

四月三十日 星期五

农业二队放映,站在银幕前解说,很不自然。

五月一日 星期六

印小报。晚接父亲4月25日来信。

五月二日　星期日

苏弹琵琶、唱南曲，很有休息的气氛。去六区放映，回来又做狗肉。

五月八日　星期六

收到三强的信。

五月十一日　星期二

收到竞辞离开贵州前的来信。

五月十六日　星期日

给阿端、三强、竞辞去信。

（1964 年、1965 年蔡其矫因所谓的"破坏军婚罪"被判关押，1984 年福建省高级人民法院"改判蔡其矫免于刑事处分"。这是当年他在西门看守所、白沙劳改农场关押时的日记。）

⊙ **外编：档案资料**

学习与写作年表

1918 年 12 月 11 日生于福建晋江紫帽园坂。

1924 年入村中书塾，念《三字经》和《千家诗》。

1926 年随全家迁居印尼泗水，入振文小学，读文言文、英语，体育打八段锦，孔子诞辰赴孔庙游行当吹箫手。看《薛仁贵征东》。

1929 年独自离家回国，在船上看《三国演义》。入鼓浪屿教会福民小学，次年转泉州培元小学，校长为英国牧师，早上有朝会讲《圣经》故事，餐前祈祷，星期日上礼拜堂。

1930 年秋入培元中学，教英语会话为英国人。在班壁报上第一次发表散文。读王统照的《山雨》和茅盾的《春蚕》，在"九一八"和"一·二八"淞沪抗战后全国的抗日运动中高扬爱国主义思想，同时热衷于诗和绘画，在教堂中课余与同学竞相背诵唐诗，星期日在宿舍临摹水彩画。开始政治上的觉醒，参加罢课和罢会考。

1934 年初中毕业，与同学结伴赴上海，入泉漳中学。次年转入暨南大学附属中学，热烈参加"一二·九"学生运动，在救国会发起下，游行占火车站，冲租界，砸警察局，驱特务学生。在七君子被捕后，组织文学研究会，出墙报，写救亡运动的报道。

1937年高中毕业，回福建家乡第三日，爆发卢沟桥事变。赴上海不成，受家庭命带全家老小回印尼，立即做回国的护照。

1938年，1月离开印尼赴缅甸，入云南不行又转回新加坡，与同学结伴，经香港、汉口、西安赴延安，初入抗大并参加开学典礼，又被调往陕北公学25队华侨训练班。不久组成海外工作团，被推举为秘书，到汉口出国未成，改派到河南确山竹沟镇新四军第四支队留守处，分配在宣教组。武汉失守部队开赴大别山，因病我又回延安，年底考入鲁迅艺术学院文学系。

1939年，在鲁艺组织文学团体路社，负责研究部，旋又被调到教务处实习科。7月参〔加〕三千里三个月的长途行军，深秋到晋察冀边区平山，成立华北联合大学文艺学院，又遇日寇"扫荡"，在风雪中转移，写散文《过曼山》。

1940年，华北联大转到平山，开始让我在文学系讲作家与作品研究，为教学需要广泛阅读。秋天和冬天，写《百团大战》《狼牙山》《过年》《白马》，这些诗稿早已遗失。

1941年，秋季反"扫荡"后，边区文协征集宣扬民族气节的作品，我的叙事诗《乡土》和《哀葬》得诗歌奖第一名和第二名，诗稿因之得以保守。

1942年，读英文版《草叶集》，特别对惠特曼在南北美战争中的短诗感兴趣。同乡诗人来学校讲战斗故事，其中一则第三军分区的真实事件感动我，写了《肉搏》，登在油印的《诗建设》上，1953 年才在《解放军文艺》用铅字印刷。其后常被考生和演员作为朗诵诗篇。这一年为征歌写《子弟兵战歌》被军队传唱，为纪念边区成立两周年而写活报剧序诗《风雪之夜》。

1943 年，延安文艺座会记录传到边区，我下放到涞源县委当通讯干事，在秋季反"扫荡"中写《李成山》《走马驿》，次年，调到党校整风审干。

1945 年春天，从党校调到英文训练班，准备配合盟军登陆，"八一五"是日本投降，改派到军区司令部作战处当军事报道参谋，管发战报。旋随军进张家口，战报改由新华社发，调到《晋察冀画报》当文字编辑。以随军记者身份赴绥远前线，写《兵车在急雨中前进》和《湖光照眼的苏木海边》。

1947 年，参加大清河北打王凤岗战役。石家庄解放，学校迁正定教堂。

1948 年秋奉调到平山东黄泥中共中央社会部，三大战役后任一室一科军政组长，编写接收北平、南京、上海三方城市的概况。

1949 年 4 月，随中央进入北平。中央人民政府成立归到情报总署任东南亚科长。为出国大使编写各国概况。

1952 年秋调到丁玲的中央文学研究所当教员，主持苏联文学讲座。

1953 年冬到海军东海舰队舟山基地和厦门基地考察，写《风和水兵》系列海洋诗。

1954 年中央文学研究所改称文学讲习所，任教研室主任。

1955 年，赴东北师大和东北人大讲惠特曼的《草叶集》一百周年纪念。写《不夜城》等系列短抒情诗。

　　1956 年作家出版社出我第一本诗集《回声集》。8 月从厦门到南海舰队考察，从万山群岛、湛江、榆林港一直走到西沙群岛，写《西沙群岛之歌》和《大海》，被香港大学采刈社《中国新诗 1918—1969》选入。《海峡长堤》被福建中学课本选入。也尝试写新绝句和新词：《夜泊》《莺哥海月夜》，并注意闽南风情民俗，写《南曲》和《红甲吹》等。

　　1957 年 4 月，从西沙群岛回北京，遇到"反右"斗争，中断北海舰队之行。

1957 年

收获和体会

下放劳动两年中，我学会了许多劳动的本领，无论是下田施肥、平地、培畦、插秧、割稻、浇灌，或是上山伐木、砍竹、运炭、做饭、看牛，以及肩负重载、拉车爬坡、锯木劈柴、种瓜种菜，我都有了一些实践经验，增长了能力，开扩了知识面。这都是贫下中农、领导和群众对我耐心指导和热情帮助的结果，使我从不懂到懂，从很不像样子到比较像个样子，从不习惯劳动到不辞一切辛苦，并使我在劳动和生活中亲近人民，逐渐减少知识分子的高傲和特殊感，精神上也比前大为充实。

两年的劳动生活，也使我比前深入实际，真正理解现实中的一切困难以及贫下中农和基层干部那种不怕困难、克服困难的英勇精神，这是过去走马看花式的所谓"深入生活"所无法办到的。我深深感到任何工作都不容易，即使是一个小小的农业单位，每天都有非常棘手的矛盾等待解决，旧的矛盾刚刚克服，新的矛盾接踵而来。我亲眼看到领导和群众那种艰苦奋斗的工作作风和机动灵活的工作方法，任何天大的矛盾困难都在他们面前迎刃而解，心中总是萌起敬佩和爱戴之情，这使我逐渐改变文艺工作、精神工作高人一等的错误见解，真正开始明白平凡中见伟大的真理。

在和劳动人民接近中我也多少感染他们的一些气质，逐渐喜欢一些日常的琐细的工作。近半年来，林场领导分配我做庶务长的工作，在缺柴、缺油、缺钱的重重困难面前，我也曾经愁眉苦脸过，但在领导和群众的大力支持和具体帮助下，我也终于学会这种我一向生疏的经济工作，每天为油盐柴菜操心而觉得这样的生活很有意义，即使在食堂管理中也曾与就膳人员发生过前所未有的矛盾，我也觉得对自己是一个非常宝贵的实际锻炼。这样我不仅尝到实际生活的难处，而且也尝到实际生活的甜头。我觉得从其中获得的一些经验，对于我将来无论做什么工作，都有很大的帮助。

最使我感到幸福的，是我的生活方式也开始有了一些转变。我觉得农村不仅在自然环境方面给人以无限清新的呼吸，而且在社会环境方面也使人得到不断纯洁的净化作用，仿佛劳动的汗水也在同时洗涤身心，身体健康起来了，心灵也纯净起来了。我从前虽也有生活在劳动人民中间的志愿，可是又贪图享受而因循苟且未能实现；现在是党的安排使我开始走上精神劳动与体力劳动相结合的康庄大道，使我在心底里能够以劳动者自居而感到快乐，并从其中产生了迎接新生活的信心和力量，这是以前任何时期都未能体会到的。我也学会俭朴，不思繁华，安于清淡，旧的习性渐渐消失，新的影响正在深入，这都是劳动人民以他们的高贵品质对我的潜移默化。我要永远保持这种生活本色，在为人民服务的晚年中发扬光大。

我所以能够获得这些变化，完全归功于党的组织和领导对我的正解措施和合理安排。在实践中我深深感到：无限相信毛主席，无限相信党中央，无限相信同志们，是一切工作包括自我改造一定能够成功的最大保证。在实践的过程中虽然也有痛苦和斗争，但是只要能够无我而且虚心，就会看到每走一步都有党的无限关怀和爱护，都有同志们的热情注视，而且只要自己做出了点滴成绩，就会得到组织的最大鼓舞。对于过去自己所犯的错误和所受的处分，我也比较能够正面对待和冷静分析，因而日益相信党是完全了解自己并且曾经给予不少期待，问题乃是在于自己努力不够。

在两年劳动的中间，我也曾经有过危机，那就是个人探亲的要求得不到满足时我曾闹过情绪，甚至还产生一些胡思乱想，怀疑这，怀疑那。这时候帮助我渡过难关的就是林场领导对于组织性纪律性的重申和提醒。这又使我深切感到，即使组织和领导对我似乎严厉些，那也是出于对我的关怀爱护，既维护党的原则，又关心我的长远利益，归根结底都是对我教育帮助。从这次教训中我体会到：党的各级领导人比我站得高，看得远，凡遇到有关个人利益发生矛盾的时候，我应该坚决服从决定，提高纪律的自觉，才是正确的态度，会得到良好的结果，这对党有利，自己也不吃亏。达到这种认识之后，情绪也就很快恢复，等到第二次探亲要求又未能实现时，我就再也不影响情绪，因为我相信上级的决定是完全必要的，十分正确的。时时遵守纪律，永远遵守纪律，自觉遵守纪律，可以使自己少犯错误或不犯大错误，这也是我从实践中得出来的一条切身体会和宝贵经验，我要永远牢牢记住它。

最感不足的是学习。开始天天晚上集体学习指定的文件，小组讨论，可能是学习方法不对头，收效甚小。以后强调自学，又无检查和督促的制度，终于无形中涣散了。主要还是我只重视实际的劳动，看轻学习对改造实践的指导作用。最后是我自己向外地借书来读，倒能帮助我多想一些问题，思路一开，精神也振作。特别是读《反杜林论》，使我多多少少能联系现实问题，觉得有些收获。

我虽有些进步，但比起大多数人，已经大大落后了。我希望今后党仍然给我比较艰苦的工作，继续给我以艰苦的锻炼，只要我能胜任的，我将全力以赴，务求完成党交给的任务，报答党的恩情。

1972 年 9 月 16 日

自　述

蔡其矫。未用笔名。现为福建省文化局创作组成员。

1918 年 12 月 12 日〔应为 11 日〕出生于福建省晋江县园坂村。童年随家庭侨居印尼泗水。1936 年在上海暨南大学附中读书时参加学生爱国运动，开始写作，反映当时反日斗争，用于校刊。1938 年到延安，入鲁迅艺术学院文学系，参加该校文学团体路社，担任研究部的职务，不久随同该校部分师生，长途行军到敌人后方的晋察冀边区，在华北联合大学文艺学院文学系当教员。1941 年以《乡土》和《哀葬》两诗分别得晋察冀边区诗歌第一奖和第二奖。1943 年，写歌词《子弟兵战歌》，1943 年在晋察冀军区抗敌剧社，写歌活报的歌词如《风雪之夜》。1945 年当随军记者，报道之外也写诗，如《兵车在急雨中前进》。这些诗后来收集在《回声集》和《回声续集》（1956 年北京作家出版社出版）。

1953 年在中国作家协会文学讲习所当教员，参加中国作家协会，后来任该讲习所教学研究所主任。在这里工作 5 年一直到 1957 年。在这期间，曾两次到海军部队，写海防和水兵的诗，主要有：《海峡长堤》，写厦门海堤的建筑和它的意义（刊于《人民文学》1956 年）；《西沙群岛之歌》，写建设西沙的工人和他们的抱负。同时也写政治抒情如：《在悲痛的日子里》（刊于《人民文学》1954 年），纪念斯大林的逝世；《大海》（刊于《诗刊》1957 年），反映当时对赫鲁晓夫批判斯大林的不满。也写海防城市的历史，如《厦门之歌》。以上这些诗都分别收在《回声集》《回声续集》以及 1957 年上海新文艺出版社出版的《涛声集》中。

1957 年后，未再出版诗集。《把心交他带去》，写中国人民对苏联革命 40 周年的祝贺（刊于《人民日报》1957 年 11 月 7 日）。《农村水利建设山歌》，写中国人民"大跃进"的农田建设（刊于《人民文学》1958 年）。《长江水利工作者的愿望》（《诗刊》1958 年）。1959 年回家乡福建专业创作，逐渐明白应该写这地方的历史、自然和人的感情风貌，如：《长汀》和《宁化》，写福建革命斗争的重大牺牲和艰苦曲折（均刊于省文艺刊物《热风》上）。《九鲤湖瀑布》，写本省最有特色的风物人情（刊于《诗刊》1962 年）。1962 年以后再未发表作品，但仍在继续写作，追寻现实斗争的火热痕迹，记录人们的思绪。

因为旅居国外几年，数次往来于南中国海，深感海洋对于祖国安全和建设的重要，才曾经着重于写海防和海洋事业的诗。又因为对家乡深有感情，自然会导向于有意识地写这个地方的人文地理和风土文物。这两方面占所有诗作的大半。

最初虽受惠特曼的影响，后来也逐渐从中国传统诗歌吸收养料，努力创作既是本土的产物又与现代进步文化遗产有联系的诗歌。在题材和形式方面，既注意现代政治抒情诗，也留心尝试风景诗和爱情诗，接受传统诗歌的多样性，写普通人的感情。

长期的探索，从自由体诗出发，经历民歌体和古典诗词的研究和实践，终于看到自己的道路，不避开最平凡的现实生活，为广大的读者作多方面的服务。

我的文学经历*

　　1918 年生于福建南部的侨乡，晋江紫帽山下的一个以果树产品为主要收入的农村。祖父是清朝末年落榜的秀才，父亲年轻时候就过海谋生，母亲是不识字的劳动妇女。幼年上过乡村书塾。1926 年避南北兵的战乱，举家迁往印度尼西亚泗水，在那里接受现代的小学教育，从每日奔波于远途上学和课余尚须做家务劳作的贫困生活中成长起来。1929 年独自辞别南洋的家回到祖国，为的寻求自己的路。先在厦门，后在泉州继续上学，过一种孤独寂寞的教会学校的寄宿生活。在这里经受了"九一八"事变和"一·二八"淞沪抗战对南方小城的深刻影响，爱国主义的思想和无政府主义的影响都在少年的爱好文学的心灵中留下痕迹，在巴金信徒主持的班级壁报上，第一次写出的文学作品是抒情散文。快要初中毕业的时候，又经历了十九路军入闽和福建人民政府事变，看到了轰炸、死亡和随后的法西斯宣传，卷进了无政府主义者和共产党地下组织支持的罢考运动，

---

　　* 标题为编者所加。

失败后，愤而离开这落后僻远的地方，于 1934 年到了上海。

上海这个当时是"半殖民地"的大城市，使一颗少年敏感的心丰富起来。经过一段时间的困苦彷徨和为将来出路担心的烦恼之后，扫卷一切的"一二·九"学生救亡运动的风暴来到了，狂热地参加了每次的示威游行：冲租界，打巡捕，砸警察局，在偏远的郊野举行非法的集会，在专为培养华侨子弟的暨南大学附中投入与特务学生斗争的旋涡，主持班上的壁报，写一些救亡的报告文学，在校刊上第一次用铅字印刷习作。在学生救国会被宣布为非法而受取缔后，与进步同学组织"文学研究会"，并在运动被压后的沉静时间内发生了最初的恋爱悲剧，于草率应付高中毕业会考后回福建，接着回到全家居留着的爪哇泗水。但是，经历了上海那段轰轰烈烈的生活后，就再也不能适应南洋社会那种安逸生活了，乃于 1938 年离开泗水，先到新加坡，后到缅甸、香港，联络同学好友，经武汉奔向延安。

那时候的延安，集合了来自全国各地的进步青年，过一种军事共产主义的艰苦生活：在狭屋灯下无休止地争论什么叫自由，在山头夜雾中一遍又一遍地唱《流亡三部曲》。很快就参加新的团体，进行更艰苦的跋涉，到河南新四军第四支队，在连队士兵中做宣教工作。在秋天的淫雨中染了疟疾，而武汉即将失守，部队要挺进大别山，精减非战斗病弱人员，又被送回后方。于是从西安步行 10 天，冲破层层封锁，于初冬第二次到延安，在日本飞机轰炸之后，考入了鲁迅艺术学院文学系，开始认真学习世界上最好的文学作品。经过 8 个月的学习和工作，由于陕甘宁边区受到经济封锁，物质生活日渐困难，又在 1939 年夏天与成千成万的青年一起，开赴敌人后方，经过 3 个月

3000 里的艰苦行军，许多人因病掉队了，许多人过封锁线被冲散了，一支减员一半的文学艺术的年轻队伍，在大雪纷飞中穿着单衣进入晋察冀边区。这支不到百人的队伍，就成了华北联合大学文艺学院的教员和学生。

1940 年，就在这敌人后方的山沟里的新型大学，开始教书的生活。学校没有固定地址，因为敌人不允许，才安顿下来，日本军队就举行"大扫荡"，学校的连队就在万山丛中与之周旋。在 1941 年更严重的一次反"扫荡"之后，边区的文学组织发起一个以鲁迅奖为主的征文运动，以两首诗《乡土》和《哀葬》分别获得第一奖和第二奖，它都是记述当时斗争中的真实事件，并无粉饰。之后，偶然得到一本莫斯科出版的英文本惠特曼的《草叶集》，诗风有了改变，《肉搏》（写的也是真实的故事）就留有这影响的痕迹。敌人频繁的军事进攻和长期的经济封锁，边区的物质生活极度困难，有时甚至吃不到盐，学校不得不停办，有两年多的时间在接敌区从事新闻工作。日本投降，当了随军记者，进入刚解放的张家口，旋又参加绥远战役，恢复中断 3 年的诗歌写作，《兵车在急雨中前进》就是在这次战役中写的。1946 年华北联合大学在张家口复办，回到文学系当教员。张家口失守，随学校迁河北中部大平原，大部分时间在参加土地改革运动和带学生组成记者团到战地活动。动荡的战争生活完全顾不到写诗了。1948 年解放战争节节胜利，新的任务来了，去做大城市的调查研究工作。中华人民共和国成立，又去做东南亚的研究。一直到 1952 年，丁玲的中央文学讲习所开办后，才回文学队伍，在该所任教员、教研室主任。

这个讲习所的学生，都是从岗位上调来的青年作家，学习中重视实践，教员也有机会深入生活。1954年和1956年，两次深入海军的舰队和基地，写海防和水兵生活，从祖国备受欺侮的历史中，产生一种思想：中国应该有强大的海防力量，应该发展海洋事业，这也就成了诗歌创作的主题。诗，应该是人民的心声。诗，应该是时代的回响。那时候，中国人民的生活，充满了光明和信心。在争取祖国富强的共同目标下，允许作者根据个人的经历、爱好、气质，选择最称心的题材。而所写的任何题材，也无不反映人民（包括战士）的昂扬的精神面貌。祖国在诗人的心目中，除了人民，就是这土地上的大自然，并且由历史把它们贯穿起来。这土地上的一切，山水、花木、建筑，都是人民所热爱的，也是诗人所倾心的。但是，生活中也有矛盾，它是复杂的，也许当时并不能完全判断，而是要经过许多时日后，人们才能够认识它与解析它。1957年"反右"斗争，把计划中的走遍四海打断，只走了东海和南海，而未能去黄海和渤海。随之又吹起一阵风，认为爱国主义是不够的，还要有社会主义思想，于是大家竞相走向各个建设工地。民歌也被大力鼓吹，谁也无法抗拒。豪言壮语盛行，稍涉及困难都难站得住。《雾中汉水》和《川江号子》就是涉及劳动的艰辛而遭到批评。晴朗的天空，也不是没有乌云了。这还不是丰盛的年头，生活中还缺乏许多东西。是要花费相当的代价以后，才能逐渐明白这个真实。60年代，诗逐渐深入，由单纯走向新阶梯，希望能上高处，对过去，对未来，都看得更远一些。但在一面倒的劲风中，发表独立见解的诗是很困难的。看似沉默，其实感情汹涌，再也不能满足以前所写的一切了。

中国新诗，已有60年的历史。先头，如胡适等人，虽以

"白话"写诗，但其意境和语言，仍未脱旧诗窠臼。当时在国外的郭沫若，受到惠特曼和泰戈尔的启发，发出宏大的新声，建立了新诗的基础，随后的"新月派"和"现代派"，借鉴于外国的格律，企图用更精致的语言，表现更细腻的诗情，但他们严重脱离现实，与当时的革命发展相违背。30 年代的艾青，从凡尔哈仑和法国现代诗借到新的表现方法和新的语言，喊出了这土地的儿子的不平，表达出这民族的气质。战争起来了，革命在深入，为了动员民众，快板诗在解放区应运而生。建国以来，以贺敬之、郭小川为代表，把民歌和说唱，与马雅可夫斯基的阶梯式相结合，把激情赋予的概念尽量发挥，极力铺张，长篇政治抒情诗广为流传，影响所及，诗坛披靡。与之相平行的，是民歌的风行，旧体的泛滥，新诗受到空前的考验。何其芳曾经提出建立格律的主张，响应者寥寥。自由诗如果仍是不讲形式为形式，必将导致失败。自由诗的民族化，已有燃眉之急。接受中国古典诗歌丰富的遗产，溶化在新诗的肌体内，已经积累了 60 年的经验，现在应该是可以做到了。比之任何国家，中国传统诗歌之源长流广，是举世无双的，舍弃这一无比丰富的宝藏，是不智的。新的"尝试"，已在许多诗人的作品中开始。风景诗、咏物诗、绝句、长短句，是比较容易消化的。稍长的颂诗，也不是不可做到。

　　诗是语言的艺术。即使构思怎样巧妙，如果没有独创性的个性化的语言，也难能成为诗。语言贵在新鲜，而新鲜不是凭空而来，不是外加，不是后贴。从概念出发的诗，堆积着大量漂亮的词汇，常常是互相抵消。从生活提炼的诗，发光的语言不必多，它与形象思维一起来，却永远耐久不淡。所谓诗意，也就是这种新鲜的感觉，它是与语言的个性化相随而来的。诗人的语言贮藏，是中外古今，无不包括，广纳博采，无一拒绝。诗人的向生活、向社会、向中外遗产的学习过程，也就是掌握语言的过程。这种学习与掌握的过程，尤必须以现代人的生活、现代人的感情、现代人的思想为依据，才可以达到融洽无间的效果。无论是外来语言、古代语言，都要根据题材（来自现实生活）加以改造，使之融化，如果生搬硬植，不是触目碍眼，便是陈词滥调。从书本中得来的语言，必须和生活中得来的语言，互相补充，互相丰富，才会是有血有肉，如果单取一项，不是过于简单，就是过于空洞。不明白语言对于诗的决定性作用，就永远不能接近诗。

（1979 年）

我 的 检 讨*

　　许多事情都是过了若干年之后才能逐渐明白过来。1961 年
8 月底福建省文艺工作座谈会上，我认识了福州市文化局艺术科
长×××。因为都曾在抗日战争华北解放区工作过，很快就无
话不谈。会议结束的那一晚上，她到我的宿舍借走我的 3 本诗
集。她的丈夫找不到她，又看到我的诗集，就和她争吵。女方
一气之下，就到中级法院申请离婚。她的丈夫也立即控告我破
坏军婚。那时我们的关系非常平常，居然发生法律控告在前，
我犯错误在后的奇事：女方以为我作家的地位与她丈夫相当，
可以抗衡，就萌生要和我发生关系以对她的丈夫进行报复。而
我这一方，那时在闽江水电局工地挂名文教处长，三年最困难
时期我得了水肿病回家休息数月之后，政治上彷徨消沉，正渴
望友谊和关怀，也助长了这种关系走向非法。就在 11 月中旬到
东山岛深入生活的前夕，她深夜来我宿舍，发生了错误关系。
这事立刻被福州市文化局察觉。待我从东山岛回来，她已被下

---

　　*　此文为蔡其矫申请恢复党籍的思想汇报。

放到北郊养兔场劳动，犹约我面谈，要我坚决否认发生关系。中级法院召讯我，我供认不讳，并把一切责任归我一人负担。中级法院依法判我徒刑 6 个月缓期执行，用意在保留党籍。但她丈夫立意要开除我党籍和作协会员，上诉高级法院。她丈夫当过军法处长，我却不知法律的厉害。那时省委文教书记正在北京参加全国宣传部长会议，请中宣部副部长和华北五省宣传部长商议召我离开福建。山西宣传部长肯接纳我。中宣部干部处长即找我谈话，要我在山西人民出版社和山西大学中选一个，我竟然拒绝了！我完全不知道犯了法律的严重性。回到福建依然结交女友，参加舞会。一直等到 1964 年第四期社教运动才判两年徒刑，1965 年送到劳改队，看到一本《婚姻法》，才知道的确是自己犯了国家大法了！

我的最痛心的错误乃在于，我未能把作为一个人和作为一个党员严格区分开。我只醉心于人道和自由等抽象的幻想，不真正彻底明白党员有严守国法、严守党纪的义务。当女方告诉我，她在冀东文工团当舞蹈演员时，侦察科长（她丈夫）骗取她的印章，在结婚申请书中盖了章。她不肯，在解放天津婚礼前，她曾一整天在街道彷徨，想逃跑，又怕被抓回来开会批斗，最终屈服了，那时她只有 17 岁。我由同情、愤怒及至于同一愿望的反抗，终于给党和组织带来了损害。二十几年的处分是完全应该的。我并无怨言。

我是不是从这痛苦中完全清醒过来了？并不！我只注意在道德上不损害他人，却未能顾及社会的影响。去年 7 月，有个大学外文系女毕业生到东湖宾馆找我，她说肚子痛（当时外面正有雷阵雨），在午睡时间躺我床上，被修楼的工人看见，报告保卫组。服务员和接待组 3 次开门进来，我都枯坐在椅子上。后来又进来一个公安人员，我拒绝她的讯问，她就打电话到文联办公室告发此事。我当时不解，一个公安人员，有什么权利可以直接打电话到机关？后来我才知道，当时全国发生这类事件多起：云南部队作家×××到北京开人大会议，在公园与一女青年拥抱，被公安人员讯问，他掏出人大代表证，当下就被没收证件；湖南湘江大学彭燕郊，不慎向一女研究生泄漏考题，那一届的人大会议就没让他参加。这都发生在反精神污染的后期。只要自己在生活上不检点，都随时有飞来的灾祸。我对此事经过曾详细书面报告，但外面的谣言都远远超过事实，我也默不声辩。

我的思想、生活有许多重大的弱点，使我不能做一个很好的共产党员。所以我心甘情愿永远做一个党外的共产主义战士。但如果组织和同志们能谅解我，我也愿意回到党内接受严格的监督，继续克服我的错误和缺憾。

请同志们裁决！

1985 年 10 月 10 日

关于我参加革命工作的时间
由 1938 年改为 1936 年的申请

文联党组、文联人事处：

　　过去我填表在参加革命工作时间（又称"入伍"）一项，总是填我到延安的 1938 年，最近我看到一份中央组织部 1984年 7 月 24 日颁发的组通字〔84〕22 号文件：关于我党在白区直接领导的部分组织、团体成员参加革命工作时间问题的通知，其中第一项规定："1935 年《八一宣言》以后在上海、南京、西安等大城市建立的妇女界、职业界、文化界'救国会'和上海'国难教育社'，1936 年成立的重庆'救国会'和上海、广州、南京、武汉'学生救国联合会'（即秘密学联）……是我党在国民党统治区直接领导的抗日救亡群众团体。凡参加这些团体，编入组织系统，过组织生活的正式成员，在团体活动期间和停止活动以后，一直坚持革命工作的，其参加革命工作时间，可从加入上述团体之日算起。"根据这文件，我参加革命工作时间应是 1936 年 1 月。

　　1935 年 12 月 9 日，北平学生救亡运动之后，上海暨南大学及附中学生 45 人，1936 年 1 月 2 日在真如乡下一个私人花园内，秘密成立暨大学生救国会，主持人黎莹、刘子恺、陈伟达（原浙江省委第一书记、天津市委第一书记，现任国务院政法办公室主任），附中学生参加的有 4 人：刘振东（延安日文学校毕业，分配在晋察冀军区敌后工作部，1943 年病故）、肖枫（原厦门市委书记）、王孙静（原省中国旅行社交通科长）和我。我们团结了一批爱国学生，参加了上海各界联合救国会发动的每一次游行示威运动，占领火车站准备赴南京请愿；春节期间（1 月 27 日）到曹家渡日本纱厂附近进行较大规模的抗日救亡宣传，砸开区公所抓了区长游街；"一·二八"4 周年纪念在商务印书馆门前集会游行示威，冲租界铁门，每次示威游行中我都是冲锋队员，在东方杂志和新中华杂志的画报上都有留影；鲁迅逝世到殡仪馆吊唁，在中流文学杂志也有留影。在校内，我负责按照救国会的传单和邹韬奋办的生活杂志的论文，写成大字报，黑夜里张贴在学校的布告板上。为了夺取附中学生会的领导权，我们 4 人：刘振东、肖枫、王孙静和我，在夜里到真如乡村一小屋，接受中共地下党的指示，联合一批爱国侨生，驱逐原学生会主持人 CC 派头子温裕和，是我用人力车把温裕和的行李抛弃在铁路边的水沟里。救国会七君子被捕，暨南大学也被开除 16 人，附中被开除一人（刘振东），我们还举行仪式欢送他们到北平。为形势需要，大学部救国会改为世界语研究会，附中也改为文学研究会，我负责出版《激流》墙报，写救亡运动的报告文学，和我直接联系的是共产党员翁绍英。我们也过小组生活，每星期六在学校后面的私人花园里开时事讨论会，同我编在一个小组的有刘文光（组长），施振华（后去山西牺盟会）。双十二事变后，翁绍英被捕，我还到龙华看守所去探望，带书给他。（国共合作，他到西北军当见习排长，1938 年冬天在西安八贤庄八路军办事处见到他。）《激流》墙报坚持到毕业会考，由文学研究会另一负责人许雄编校刊，刘振东到北平后供我北平救亡运动的材料，我又写成文章登在校刊上。毕业后我回福建探望父母，"八一三"淞沪抗战，我在家乡联络曾心平要到上海参战，因海上交通断绝未成。我和上海王孙静、肖枫通讯，知道暨大被炸，学生迁入租界，无法上课。父亲在香港来电要我带全家老小回印尼。在厦门，王孙静送我上船。我到印尼立即联络堂弟蔡其禄（后改名施铁，原广州华侨大厦副经理，军委情报部工作人员）做了回国护照，施铁被他父亲扣留护照，我即独立一人先到新加坡，找到救国会原来的小组长，当时在胡文虎星期义务学校教书，与南洋商报副刊编辑刘文光，到缅甸找王孙静，他把小箱子放在我大箱子里，借口送我上船，和他一起回国，经新加坡又带上陈一平（原闽江饭店副经理）、陈日梅（原福州妇联副主任），经香港又带上刘振东，到汉口，刘振东先去陕北，我又到南昌，找到肖枫，新四军南昌办事处主任张鼎丞写介绍信，介绍肖枫、王孙静和我到抗日军政大学，参加了抗大第三期开学典礼，又被中央组织部调我们 3 人到陕北公学 25 队华侨训练班，学习 3 个月即派我们 3 人参加海外工作团，我任秘书。

肖枫已于去年批准为 1936 年参加革命工作，可派人到厦门市委调查，王孙静也于今年批准为 1936 年 1 月参加革命工作，可派人到省侨办调查。如有必要，也可向国务院政法办公室主任陈伟达函调。

补充材料

一、1936 年 1 月成立的暨大学生救国会（包括附中 4 人），主持人黎莹、刘子恺，后来的下落不明。实际的领导人是陈伟达（原名王经纬），原浙江省委第一书记、天津市委第一书记，现任国务院政法办公室主任，可以函调给我证明。其他主要成员有：陈秀仕，女，缅甸侨生，已于 40 年代在云南遇难牺牲；刘烈人，当时会上选举为行动大队的大队长，原江苏省政协副主席，已故。附中的 4 个人中，刘振东，在延安日文学校毕业后，分配到晋察冀军区敌军工作部工作，1943 年病故；肖枫，原厦门市委副书记，可派人调查给我证明；王孙静，原省侨办属下省中国旅行社交通科长，可派人调查给我证明。

二、我于 1937 年 6 月 30 日高中毕业。那时父亲带全家自印尼回福建家乡小住，我即回乡探亲。7 月 4 日到家，7 月 7 日卢沟桥事件发生，我即写信到上海联系。8 月 13 日淞沪抗战爆发，我即联络近乡的暨大附中同学曾心平（后到新四军做军事工作，原省水产局长、商业厅副厅长，已故）要赴上海参战，两人到了厦门，海上交通因战事断绝，只得回乡，同时写信和上海的王孙静、肖枫等联系，得知处在前线的暨南大学被炸毁，学生迁入租界，将来怎样还难预料，劝我暂时不去为好。我即在 9 月为本乡小学代课，教救亡歌曲。11 月父亲从香港打电报给我，要我率全家老少赴印尼。在厦门上船时，考入上海交通大学的王孙静因战事不能上课，来到厦门大学借读，他来送我上船。我把全家带回印尼，立即到中爪哇涑义里找肖枫的伯父，得知肖枫已到南昌。我又联络店员施铁做回国护照。（施铁随后在1939年到延安，原广州华侨大厦副经理，军委情报部营级干部，1972年复员。）施铁被他父亲暂时扣留，我即独自于1938年1月到新加坡，找到暨南大学救国会时我的小组长刘文光，他那时在新加坡胡文虎办的星期义务学校教书，我在他那里住了近一月，在他指导下看了斯诺的《西行漫记》和巴比塞的《从一个人看一个世界》（写斯大林和苏联的书）。2月我又到缅甸找到王孙静。3月他假装送我下船，把他小箱子放在我大箱子里，两人一起到新加坡，又联络了陈一平、陈日梅一起回国。在香港遇到刘振东，也把他带上，一起到武汉。这时陈一平要等他弟弟陈仁宋从新加坡来一起去延安，王孙静又在治痔疮，刘振东就先自赴延安。我又于5月去南昌，找到了肖枫，由当时在南昌的陈秀仕安排下，请新四军驻南昌办事处主任张鼎丞写介绍信，介绍肖枫、王孙静和我3个人到延安抗日军政大学。我们3人乘火车到西安，住在八贤庄八路军驻西安办事处，等到有载货的汽车到洛川时让我们上车，然后由洛川步行3天于1938年5月下旬到延安。这一切都说明从1937年6月30日高中毕业，到1938年5月抵延安，我都与暨大学生救国会的同志保持联系，并尽力为救亡运动不断工作，团结周围人进入革命队伍。

（1988年）

小 传

生在第一次世界大战结束的那一年冬天，长在福建 4 个小平原中最小的一个——晋南平原的西北角，泉州四大名山紫帽山东南麓。居民一半是果农，一半是侨眷。历史上这里曾是"海上丝绸之路"的起点，经商和外来文化都源远流长。曾祖父是泉州聚宝横街的行商，拥有 13 艘航海木帆船，把桂圆干运往宁波、上海、烟台和营口，把东北的大豆饼运回家乡卖给果农作肥料。祖父是清朝末年落第秀才，有独立的书房，手植耸天的玉兰花树；他未老谢世，家道中落。父亲 16 岁卖两亩地作路费，远渡重洋至印尼泗水；那时他已能写一手漂亮的毛笔字，能做平仄合辙的旧体律诗，所以当了商家的账房。18 岁回国结婚后，短期留在下輦乡御赐桥干货店当伙计，结识早期国民党左派，具有华侨中常见的自由思想。

祖母来自新店，母亲来自旧铺，那一带是唐宋以来阿拉伯商人居留地，与汉族通婚，留下血统不纯的后代。她们都不识字，却有书香门第遗风，爱花如命。据说母亲生我在砖地上自己收生，并很早就交缠脚的老祖母抚养，由未出嫁的小姑姑背我在天井花前和庭外龙眼树下流连，感染大自然的最初熏陶。老屋后面是一片遮天盖日的龙眼林，地上长满凤尾草，草上飞舞金龟子；有一棵蹲狮状的大榕树，树上常见蛇盘绕。

6岁进书塾，8岁在南北军混战中随全家迁居印尼，入振文小学三年级。虽然物质上有大轮船、小火车、煤气街灯等的现代文明，精神上却深感当地民族歧视的困惑。父亲看我考试总在第二名，也不想让我继承他卖一分钱一杯的咖啡，11岁还是高小生就叫我独自回国求学。

先在厦门鼓浪屿教会办的福民小学，过年又转到泉州培元小学，早先校长也是英国牧师，每天上课前有朝会，讲一小段圣经，每顿饭前要作祈祷，星期日上教堂。英文课本来自伦敦，英国老师课上讲英语。孤独的寄宿生活，容易求取同伴的眷顾和接受他们的影响。那时无政府主义在这小城传播，巴金曾数次在这里逗留过，他几本小说的素材和背景也取自这小城。升上培元中学后，我与学友一起吟诵唐诗，临摹水彩画，读农村题材的小说。这时期又是第二次世界大战正在酝酿中。"九一八"事变后我崇拜马占山。"一·二八"淞沪抗战转而崇拜蔡廷锴。福建事变后则十分仇视蒋介石。过早地关心民族危机和民生凋敝，所以到上海升高中后，就全身心扑在救亡运动上。也如巴金小说中常见的那样，革命和恋爱并行，且都陷入悲剧。

1938年自南洋奔赴延安，途中读斯诺《西行漫记》，脑子里充满浪漫思想，在汉口把钱用完，把衣物送人，以为延安不需要这些。在陕北公学华侨训练班第一次小组会上，讨论《反对自由主义》，心中十分疑惑：自由是坏东西吗？几经辗转，考入鲁迅艺术学院文学系，冬天久坐火盆前读陀思妥耶夫斯基的

《罪与罚》，又走出窑洞外解溲，一热一冷，膝盖以下生着严重
冻疮，脸上却燃烧着幻想的红光；同班的黄钢，一眼就认定我
是水兵的气质。

战前我只高中毕业，1940 年却要我在大学教文学，而且要
讲作家与作品研究，就逼我如饥似渴地读书。战争环境书少，
遇到什么就读什么：屠格涅夫、普希金、莱蒙托夫、纪德、雨
果，最后遇上惠特曼，就全心向往。但基础薄弱又酷爱诗，不
宜为人师，只有略试写作。

8 年抗日战争又加上 4 年解放战争，青春就在教员、记者、
编辑生活中度过，既历尽困苦，又难以伸展，唯有诗是唯一的
安慰，以全部生命献给诗，走过的路自然不能平坦，也常迷失，
与所有中国作家和诗人的命运一样备受艰辛。从战争进入和平，
从倾心惠特曼走向仿效聂鲁达，虽然 1958 年后也曾对巴乌斯托
夫斯基、黑塞、艾利蒂斯游移过，但最终还是要进入东方传统
的继承与变革中，含泪焦心地寻找自己的路。

在中国古典诗歌中，唯有李白、苏东坡能赢得我的心，大
约不仅是文学风格的向往，也是对他们的命运有某种感应。因
而，也就随他们对自然山水、对旅游、对友情、对艺术的无限
倾心，看作是自己生活的导向，一再纵横远行，不计利害，独
往独回，自得其乐，仿佛黄昏已至，晚景无忧，唯见众善毕陈，
终觉生逢佳境，公私都臻美好无穷了！

1996 年 3 月 6 日

一年半的创作与生活计划

一

去年［1959年］10月末，我参加全国群英大会采访工作，有一个16岁女孩子陈淑娥的事迹深深感动了我。她在陕南修筑盩洋公路的工程中，率领一个大都是14岁到20岁的姑娘所组成的筑路连，在最艰险的工地上，先后和12个男子民工连竞赛取得了优胜。她们的事迹，是中国人民精神力量成长的一个缩影，也是六亿七千万人民天才潮涌的一个标志。我把3次采访所得材料的一部分，写成报道《高山早霞》，登在《中国青年》22期，并为中国青年社和少儿出版社收入丛书。那时候，我曾打算在群英大会之后，随陈淑娥到秦岭工地，作更进一步的搜集和研究。后来因为整风学习，只得暂时放下。

来福建后，又收到北京电影制片厂来信，鼓励我把《高山早霞》改编为电影剧本，我回信时还有些踌躇，他们又在最近来信继续鼓劲。许多同志也都鼓励我接受这个建议。我打算在春节回北京时，去和制片厂详谈一切，争取帮助，如确定下来，即由中国作家协会介绍，到陕西秦岭洋县槐树关和土地岭一带的工地上生活几个月，并在那里把初稿写下来。

我所以敢下决心接受这个建议，除了英雄的事迹对我有莫大鼓舞外，还想为下一个作品积累经验。

二

前年［1958年］12月我来福建，在《福建日报》上看到炜萍同志和鼎生同志合写的一篇短文《红色山歌手》，引起我的注意。作品主人公张八嬷，是张鼎丞同志的堂妹，一个出色的区苏维埃宣传队队员，于1930年牺牲。她的一生事迹，都与闽西革命山歌息息相关，是一个非常理想的叙事诗题材、歌剧题材和电影剧本题材。

去年6月，我专为这件事到闽西去，到她出生地金砂乡和她被捕地西洋坪，实地访问她生前的好友和同伴，又继续发现炜萍同志和鼎生同志所未注意到的许多生动材料。我觉得这是个人命运和人民命运相结合的典型材料，她的婚姻和她的失事都有典型的社会背景，更重要的是通过这人物的成长，可以反映金砂暴动和红四军入闽的巨大的革命运动。在访问当中，因为言语不通，都要靠小学教员翻译。访问完了，我向永定县委宣传部汇报我所得的材料，宣传部同志极力主张我抓住这个材料不放，并答应从小校教师中抽调一个最好的翻译和我一起工作，那时我因为尚未有写较大作品的经验，未敢贸然答应。

现在，我决心在《高山早霞》创作中取得经验，准备好力量去进行这个重大题材的搜集、研究和创作。这个工作，我打算在今年冬天全力进行。

<h2 style="text-align:center">三</h2>

电影剧本，总是要反复修改才能成功。修改的时间，常常占很大的比例。我打算在这两个创作的间隔和修改过程中，投入沸腾的生活并尽可能做一点一般工作。

去年 11 月，我要来福建整风时，中国作家协会党组张熹同志曾告诉我一件事。他说北京市给党 40 周年准备了两大献礼工程：一是从北京到天津的运河，能航行 3000 吨轮船；一是从北京新车站到石景山的地下铁道，深达 100 公尺以下。这两大工程意义重大，作家协会准备组织一批作家参加，张熹同志问我是否愿意参加。我当然非常高兴能参加这件极有意义的新工程。

我请求福建党组织和领导同志，能允许我去参加这个工程。我决心在这劳动斗争中，彻底改造自己。虽然我在今年一年半中，计划写上述两个电影剧本，但我还不放弃自己比较熟悉的诗歌创作。我决心在参加这最新的工程中，继续寻找既是民族化又是群众化的诗歌创作的健康道路。

在写《高山早霞》电影剧本过程中，我也打算来福建惠安惠女水库找一些补充材料，只要惠女水库的工程到那时还未完全结束。

（1960 年）

十年的生活和诗

中国的事情充满怪诞充满离奇：牛鬼蛇神来自《红楼梦》林黛玉谈诗对李贺的评语，大字报来自古老社会告密和揭私的"黑帖子"，戴着纸帽挂木牌子游街来自封建家长制度下对流氓小偷的非法私刑，一切沉渣积污都在运动中浮起来了。

既然最高领导已经指出"文化大革命"是反对国民党的继续，那些当过国民党书记长及其统治下的文化艺术头目和首要分子，当然都是牛鬼蛇神了，为什么也把共产党任命的当权派（走资派）和为党效劳的文化艺术人士（资产阶级权威）也与之等同起来呢？所以谁是敌人谁是朋友谁是自己人一开始都弄混了。

"文化大革命"创造的第一个新名词就是"牛棚"——关牛鬼蛇神的地方。我有幸和文化局常务副局长、党委办公室主任、"左联"老作家关在一个图书资料室里，4个人分两类：官和作家，不免也偶尔交谈几句。那个副局长说："要是我有业务能力，绝不会当起官来。"他是南下文工团中吹低音大号的。这样坦白诚恳的话，把距离一下子缩短了。所以我们4人和平相处，比过去任何时候都亲密。

福建多雨。一造反起来，图书资料没人管了。雨季一过，壁发出霉味，就得晒图书。在翻晒中偶然翻到一本英文的《中国文学》，载有杨宪益和他英籍妻子合译的司空图《诗品》，产生了用现代诗句来译古文的《诗品》的想法，又找来两本国内大学编的《诗品》注释作参考，在不自由的日子里，秘密写下了初稿。我不是当作学者来研究《诗品》才搞翻译，而是结合现实来宣泄心中的块垒，举第十九首《悲慨》为例：

> 发狂的大风卷起河水，/林中树木都为之摧折，/人们如死般的痛苦中，/在徒劳地呼唤救助！/生命像流水一样逝去，/光荣终于变成冷灰，/真理在逐日地退潮，/谁是挽救狂澜的雄才？/战士抚拂他的刀剑，/悲哀将他的心涨满，/就如同枯叶殒落大地，/雨滴消失在青苔上面。

（"四人帮"倒台后1978年冬，在北京举行全国第一届诗歌座谈会，我让田间私下读及此译作，他当时是河北省文联主席，就叫河北人民出版社来要稿，于1979年出版，印一万本在一个月内全销光了。我又在《诗刊》上选登4首，《悲慨》是其中之一。）

"文革"头两年社会成了无政府状态。福建省文联群众分为3派：造反派、保皇派、中间派。所谓唯成分论其实是假的。造反派的头头是农村国民党员的儿子。保皇派的两个头头一个是国民党法官的姨太太生的，一个是地主的小老婆生的。中间派是小部分的创作人员。组织个"新文艺公社"。最初起来的造反派，引进来一批没写过作品的工农作者，其实是些社会流氓，搞个工农作者造反总部以助他声势。为夺取领导权，他们常常这一批赶走另一批，夺权时必定拿我们开刀给对方看，表示他的彻底。在一次夺权中叫我下跪，我不从，一个外来的不明分子用修车用的扳子敲我脑顶，当下就流血，按住伤口到门诊部缝了3针。后来他们又为要去天津开工农作者代表大会，向我要路费，不给，就抢我的收音机和自行车。再后来失势，又把造反派抄走我的25本记录语言材料的笔记，摘成"黄色诗"在街头卖钱。这些流氓使造反派声名狼藉。而中间派的头头是军人家属后门走进来的，常如泼妇一样无理取闹，成不了气候。所以工宣队一进来，就明显地依靠保皇派，冷落了另两派。但工宣队成员都是才从农村出来不久的小企业工人，领导无方。于是又进来军宣队，头一批领队是个通讯兵的副政委，上海人，其实是个花花公子，一开始就从越剧团调来几个女演员日夜厮混，于是又换来一批空军人员，把文联、文化局和下属的几个剧团全部开往数百里外的建阳麻沙的学习班。

麻沙，在南宋时候木版印刷非常发达而著名于世。"大跃进"前夕接受苏联专家的帮助要在南平五里亭修建一座建溪大坝，建成之后将淹没建阳和建瓯两座县城，因此在麻沙建筑许多房屋准备迁移之用。"大跃进"一来，与苏联破裂，专家搬走，又来一次洪水把几万人一年多的血汗和死亡而筑成的坝基和分流冲垮，建溪电站就此下马，麻沙的房子空着，文化系统的"文革"学习班就来这里搞批斗，死了不少人。

麻沙在历史上虽然有名，但现在已不在交通要道上，因此吃的烧的都成大问题，要到很远的地方用裤子背粮食，要到偏僻的火烧山把剩下的焦木扛回来。这种苦役劳动对我们都是一件大好事，可以接近大自然。我在规定的学习心得笔记本上不自禁地写了一首诗《新叶》：

> 新叶呀！/你迎接新的春天，/伸出这么多透明的小手，/捕捉每一缕灿烂的阳光，/看着你我就心情舒畅。/我也想学习你的榜样，/对每一天都充满欢乐，/迅速地朝更高处生长，/向更广大的世界眺望。

大概是有人告密，军宣队来翻看我的笔记本，以为我写的阳光是指他们，就想解放我。写了一份像是悔过声明，叫第一个被解放的原文联支部书记拿来叫我签字，这前支部书记从滨海渔村的富农家庭出来参军，在调动工作途中随身带着档案，把富农改成贫农，这是"文革"初期自己交代的，他以为我必定签名无疑。我读了不长的几句，主要是说我反对毛主席。从我被抄去的 25 本语言材料中找到一两句对个人崇拜反感如："秦始皇和曹操，不是使别人渺小，然后才显得自己伟大吗?"就单凭这把我打成反对领袖、反对共产党、反对社会主义的"三反分子"。不赞成个人崇拜不等于反对领袖，所以我拒不签字，把这个前支部书记气得满脸通红，说我翻案。而这时（1969 年春）正好运动重点是打击"翻案"，于是我成了"死囚"无疑了！

随后我又写了《山雨》表示信心并未绝灭。

大约是麻沙待不下去了，又把文化系统学习班浩浩荡荡开回福州，住入人民医院的大院子里。那里花木很多，斗死人之后就少来逼供信了，生活有些缓解，我又开始写诗了：

> 仲夏夜迟升的月亮，/为黑暗的条状的云遮掩，/一切非常寂静，/仿佛在等待重现光明。/受伤的老狗蜷伏在草地上，/默想生活的残酷，/对热情的招呼不再信任，/因为它并不愚蠢。
>
> ——《所思二》

> 有过许多黑色的梦。/有过许多灰色的梦。/也有许多金色如梦。/如今又有一个猩红色的梦，/在半醒半睡中向我走来，/预告明天，/将有怎么一异样的天空。
>
> ——《梦》

> 屋顶上的青苔是灰绿色的。/墙头上的青苔是碧绿色的。/水沟里的青苔是嫩绿色的，/我的心中/也有暗淡青苔的经线纬线，/织成一面朦胧的旗帜，/在阴雨中悄悄飘扬。
>
> ——《希望》

到了 1970 年春天，就传出要我们安置到农村去劳动，说什么这一去就不必想再回城市将来要自力更生，准备在最下层度过余生吧！规定只能带一些生活必需品，要自己能挑得动的，行李都贴上封条，还有一个押解人员是闽剧团搞庶务工作的，我们不就成了犯人了吗！最后宣布我们是到农村去受贫下中农监督劳动的。那时，我把带在身边已近十年的聂鲁达 3 首长诗的英文打字稿也焚烧了，心想自己比别人还有一条最后的退路，回到国外给资本家当看门人吧！这就是我参加革命的最后结果。8 个押解人员威风凛凛，把我们带上火车又转汽车，一直开到永安城郊的坂尾果林场。

闽江上游是 3 条支游：建溪、富屯溪、沙溪。以沙溪最长，它发源自宁化境内，经清流后，峻险仅次于三峡的九垅十八滩而抵永安，有会合赖溪成燕尾形，所以永安这一段又称"燕江"，然后经三明、沙县而在南平汇入闽江。坂尾大约是城郊小平原的最末端了吧，隔水的对岸是个火力发电厂，鹰厦铁道在那里有个小站。所谓果林场是 60 年代才开办的，招来十几个闽南的小知识青年，一小排 8 间平房，以一半容纳我们 10 人，和我同住的是那时已 86 岁的著名福建地方史家，因为他当过莆田县国民党的参议员，是个三民主义的忠实信徒。

头一年的劳动是十分艰苦的。那些不起眼的柑橘树种在山坡地，我得挑 100 斤重的粪水上坡，幸而那些小知青把我看作同乡，见我摇晃不稳就上来接挑。出于一种同情心又想个办法，让我推个板车上桃源洞去砍厨房用的柴火。

桃源洞是永安最有名的风景地，既是劳动，又是游玩，轻轻松松地砍几棵松木就往回转，不到半年就把那片山林砍完了！所谓果林场的那些柑橘出产极差，于是养猪造肥来浇橘柑，又在县城北郊（我们住南郊距城 6 华里）弄了两条冷水沟种稻，双抢（抢收抢种）时候我又在烂泥中东歪西倒，比挑粪水还要艰难。于是又去远地砍大竹，清早出去，黑了回来，把山区的美景看了不少。

傍着柑橘场有个化肥厂，来自温州的庶务长有点文化，把我的名字传给城里的学生，于是有几个爱诗的男女青年来拜访我，带我去登紫云洞山，那是明代邓茂七起义的地方，那时候这地方仍是沙县境内，剿灭他之后才分出成立永安县，以示再无造反者。我当即写了一首长达百行的诗《紫云洞山》记录这次旅行的情景。外地得知我落魄的地方，也纷纷来访，第一个是晋江文化馆的曾阅，此时也已流落江湖成为草药医生；第二个是个归侨大学生，获准出国后来抄我的诗作。

1979 年冬，省文化厅和省文联合署，成立一个政治处，派来一个军官家属做法案工作，觉得我的罪名起自那 25 个笔记本，既未发表亦未外传，未构成影响，罪名不能成立，给我平反，退了 5 年来扣薪近 5000 元。自从 1967 年以来，每个月只发我 55 元，吃最低的伙食，抽最低的烟（每包 8 分钱）。那时我一家六口分居六地，老伴在湖北咸宁文化部干校湖荡里种稻，大儿在西北兰州化工厂，二儿在东北农村插队，三儿在山西多林的山区插队买了一杆土枪打猎得以改善生活，四女在上山下乡前就与同校十名女生扛红旗到延安蟠龙，每天挣工分只有几分钱。三儿从山西到湖北看他母亲，又来永安看我。正愁着这 5000 元放哪里好，他走的时候把钱缝在他内裤里带去，后来我家的彩色电视机和电冰箱就用这笔款开销了！

既然平反，我就可以自由到各地会见朋友，也开始连续写诗。1973 年我大获丰收，第一首当然是记录我生活环境的《冬夜》：

这晚上多么凄凉——

要是没有火车站就在近旁

轰鸣中到达一列货车

那车头喷出一道道的烟

在乌云的笼罩下翻滚飞扬；

要是没有上滩的船
正在深岸底下经过
那竹篙碰击礁石的尖锐音响
使铁般的暗夜起了震动；
要是没有工厂的灯光
参差出现在江岸和远方
它跳荡在黑暗的包围中
给赶路的人以温热的希望。

再荒凉，再黑暗，再绝望，人都不可能不存一点希望。这是人赖以生存的一点温热。世界也在无穷的悲伤中保有一丝丝的温柔。我为此又写了一首《桐花》：

春天来时万木争开繁华，
春要归去百草都无情绪；
唯有桐树，当雨过天晴，
在村边道上展开一片光辉的水晶，
献出它对春深深眷恋的心意。
它为春开花，为春灿烂
为春饯别壮行色，
把暗香混合在尘埃里，
把落花铺满了青草地。

平反差不多等于解放，给了一点自由行动的便利，也就可以用另外的方式使用我了。有一天，场长把我叫去，让我当伙房的庶务长，每天进城采办伙食。果林场非常贫苦，伙房秩序非常乱，饭菜也非常差。我也愿意为群众办点好事。好在我有一辆 1950 年自香港购进的英国产红牌自行车，随身带到永安，二十几年的使用已经遍体伤痕，好心的化肥厂事务长替我把车漆上一层防锈的底漆，居然把它打点成一匹火红的小马驹，入城放在路边，城里文学青年见到它就知道我进城了。我给伙房只能买最便宜的盐带鱼和猪头肉。盐带鱼有人替我办，肉店可就没有内线可帮忙，我得在肉案面前鹄立好久，目睹那个时代产生的许多丑恶相，于是我写了《屠夫》：

> 当人猛增
> 而猪陡减
> 你满脸红光
> 下巴叠成三层，
> 想捞些油水的
> 都向你罗拜。
> 即使是混毛的
> 浅膘的
> 灰色的
> 提着一块走在街上
> 也引来无数羡慕；
> 就在这
> 缺乏上面
> 私心上面
> 短视上面

建造你渺小狂妄的权威。

这种渺小狂妄的权威，何止在肉店，到处都有它的存在：机关、戏院、粮店甚至派出所，甚至每一个民兵、收税员、市场管理员，无不都似高人一等，时时作威作福。甚至果林场内部，渺小狂妄也大有人在。场里的蔬菜队长就是此等权威：出身贫农，在土改时入党，当过支部书记，因私心难改，在不应当的时候还捞蝇头小利，终于落难到这地步，可依然在场里威风凛凛，俨然以果林场第二号人物自居。他在我们平房下面建一座堂皇的楼屋，自立伙食，可又让老婆经常私拿公家厨房的干柴，群众敢怒不敢言。有一次被我遇见了，叫他老婆把干柴放下。他闻声立即闯上来，揪住我的领口破口大骂。我忍无可忍。一拳头就把他打倒在地。也许我用力过猛，他额上立即鼓起一个包。可他不敢还手，躺在地上说要同我一起去公社讲理。我说：好啊，一起去吧！可他又不敢去了。全场的人无不同声称赞，说我一拳定乾坤。

自从我母亲病故，年迈的父亲也突然衰老起来，在北京家里无缘无故地摔了严重的一跤。那一天，我正在永安果林场伙房前面晒场上砍干柴，我相信人身上有种特异功能，常在亲人灾难时刻发生感应。这时我也无缘无故慌乱起来，一不当心柴刀在硬木上跳起来，砍在左腕上方的手臂，到医务室缝了3针。过几天，北京的信息到，我请同事替我代管伙房，把自行车留给他用，就匆匆上路，到上海停下换药，到北京揭开时已留了一条疤。

这时，北京的中国美术馆正在举行"黑画"展览，黄永玉

的睁一眼闭一眼的猫头鹰被指为大黑画，李苦禅的一幅小鸟看 8
朵花和 3 幅落日水墨也说是有所指。我看出这是统治者末日的
悲哀！那时，我的两个年轻亲戚已获准出国，他们要和我摄影
留念，就一起乘车去密云水库，路上一片秋天景色，叫人又兴
奋又伤感。回来，我同画家一样也写《落日》：

> 火红的血球巨大而宁静，
>
> 以异样的光辉深染有生和无生：
>
> 把群山映成紫色水晶，
>
> 在朦胧中看来是又轻又透明；
>
> 让无边的高粱田变为火海，
>
> 因秋风吹动夜色而闪烁不定。
>
> 天上碧青的晚霞渐融化，
>
> 密布地上的灯光闪耀如金；
>
> 无数烟囱飞起沉重云缕
>
> 满载的列车悲笛前进……
>
> 这时，苍凉幽暗的树林后边
>
> 一轮明月正对着落日上升。

那时，人们已普遍感到江青俨然以继承人自居，而月亮代
替落日当然是带来黑夜。所以，那些 50 年代怀着满腔爱国热情
回来的华侨，都在急急忙忙申请出国，何止是两个年轻亲戚。
50 年代为收容东南亚各地排华被逐出境的印尼难侨、马来亚难
侨、缅甸难侨、越南难侨而先后成立的许多华侨农场差不多都
走空了！虽然那时印尼已和我们绝交，马来亚和新加坡迟迟不

和我们建交，他们回原地无望，但香港还可以让他们立足。于
是我接着又写一首《候鸟》：

一群年轻的爱叫的候鸟
结队飞过蔚蓝的高空
为了寻找一时消逝的夏天
沿着山林和海洋向南飞翔。
想当年他们也曾结队向北高飞
那时正是万众欢腾的美好日子，
如今风沙弥漫，水也冷了
他们又去寻找自由的呼吸。

幸而祖国的幅员是这样广大
几乎同时具备了春夏秋冬，
这才不需要远走他邦异国
就在天涯找到了落脚的地方。

这真是时代的大悲哀："你爱祖国，祖国爱你吗?"所以，
一生的结局只能是候鸟！热土变成冷水，去了虽难，不去更难。

1973年真是上下、左右、前后都灾难深重。建国有功的将
帅开始一个个含冤逝去，陈毅之死我写了篇《悼念》。血泪横流
又将奈何！但是我又不能不强自振作：社会不能给我以希望，
只好向自然界寻求安慰。永安四野秋色明丽，我又写下了《乌
桕树》：

在公路边，在田埂上，在山野里，

平常时候它毫不显眼，

既不高大，又无浓荫，

曾开过什么花有谁惦念？

唯当秋风劲吹，

田野空旷，

在远山苍茫的衬托中，

它迎日照耀，

点点丹红

有如一树飞扬的火焰，

给信仰将逝去的生命，

焕发出最后的鲜艳，

正当秋山日渐暗淡的时候

让天地格外光辉灿烂。

我不愿意做单纯的政治诗人，我要写人民关心的一切。这一年，我还写了《女声二重唱》《雷雨》《地上的光明》《万石岩所思》等。

1974年我的生活恢复正常，事务长不当了，而和城里的文学青年经常往来，帮助他们编手抄本的文学刊物《耕耘》。和香港的朋友频繁通讯，从他们寄来的书刊上了解世界当前的文学和诗歌的趋向。经厦门朋友的介绍，认识了舒婷，把香港朋友抄来的外国现代诗歌转给她看。艾青右眼失明，到北京就医，住在他胞妹家。我们经常会面，无所不谈，并从他那里认识北岛。这一年我写了《思念》《也许》《时间的脚步》等诗。对贺龙之死，写了《哀痛》。

从福州来永安上山下乡的知识青年，也开始和我来往。有 3 个在 20 岁上下的知青，请来当地一个艄排人，承包两列相连的杉木排，从永安到福州，要在水上漂流十天，工钱只有一百元。他们深情邀我同行，我欣然答应。那时候正值雨季，从城关出发时已经斜雨绵绵，过了火电厂后大雨如注，又近黄昏，不得不把木排藏在悬崖下，起岸立锅做晚饭，饭后躺在木排上用塑料布搭起的小棚里，听一夜的风声雨声，看洪流上漂浮的断木，过一个惊心的晚上。第二天草草吃了早点，继续前进。其中一个知青跳上岸去摘柑橘，而这里正是果林场种在河边的柑橘。我劝阻他不听，用衣衫包来未成熟的柑橘，我也一个不吃，双方弄得很尴尬。到了桃源洞口，我终于和他们告别独自步行回坂尾。他们的木排在三明撞在礁石上，锅盆都飞掉，木排也散开，游泳把一根根杉木聚拢，转让给当地人承包了。我为此写了一首长达 150 行的长诗《木排上》，分 5 章，在第三章专写领袖与群众的关系：

在这木排上

你们也有一个领袖

那就是前头的艄排人，

他是挺身直扑风浪

危险首当其冲

领航开路的人

……

大家信仰他，

不是作为神像

⋯⋯

他顺着规律，引导大家

并不以恩人自居，

⋯⋯

他比其他的人更劳苦

他感知每个人的需要。

如果不知道人们的痛苦与欢乐

怎么会成为人们的领袖。

⋯⋯

错了就纠正，不认为自己永远正确。

　　这首诗首先发表在手抄本的知青刊物《耕耘》上，后来收在《生活的歌》。这首诗表明我正在思考当前最重大的问题。

　　永安有许多湮没已久的奇石怪洞，在小陶附近的甘乳岩就是其中之一，传说洞里有七层瀑布。我与当地和外地的男女知青十余人，扛着木梯带着松柴前往探险。甘乳岩的洞口非常壮观，据说可以住一团兵。然后找到一口垂直而下的隧道，十几分钟就遇到溪流，人只能涉溪而上。这是地下溶洞，钟乳石现出各种形状：巨柱、高阁、花朵、箭镞，时如森林，时如塔群。到了第一道瀑布，要用梯子爬上悬岩。又是十几分钟到了第二道瀑布，梯子已经要架在瀑布边上了。又涉溪而上，见第三道瀑布是从一个洞口倾注而下，高可数丈，梯子无法攀及，只有两三个身手最伶俐的青年，从旁边岩缝缓缓爬上钻入洞口，我们只能在下面久等。好久以后他们下去，说再上去的洞口非常窄小，只能在水里爬行上攀，而现在水大不敢尝试。回来我写了一首也是 150 行的长诗《地下瀑布》，以这样 4 句结尾：

> 任何地方都有自由的赞歌升起
> 即使是在不见天日的地下；
> 听！那地下河的瀑布
> 至今还在沉默中轰鸣！

这首诗最初发表在手抄本的《耕耘》上，后来收在《福建集》中。

一进入 1975 年，我的旅游开始向永安以外发展。这年一月，我由一个曾在德化上山下乡的泉州知青带领，去登福建中部最高峰的戴云山。从县城步行到它的山麓南头，会见了曾是闽中游击队员的村长，答应找一个猎人当我们的向导。可县里派在该村的工作组，还怀疑我是特务，因为从来很少有人对这山感到兴趣，而且又是在最冷的时候更无游客。他叫村长把我们监视起来，自己连夜赶二三十里路到县里报告。好在县文化局长知道我是什么样的人，才没有采取行动，但村长答应的向导取消了，并在第二天早上指着大雾说，山上必然是暴风雨，劝我们不要去。我决心自己找路，遇见人就问从哪上山。走了 50 里到达山顶，已经是过午了，匆匆吃干粮便下山，风景极好，脚力却不够用。黄昏到来风雨交加，我们却能够共拉一块塑料布奔跑下来。我们从南面上山，从北面下山。下山也是 50 里，这一天竟出乎意料走了百里，回来写了 200 行的长诗《戴云山》，收在《福建集》中。

接着，我又去游玉华洞，他在福建名胜中仅次于武夷山和九鲤湖，占第三位。春节过后我和将乐县上山下乡的两对年轻情人，长途步行到了洞口，由业余的青年农民向导带进去，一路作详细的解释。它的发现已经几百年，游人燃起松柴的烟已把大部分钟乳石染黑。但内里依然是形象丰富，在长达 4 华里的洞中几乎是几步中就有一景，而且包含古今的传说故事。我写了 150 行的长诗，收在自选集《生活的歌》。我是借石头的形象来写当时的现实，我在第五段这样写道：

人对我说，那巨大的石棺

原是王妃的灵柩

因为生前贪心太大

为人神所共怒

死后被劈成两截

遗弃在这深渊。

玉华洞呀，告诉我

那传说中的王

是不是为无上权威弄得昏聩

相信自己的金口能创造一切

醉心于无声的秩序

使歌喉冻结

笔端凝止？

告诉我一切被掩盖的事实

那个孔雀般炫丽妃子

为什么要剽窃玫瑰

每天变换服饰

向一切使节送媚

而对臣民白眼？

这首诗收在《生活的歌》中。我所在的坂尾果林场有 3 个女知青，不免也有恋爱事情发生。在中国农村，青年男女的爱情总是受到讥笑和非议，我想写一首为他们鸣不平，但在落笔时，当时的政治社会所有一切的弊端都拥到笔下，便不由自己地写出《祈求》：

我祈求炎夏有风，冬日少雨；

我祈求花开有红有紫；

我祈求爱情不受讥笑，

跌倒有人扶持；

我祈求同情心——

当人悲伤

至少给予安慰

而不是冷眼竖眉；

我祈求知识有如泉源，

每一天都涌流不息，

而不是这也禁止，那也禁止；

我祈求歌声发自各人胸中

没有谁要制造模式

为所有的音调规定高低；

我祈求

总有一天，再没有人

像我作这样的祈求！

　　这首诗后来发表在广东《作品》1979 年 1 月号。有人认为它是伤痕文学在诗歌上第一篇。

　　这一年，与舒婷通信，常以诗互为赠答，写了《劝》《你相信吗》《答》《寄》等。

选编后记

　　16年前，为了传记《少女万岁：诗人蔡其矫》的写作，我曾和传主蔡其矫有过几十个小时的交谈，仅盒式磁带便录满20余盒。所谈的范围极广，当然主要围绕着生活与作品的两条轴线，那时，蔡其矫没有想到在他身后还可能出版全集，我也没有想到，他的全集竟然由我来编辑。但是，也许冥冥之中有所安排，他将一些重要的资料、未发表诗歌的手本及8卷本《蔡其矫诗歌回廊》的勘误表交给了我，并且明示，不必归还，日后也许有用。

　　2013年后，李书磊在福建省委有过两年的任职。因20世纪八九十年代是文学评论界的同行、旧友，他在闽期间，多次周末来我家喝茶、聊天、晒太阳。一次，我们谈到了蔡其矫。书磊是在读谢冕研究生时开始写文学评论的，对诗歌相当熟悉，自然对蔡其矫也不陌生。说到兴头，我给他看了一组蔡其矫"文革"中在黄山与一位年轻女诗人唱和的诗歌手稿。面对工整清劲的手迹，书磊不禁赞叹，说，在当时的语境下，能写出如此有独特个性的诗歌，实在难得。问这组诗发表过没有？我告诉他没有发表，并且蔡其矫还有许多未发表的诗歌。这话引起他的注意。我在列举蔡其矫已出版诗集的情况后，书磊略作沉思，说了一句，应该为他出版全集。我有些吃惊，言，能够出版蔡其矫的全集，当然是件大好事，但他的诗与人，世间常有异议。书磊却认为，关键是他的诗好，发表蔡其矫诗歌，出版他的全集，恰恰体现了党的文艺政策，而且整理、出版本地名家的作品是培植文脉，对涵养一地文风大有益处。

这天，书磊就在我家阳光庭院里，读完了那本蔡其矫的传记，并且希望由我来主持编辑《蔡其矫全集》。那时，我刚退休，140 万字的《玫瑰的盛开与凋谢：冰心吴文藻合传》正处杀青阶段，还有其他在职时未能如愿的研究与写作计划，故一时未答应，但书磊坚持。作为宣传部部长，书磊自然有他的考虑，他认为我写过蔡其矫传记，手头资料最多，由我编最合适，并表示尽力给我以支持。在这种情况下，我作为一位研究者，也作为朋友，就不能不接受这个任务了。

接下来，我便与各方开始了联系，包括出版社、家属、经费等等，寻求授权与支持。2016 年开春，我与助手金慧前往北京，寻找蔡其矫未刊诗篇，之后又到晋江园坂别墅，其间均得到了蔡其矫三儿子蔡三强的全力支持与通力合作，收集到大量的蔡其矫未刊的诗歌手稿。我手头有蔡其矫出版的全部诗集，加上一部分他留下的未刊诗稿与文稿。这样，我才有了编辑全集的底气了。附录中《寻找蔡其矫》记录了我在寻找蔡其矫诗稿、文稿时的过程与心情，最先发表在《中华读书报》上，实际上也是公诸《蔡其矫全集》的编辑与出版启动。

　　搜集工作基本完成后，首先是对未刊诗文进行写作年份的认定。蔡其矫未刊稿，很大一部分没有时间落款，或落款不完整，这得根据创作年谱与已发表作品进行判断，在大致取得了作品时间归属后，以体例分列，诗歌、译文、诗论、序文、随笔、书信等，在每一体例中，按照创作时间的先后进行编排。在排出清样后，进行鉴别，确定取舍，最后定编。这里要特别感谢海峡文艺出版社的有关人员，蔡其矫未刊手稿的辨识、录入、排版、校对等难度极大，工作量大，清样送达时，这部分工作完成得相当出色，从而保证了全集的完整性与准确性。

　　最后要感谢关心和支持《蔡其矫全集》出版工作的福建省委宣传部、福建省文联、福建省作家协会、晋江市文联等有关单位与人员，尤其要感谢我的助手金慧女士，她在搜集、整理与编辑的过程中，动作快，效率高，认真仔细，踏踏实实，且合作愉快，与蔡其矫一样，将会在我的人生中，留下美好的回忆。

王炳根

2019 年 2 月 17 日

⊙ **附录**

寻找蔡其矫

王炳根

一、缘起

2007 年元旦过后的第三天，诗人蔡其矫在北京寓所的睡梦中离去，享年九十。五年前，《蔡其矫诗歌回廊》（8 卷本）由海峡文艺出版社出版，收集了诗人自 1942 年以来发表的诗作 582 首，各个时期的主要作品，《肉搏》《川江号子》《雾中汉水》《波浪》《祈求》《也许》《木棉》《在西藏》等，均收入"诗歌回廊"之中。60 年的诗歌长旅，留下了的近六百首诗作，平均每个月不及一首，算不上高产，而蔡其矫自认为是与诗歌终生为伍的。选编者刘登翰在编后记中透露了一个信息："八集'回廊'，比起他的全部作品，包括那在几十个笔记本中尚未面世的作品，恐怕不足三分之二。蔡其矫从来认为，诗人永远面对今天发言，严格选诗正是为了面对现实。至于出全集，他认为，那是他人与后人的事，与诗人自己无干。"

我现在就是以"他人"的角色，做着《蔡其矫全集》的编辑工作，得想办法将那没有面世的"三分之一"打捞出来。好在因为撰写《少女万岁：诗人蔡其矫》，对诗人进行过几十个小时的访问，录音带用了 20 余盒，几乎是将其一生与诗歌创作，给我讲述了一遍。那时，没有意识到他的全集将由我来做，但由于与蔡的深交，还是知道了他的许多秘密——他的诗歌产生与政治、社会、故乡及女人的关系，也就是说，基本清楚他的诗歌创作脉络，以及那些没有面世的诗"深藏"何处。

蔡其矫因为是华侨的原因，在大多数人住房紧张的情况下，他竟有三个家：一个是北京，先住父亲归国时购置的竹竿巷的四合院，后是夫人徐竞辞的美术出版社宿舍；福州的家是福建省文联位于凤凰池的宿舍；还有一处晋江园坂别墅（1936 年父辈从印尼寄回钱建造）。半个多世纪，他就像候鸟一般，自南而北，由北向南，年复一年，穿梭来回。他未面世的诗歌，应在这三处寓所里。

二、福州凤凰池寓所

福州凤凰池寓所，是诗人最后所在工作单位的宿舍，应该存诗最多，我对蔡其矫的访问及与其平日的交往，多在这里进行。但这处二室一小厅的房子，处理得最早也最快，在他逝世后立即被出售，屋子里的东西一部分送到园坂，一部分回到北京，有的则可能就失踪了。比如，北岛在未成名前，曾抄录一本诗集赠蔡其矫，上书"在长风不安的歌声中，/请免去这最后的祝福。/白色的道路上，/只有翅膀和天空"，落款为"赵振开"。蔡其矫曾将这个手抄本借给我，但我在完成传记之后，便归还了老蔡，只留了个复印本。这个手抄本很有意义，也很有价值，现在已不知去向。所幸的是，凤凰池寓所一些未刊诗文，

蔡其矫托付给了我，比如 1975 年登黄山时与某女诗人的唱和诗
十余首，便一直在我的手上。有年受邀至香港国际书展做讲座，
和陶然先生见面，我将这一组诗的手稿出示。陶然甚是感动，
让我整理后发表在他主编的《香港文学》上（《旅途诗稿》2014
年 11 月号）。委托给我的还有"狱中日记"，即蔡其矫 20 世纪
60 年代因所谓的"破坏军婚"而被判入狱近两年的日记。这是
一个极为珍贵的文本，小字密密麻麻地写在薄薄的条格纸上，
除我之外，大概没有第二个人看过。老蔡愿意将自己的隐私痛
疼示之于我，让我感觉到薄薄的本子的分量。福建省文联批判
文艺黑线编写组编印的《蔡其矫三反罪行》计有两辑，分专题
对蔡其矫发表与未发表的诗进行批判，从中我寻得了未发表的
诗歌 20 余首，包括歌颂毛泽东的长诗《韶山之歌》，"反动诗"
13 首，"色情诗" 8 首等。所谓"色情诗"，大多是在特定情景
下写给女友的诗，比如有首《一朵小花》：

> 怀着惆怅的心彷徨旷野，
> 忽然发现一朵美丽的花；
> 围绕在荆棘的丛中，
> 一朵神志傲然的野花。
>
> 它小小的眼睛向我注视，
> "一颗地上的星！"我赞美它。
> 但所有的荆棘向我威嚇，
> 我又不敢近它

不但荆棘围绕在它身旁，

旷野上的风也在嘲弄。

我是应该走近它呢，

还是赶快离去？

在风中我长久地观望，

心中又感到寂寞忧伤。

在包围中它是不是需要拯救？

到现在还是决心难下！

　　这首诗写作的时间为 1963 年 11 月 4 日，诗下方造反派有个按语："以上这首色情诗，是蔡其矫写给一个不正派女人的。"其实，诗人抒发的是在一种严酷现实面前的矛盾心情。现在想来，要感谢大批判组的"细致""深入"，要不是这两本"供批判用"留存下来的"黑诗"，蔡其矫有些诗作可能就永远消失了。

　　三、女友们

　　我在访问蔡其矫时得知，不少的诗都是赠给女诗友的，有的则直接写在女友的笔记本上。《少女万岁：诗人蔡其矫》中，引用了 20 余首这类诗。蔡其矫认为，写给某一个人的文字，一旦上升为诗，具体人的符号便消失了，因而，这些诗大多发表过，但还有一些未面世，依然酣睡在那些精致的笔记本里。从昔日的女友怀中将这些情诗发掘出来，难度可想而知。好在时过境迁，昔日的情怀也都成了美好的回忆，随着年龄的增长与阅历的练达，一些事情似乎也变得云淡风轻了。曾于海南与他当年的女诗友，在晚风中喝咖啡谈蔡其矫，她对诗人的称呼仍然是一个"乔"字。蔡其矫在《今天》创刊号上，发表《风景画》《思念》等诗三首，北岛给他起的笔名是"乔加"，她只取一字称呼，她说只有这样叫，才可感受到老师的浪漫与情趣，并以此写过怀念文章。自然我们谈到了蔡其矫的诗与信函，她说她有一些，还有一个专门写给她的"自传"。当我回到福州时，那精致的复制件也寄到了。有一位女诗友主动告诉我，她的笔记本里有蔡其矫题写的诗，随之复印了两首诗给我，其中一首：

> 带着热情的形象飘落
>
> 夏日一样的轻盈
>
> 太阳的花瓣
>
> 梦里闪亮的钟声
>
> 给我怜惜　给我振奋
>
> 沐浴在你的目光雨中
>
> 对尘世萌发信心
>
> 年代的焰火
>
> 伸入更大的灵魂
>
> 有如琴弦寻求回音

1990 年 5 月于南平

女诗友在旁边批注："蔡其矫 72 岁来南平，陪同到建瓯万木林，于 5 月 28 日上午回南平，下午在我家休息，为我而作，亲笔赠抄此诗给我。"她在将这两首诗的复印件给我时，还提供了一首《渴望》（写于 1996 年），在旁括号"像是色情诗"，还说，还有一首比这更"黄"的，怕被别人看见，当场就撕了，又补充道："有些可惜，那时诗人已经 70 多岁了，还有这个激情！"我说是的，特定情景下孤本手稿，无论什么诗，都十分珍贵。现旅居美国东部的女诗人，知我在寻找蔡其矫的诗，便将蔡其矫的诗与序文一并寄来。因为诗与爱与理解，我与蔡其矫当年的一些诗人也成了朋友，但并非都会如此幸运，"闭门羹"时有。有的拒绝与我谈蔡其矫，有的则是缄默，不予回复，有的亲自上门，否定有其诗与其事等。这些我也都理解，不再叩动那扇依然紧闭的小门。

四、北京东堂子胡同

北京东堂子胡同 59 号是美术出版社的宿舍，蔡其矫夫人徐竞辞作为美术出版社编辑，早年分得一套三居室，蔡其矫有一个属于自己的房间。我知道这里有蔡其矫的未刊诗作，知道有一些笔记本深藏在这间房子的柜子里。去北京之前，与蔡其矫的三公子蔡三强联系上了，言及全集出版之事，他很支持，但他说不知道是否能找到父亲的手稿，因他是早年的"理工男"，对父亲的诗文并不熟悉，甚至也不关心。我告诉他笔记本之事，他答应去找找。2017 年 1 月中旬，我带了助手金慧上门，蔡三强到酒店来接。进了家门，已近百岁的蔡夫人端坐在室，清瘦、身板挺直，薄薄的碎花袄上，淡蓝色的披肩，大家闺秀气质依在，冷艳而优雅。三强让我们近前致礼，介绍时只说了 7 个字：

"福建来的王炳根"。她没有伸出手来让我握，只是点了点头，表示知道了。可以肯定的是她读过我写的蔡其矫传记，书中对她的描写是令她生厌还是让她欢悦？不得而知。她冷艳的表情，让我欲言又止。那一刻，我感觉到我为蔡其矫所做的一切，她都知道，并不反对，因而，当我让蔡三强在出版合同上签字时，他又回到那个房间，说，让母亲加签一下。出来时，"徐竞辞"三个娟秀小字加签在上。

蔡三强说，父亲就是在这个房间里，在如雷的鼾声中离去的。当时，他就睡在与父亲一墙之隔的小厅里，鼾声突然停止，感觉到了异样，立时翻身而起，来到父亲的床前，贴近父亲身体时，父亲已经停止了呼吸。父亲走后，这间房子保持原样，没有任何的搬动，床、椅子、桌子都在原位，包括床上的用品。在床头，我看到一个大玻璃柜，如展览厅中的展柜，整整齐齐地摆放着蔡其矫从海南、西沙、东海及印尼捡回来的虎斑纹贝壳，足有百个以上。我知道，这既是蔡其矫的海洋情结，也是他的故乡情结。身居京城的诗人，一时也没有离开大海，枕着贝壳的涛声入眠。

在与蔡三强交谈之际，他已从抽屉、柜子里取出一摞一摞的笔记本，言，要不是王先生提醒，我们都不知道父亲有这么多的笔记本，加起来，足有30余本，还有一些散页。他说，这些天他都在整理这些笔记本，并且根据父亲笔记本上注明的时间编号，以免丢失或弄乱。我就坐在床上，一本一本打开，每一个本子里，都是端庄秀丽的手迹、手稿。这是蔡其矫诗歌的原生态，也是中国诗歌的原生态，那一首首影响世人的诗作，就是从这里走出去的，那一首首尚未面世的诗作，都保持在这个原生状态之中。

那一刻，我像是进入一座诗歌的富矿之中，目不暇接。

我与蔡三强时不时交谈，金慧在现场进行登记。他同意我们取走所有的笔记本带回酒店拍摄复制。

五、复制与辨识

蔡其矫的手稿笔记本装了满满一个小推车，运到了保利大厦酒店。取出，摆在床上，极为壮观。一个人一生的文字积累，而且是诗歌，竟然可以造成如此的景象，真是有些不可思议。金慧晚间便开始行动，试拍几页，检测通过。调好灯光，摆好位置，她那部刚上手的 Iphone7 发挥了超强作用。金慧是快手，至第二天傍晚，几十个本子、一大堆的散页，全部复制完成，计有两千余张。

蔡其矫手稿包括了已发表与未刊的稿，还有修改稿，交织在一起；同时还有一些手录稿。蔡其矫有个习惯，喜爱的诗，不仅是读是背，而且恭恭敬敬地抄录在本子里。比如，他抄录过何其芳、德富芦花（日本）、海力希·波尔（西德）、莎孚、卡妥罗、贺拉西、马希尔、阿赫马球托娃、龙桑德、史迪克奈、普希金、歌德等世界各地诗人的诗。一些抄录，未署名现象时有，但那些抄录的诗还是很快便可分辨出来。而对于蔡其矫未刊诗的辨识，则必须要对其发表过的所有诗歌相当熟悉后，才好做出判断。有些诗出现在多个手稿本中；有的诗在散页手稿中有多件，且不完全一样；有的则涂改严重，以至无法辨认。这些都要在编目、编辑的流程中，逐步辨识与确认。

有一诗首，在手稿中出现多次，有个手稿件似乎还是出版

社、报刊排时的标红，字体、字号均有标注，却是一首未面世
的诗《上访者》：

> 在车上满面羞惭对着售票员
> 因为袋子里掏不出几分钱；
> 在餐馆张皇失措收罗残羹剩饭
> 也许全家老少都靠这抚养；
> 那些颤栗的手啊！
> 那些无告的目光啊！
>
> 他们都是本性极端善良
> 并不明白什么是自由思想；
> 也许还不觉得锁链的耻辱
> 戴着镣铐犹呼万岁；
> 可是现在一身褴褛
> 触目地站在彩楼面前！
>
> 已经是寒冷的秋夜
> 盖着报纸减缩在人行道上
> 能给予注视和温暖的
> 只有天上那多情的月亮！
>
> 但他们却教了大家
> 时代的脉搏就在这里
> 人民受尽凌辱委屈，难道不是

对这现实并无认识？

(1980)

这是蔡其矫的最初手稿，写在"1980—1981 年的手稿本"中（编号 12），以后多次修改，均未能面世。那天中午，蔡三强带我们专门去看了一下设在东堂子胡同的上访点，依然戒备森严，说，父亲经常走到这里，看那些上访者受难的样子，心里很难过，《上访者》大概就是产生在这里的。

六、回到晋江园坂

北京回来之后，二月，晋江市成立"蔡其矫诗歌研究会"，我与金慧再次和蔡三强相会于园坂。这座建于 20 世纪 30 年代的红砖别墅，是蔡其矫"三点一线"生活中的一个点。"文革"后期，蔡其矫"解放"，从下放的劳改地永安重新回到儿时的故乡，此后，这里也成了他的诗歌创作与活动的基地。两层小楼，中有天井，二楼前两间房分别为主人与客人居住。后有一厅，蔡其矫组织的诗歌朗诵与舞会，便在那儿举行。70 年代末与 80 年代，禁锢多年的诗情，一旦喷发，便如火一般熊熊燃烧，蔡其矫的诗歌创作在这里达到了一个新顶点。

北京时，我曾与蔡三强言，园坂别墅里，一定还有不少手稿。蔡三强说，他得先去看看，稍作整理再交付给我。果然，他先我而到园坂，那天"蔡其矫诗歌研究会"成立大会后，我们上到楼上，看诗人的居所，也有一些手迹，大量的是照片。蔡三强告诉我，手稿已整理好，晚上带到酒店交给金慧复制。

如我所料，这里的手稿本也不少，大多为 20 世纪 80 年代前后的，这与诗人在这里生活的时段吻合。但不像北京东堂子

胡同的手稿那么整齐，散页与涂鸦的很多。那天晚上有个蔡其
矫诗歌朗诵会，我让金慧去感觉一下诗人的魅力，独自一人留
在酒店，翻阅这一堆手稿。这些手稿也有与北京的重合的，但
更多是"真正的手稿"，不规整的小本子、零碎的小纸头，写得
密密麻麻，字迹潦草，随意涂改，上调下移，如同天书。也就
是说，北京手稿本子中的一些诗歌，是誊抄稿，而这里才是真
正的手稿呢。作为研究，如此手稿，更显意义，但作为收入全
集的作品，北京的手稿本更好用。当然，园坂也有不少誊抄手
稿，比如，《泛舟》：

> 假若微风吹动竹叶
> 在山麓水边簌簌作响
> 那只是轻声召唤我
> 悄悄地走近你的身旁
>
> 假若白云绕着山腰
> 把倒影映在水面荡漾
> 那只是叫我把心开放
> 欢迎你进入我灵魂中
>
> 假若太阳穿过云层
> 在水上射出万道波光
> 那只是让我思念你
> 这思念比流水还要长
>
> （1980）二月十四日

还有一首写于三天之后《独（自）坐岩上》，寄托同样情怀的诗，只改动过几个字，无需誊抄，也很清楚：

丘陵上黄云飞扬

田野里映照夕阳

放眼四望瀚目（都是）苍（凄）凉！

亲爱的人在远方

像断线一样迷踪

怎能理会我的想望！

多少次快乐会见

却未尽平生心（快）事

无言独自坐在岩（楼）上。

注：（）内的字是被诗人修改掉的最初文字

（1980）二月二十七日

七、其他寻找

《蔡其矫诗歌回廊》中，第八卷为"诗的双轨"，收入若干诗论。其实，蔡其矫一生对诗歌发表过不少意见，包括诗论、诗评与序跋。这些文章，一部分收入"回廊"，大部分散失在外，尤其是为诗友写的序，大多未见诸报刊，仅在写序的诗集中面世。众所周知，大多数的诗集由作者自办发行或赠送，加上有些时间了，有的在蔡其矫手稿中也无踪影，这种零星的寻找，也不容易。令人欣慰的是，在蔡其矫手稿中，发现了几篇相当有分量的诗论，比如《感觉与情绪》《内容与形式》《诗歌欣赏与诗歌写作》《旋律就是形式》《艺术细节》（提纲）等，这些手稿（提纲）有的是演讲、讲座或讨论发言，真实地表达了诗人的诗歌观念。

蔡其矫的翻译，可分为两部分，即英译汉、古译今。"回廊"中有"翻译系列·太阳雨"，但蔡其矫的翻译远不止这些。他在华北抗日联合大学接触到惠特曼的诗，也翻译过，直到50年代初，蔡其矫调入中央文学讲习所时，又重新翻译了惠特曼的诗，《少女万岁：诗人蔡其矫》中引用的《啊，船长，我的船长》是他1954年的译文。记得那是用蜡笔钢板刻印的一个本子，书名是《惠特曼的诗》，署名"其矫试译"，用过之后归还了蔡其矫，应该存在凤凰池宿舍，现在已寻不到了。古译今更多，历朝历代的诗作都有翻译，还有毛泽东、胡乔木的古体诗，这些古译今的诗，蔡其矫主要用来自我训练，现在也成了《蔡其矫全集》中不可或缺的篇目。

蔡其矫逝世后，蔡其矫的挚友陶然先生，开始收集诗人的书信，之后由大象出版社出版了一本薄薄的《蔡其矫书信集》，计20人次163函。陶然在后记中说："明知他生前交游广泛，写信甚勤，有时一天两三封，是等闲事情，但一旦要收集，却不容易回笼。因为收信人未必留存，即使留着，一时也不知如何追踪。即使是家属，保存的只是别人写给他的信，并没有他写给别人的信。在这种情势下，只能凭有限线索，尽力联系。"对此，深有同感。我是接着陶然继续搜集下去，且动用了纸质媒体与自媒体广为宣传，这里自然也有所获，但仍然是远不及诗人信函的几十分之一。在朋友处，明明知道有许多信函，但不回应你也是没有办法的事情。可以说，信函的缺失最多，可也最没有办法补缺，是为憾事。

中国作协在"文革"中被砸烂，恢复之后无地方办公，安插在文化部大院中的地震棚里。我最先与作协、《文艺报》的来往，都是在那一片临时搭盖的地震棚与地下室。但就是这个地震棚，却是"藏宝之地"，"文革"前作协与《文艺报》等处室的档案、发排过的名人手迹、手稿，全都装在一个个简易木箱里，连锁都不上，仅用铁钉钉上。有识宝者从中发现了宝贝，我托友人帮助寻找两个人的档案资料，一是冰心，一是蔡其矫。单独冰心档案没有找到，蔡其矫的倒是找到了一个档案袋，那是他调至福建之前在中央文学讲习所的档案，内有审查报告、处分决定、自我检讨等，《我的交代与检讨》《学习与写作年表》等，都是从这里寻得的。

经过近两年的寻找，也算是尽力了，加上我之前的积累，诗歌的成绩最为明显。全部诗歌编目 1299 首，其中"回廊"收入 582 首，已刊未入"回廊"的约 207 首，未面世之作达 510 首，也就是说，未刊诗歌占了蔡其矫全部诗作的五分之二。

2018 年 1 月 15 日于根叶绿营
2018 年 2 月 2 日修改

蔡其矫简明年表

金 慧 编

1918 年 1 岁

戊午年农历十一月初九（12 月 11 日），出生于福建省晋江市紫帽镇园坂村。父亲蔡钟泗，母亲陈宽娘。

1924 年 7 岁

入乡村书塾，读《三字经》和《千家诗》，一直到作对仗。

1926 年 9 岁

因福建军阀混战，随全家迁居印尼泗水，入泗水振文小学三年级读书。

1929 年 12 岁

独自乘船回国求学，插班于厦门鼓浪屿福民小学高小二年（即现在的六年级）。

1930 年 13 岁

春，转到泉州教会学校培元小学读书，过寄宿生活。

秋，升入泉州培元中学，与学友一起吟诵唐诗，临摹水彩画，读农村题材小说。

1932 年　15 岁

"一·二八"淞沪抗战爆发后，参加泉州学生自发组织到南安的丰州和惠安的小岞做抗日宣传。

红军短期攻占漳州时，在同班同学司马文森主办的壁报《激流》上首次发表短文，写海上遇难，受挂红旗舰艇搭救，现已失佚。

1933 年　16 岁

继续在泉州培元中学读书。

冬天"福建事变"，开始忧虑社会，读王统照的《山雨》、茅盾的《春蚕》等。

1934 年　17 岁

夏，反对泉州培元中学会考集体罢课，恰逢上海泉漳中学复校来泉州招生，便到上海，参加入学考试得第二名，获奖金到杭州旅行。

1935 年　18 岁

秋，转学到专收华侨学生的上海暨南大学附中。

冬，参加上海的"一二·九"学生运动。

1936 年　19 岁

春节，和一些同学到上海曹家渡工人区作救亡宣传，受暗探毒打，几名暨大学生和一名附中学生被捕，接着发动工人群众包围曹家渡警察局，解救被捕者，捉区长游街。后 41 位暨南大学学生及 4 位附中学生（刘振东、肖师颖、王孙静、蔡其矫），在一家别墅里秘密成立地下救国会，开展各种活动。

秋，暨南大学学生成立"世界语学会"，附中学生成立"文学研究会"。蔡其矫负责出版附中的壁报《激流》，并发表抗日运动的特写，有一篇在《暨南学报》上转载。

10 月，鲁迅逝世，到上海万国殡仪馆的鲁迅遗体前吊唁。《中流》文学杂志有图片留影。

1937 年　20 岁

夏，高中毕业，回福建会见从印度尼西亚返乡的家人。

7 月后，因"七七"抗战和"八一三"战事回沪受阻，在园坂小学短期教英语和图画课。

11 月，受命带家人返回印度尼西亚泗水，3 个月后取得回中国护照。

1938 年　21 岁

1 月，假称途经新加坡、缅甸，前往云南大学求学，实经新加坡到仰光、香港、汉口、南昌，集合肖枫、王孙静等朋友，几经辗转于 5 月到达延安。

6 月，入延安抗日军政大学并参加开学典礼。旋被调往陕北公学 25 队华侨训练班。

7 月，海外工作团组成，被举荐为秘书，到汉口出国未成，改派到河南确山竹沟镇新四军第四支队留守处宣教组。

夏天，染上疟疾，被作为病号送回延安。

11 月，重回延安，考入鲁迅艺术学院文学系第二期学习。

1939 年　22 岁

春节，在下乡期间写散文。

3 月，在鲁迅艺术学院文学系的群众性文学团体"路社"负责研究部，出版墙报《路》。

6 月，毕业后被分配到鲁迅艺术文学院教务处实习科工作，管理学院实习活动。

7月，参加由延安陕北公学、鲁迅艺术学院、延安工人学校、安吴堡战时青年训练班等四校联合成立的华北联合大学，开赴敌后抗日前线，行军三千里，前后用时三个多月。

10月，到达河北阜平花沟。又遇日军奔袭，在风雪中转移，写散文《过曼山》，现已失佚。

1940年　23岁

1月，加入中国共产党。

本月，在华北联合大学文学系当教员，讲"作家与作品研究"。

秋冬，写纪事诗《百团大战》《狼牙山》和风俗诗《白马》，均无存稿。

1941年　24岁

秋，在"反扫荡"中，带领华北联合大学文艺学院的病号队在井陉山沟里流转了两个多月。

初冬，回华北联合大学，写叙事诗《乡土》和《哀葬》，分别获晋察冀边区文联举办的鲁迅诗歌奖第一名和第二名。

1942年　25岁

3月，与华北联合大学美术系女生徐竞辞相识。

7月，从华北联合大学文艺学院院长沙可夫处，借到他从苏联带回的由莫斯科外文出版社出版的英文版惠特曼《草叶集》。

本年，写《肉搏》，刊登于邵子南主编的油印刊物《诗建设》上。延至1953年在《解放军文艺》用铅字印刷。其后常被考生和演员朗诵。

本年，为征歌写《子弟兵战歌》，由蔡其矫作词、鲁肃谱曲，获征歌第三名，成为军歌之一，在部队中传唱。

本年，写《雁翎队》《生活的歌》《挽歌》《欢乐的歌万岁》。

1943 年　26 岁

1 月，为成立两周年的边区纪念演出写活报剧歌词，稿失佚，序歌《风雪之夜》存留，后收在《回声集》中。

夏，《在延安文艺座谈会上的讲话》传到晋察冀边区，进行整风。蔡其矫思想有抵触，默不发言。

7 月，被下放到河北涞源县委机关当通讯干事，与徐竞辞同行，两人相爱，后结婚。

秋，在"反扫荡"中多次遇险，写特写《李成山》和《走马驿》，后失佚。

本年，写《夜歌》。

1944 年　27 岁

11 月，被召到晋察冀边区北方分局党校参加整风审干。

1945 年　28 岁

春，调到晋察冀军区联络部英文训练班，准备配合盟军登陆。

8 月，日本投降，调到军区作战处当军事报道参谋，管发战报。后进入苏联红军攻取的张家口，战报改归新华社播发。后又调到晋察冀画报社当文字编辑。

初冬，作为随军记者，赴绥远（呼和浩特）前线攻打傅作义部队。根据途中经历，后写《兵车在急雨中前进》和《湖光照眼的苏木海边》。

1946 年　29 岁

4 月，华北联合大学在张家口复办，回文学系当教员。

7 月，大儿子蔡阿端出生。

本年夏秋始至 1947 年春，参加三次"土改"。第一次，在怀来与丁玲同队；第二次，在蔚县与贺敬之同组；第三次，在获鹿与陈企霞同区。

本年，《张家口》《炮队》等系列诗发表于《北方文化》报刊上。

本年，写《腰鼓》《歌唱领袖》等。

1947 年　30 岁

春节，带学生到赵县农村做扩军工作。随后，到滹沱河筑堤，在学校驻地李家庄耕地、种谷、交公粮。

秋，率华北联合大学文学系 10 名学生组成的记者团，参加大清河北打王凤岗的战役。

本年，写《一九四七年》《人民解放军在前进》。

1948 年　31 岁

秋，奉调到平山东黄泥中共中央社会部，三大战役后，任该部一室一科军政组长，编写接收北平、南京、上海三大城市的概况。

1949 年　32 岁

4 月，随中共中央进入北平。

6 月，二儿子蔡汉城出生。

10 月，中华人民共和国中央人民政府成立后，任中央人民政府情报总署东南亚科长，为出国大使编写东南亚各国概况。

1950 年　33 岁

1 月，奉命到香港，为中央情报总署建立外国书报收购转运站。

1951 年 34 岁

3 月，三儿子蔡三强出生。

本年，在"三反"运动中当"打虎队长"得罪了情报总署办公室主任戈矛，后受到不公正的处分。

1952 年 35 岁

秋，奉调到中央文学研究所（后改为中央文学讲习所）当教员，主持部分外国文学讲座。

8 月，女儿蔡军出生。

1953 年 36 岁

3 月，斯大林逝世，在北京参加到苏联大使馆的吊唁和天安门前的全市追悼会。后写《在悲痛的日子里》，发表于《人民文学》1953 年 4 月号。

5—6 月，写《风景素描》组诗（包括《早晨看太湖》《西湖的黄昏》《玄武湖上的春天》《金刚不怒目》）。

10 月，写《小轮船》《近故乡》。

11 月，写《海岸》《观察哨上的夜》。

冬，到海军东海舰队的舟山基地和厦门基地，考察观通站、炮艇和海岸炮，写了《风和水兵》等系列海洋诗。

本年，回到福建，受厦门市文联邀请，在鼓浪屿三一堂举办一次讲座。

本年，写《春风》《邱少云》《种子》《罗森堡夫妇》《绝句二首》《冬末》《无题》《船队》《水兵歌》等。

1954 年 37 岁

1 月，写《三江口雾夜》。

2 月，中央文学研究所改称中国作家协会文学讲习所，任教研室主任。

3 月，写《舟山早春》。

春，继续在浙江舟山群岛旅行，写《夜泊》等诗。后到福建厦门海军舰队和基地，写《海上歌声》《蓝衣的炮兵》等诗。

《海上》组诗（包括《早晨》《沈家门渔港》《夜泊》《远望》）发表于《人民文学》1954 年 8 月号。

本年，在北京中央文学讲习所译惠特曼的诗。

本年，写《船队出发》《远望》《岸上的钟声》《富春江上》《大胆》《共产党员》《河边》《海的思念》《航海者的歌》《雾夜》《想念》《星期六晚上》《雨天》等。

1955 年　38 岁

4 月，到东北师大和东北人民大学讲惠特曼三次课，并与公木到鞍山、抚顺、沈阳等地游览写作。后写《钢铁的烟》《小白桦树》《不夜城》《沈阳的夜》《长春的风》。

5 月，与学生胡昭赴小兴安岭住一个月。后写《密林烟雨》《人参鸟》《赠延边姑娘》。

《海上歌声》发表于《人民文学》1955 年 5 月号。

6 月，在中国作家协会文学讲习所写诗集《回声集》后记。

7 月，惠特曼《草叶集》出版一百周年，在中国作家协会文学讲习所讲惠特曼的生平和创作，并自译惠特曼的诗作教材。

本年，开始尝试把中国古典诗词翻译成现代诗歌。

本年，写《干部履历表》。

本年，在辽西创作《女儿河》，在鞍山创作《烟》《千山松涛》《颂女操纵手》《钢水与渣滓》《选矿厂》，在大孤山创作《露天铁矿》，在哈尔滨创作《头颅》，在伊春创作《给一个林业工作者》等。

1956 年　39 岁

3月，参加全国青年文学创作者会议。会后，带全国青年作家代表团（主要是少数民族成员）30 余人赴东北参观，约半个月之久。

诗评《读严阵的诗》发表于《人民文学》1956 年第 03 期。

6月，诗集《回声集》由作家出版社出版。写《塘沽新港》。

8月，带两个海军学生从厦门到广州南海舰队考察，经万山群岛、湛江、榆林港，一直独自到西沙群岛的永兴岛，写《西沙群岛之歌》和《大海》，后被香港大学采刈社选入《中国新诗1918—1969》。

9月，写《三都澳》《夜航》《炮台》。

10月，集美海堤建成，来厦门创作《海峡长堤》，后选入福建省中学课本。

本月，写《前哨》《东庠岛远望》

11月，写《南曲》《南曲（又一章）》《郑成功水操台》《你和海》《厦门之歌》《埃及》《匈牙利》。

12月，《夜航及其他》（《夜航》《炮台》《船家姑娘》《台风中的巡逻队》《福州》）发表于《人民文学》12 月号。

本月，写《桂林》《漓江》《阳朔》。

本年，创作倾向聂鲁达，同时对唐诗宋词进行今译，仿绝句、律诗和词的结构，写了《玄武湖上的春天》《太湖的早晨》《夜泊》《福州》《莺歌海月夜》等诗，同时注意到福建故乡的风情民俗，写了《榕树》《南曲》《红甲吹》等诗。

本年，写《赠延边姑娘》《船家女儿》《鼓浪屿》《福州西湖》《海鸥》《赠张顺华》《少先队日》《海上民兵队》《渡海夜战》等。

1957 年　40 岁

1 月，写《阵地与花园》《观察哨》《椰子树》《无风的中午》《莺歌海月夜》。

2 月，在广州中山大学给广州市 8 所大专院校寒假留校学生所组织的诗歌朗读会上演讲。在万山群岛写《红豆》。在广州写长诗《大海》。

本月，写《榆林港之歌》《灯塔管理员》《悬崖》《海岛姑娘》《南海上一棵相思树》《大风中的海》。

方屿（徐迟）《评〈回声集〉》发表于《诗刊》1957 年 2 月号。《匈牙利》发表于《处女地》1957 年 2 月号。《桂林》发表于《诗刊》1957 年 2 月号。

3 月，《海峡长堤》发表于《人民文学》1957 年 3 月号。

4 月，从西沙群岛回北京，遇到"反右派"斗争，中断北海舰队之行。写《西沙群岛散歌》。

5 月，《大海》发表于《诗刊》1957 年 5 月号。《无风的中午》发表于《解放军文艺》5 月号。

6 月，在北京写《时代》。

本月，《西沙群岛散歌》发表于《人民日报》1957 年 6 月10 日。《红豆》发表于《星星》诗刊 1957 年 6 月号。《榆林港之歌》发表于《解放军文艺》1957 年 6 月号。

本月，在中国作家协会文学讲习所写《回声续集》后记。

7 月，在北京写《我们的春天》。

8 月，在北京竹竿巷寓所写《涛声集》后记。写《西沙群岛

之歌》

本月，《故乡集》（《南曲》《南曲（又一章）》《榕树》《郑成功水操台》）等发表于《人民文学》1957 年 8 月号。《我们的春天》发表于《文艺报》1957 年第 18 期。

9 月，在中国作家协会召开的"反右"批判会上，受到批判。

10 月，中国作家协会文学讲习所被撤销。中国作家协会批准蔡其矫为专业作家。

《岛花》发表于《羊城晚报》1957 年 10 月 10 日。

11 月，诗集《涛声集》由上海新文艺出版社出版。

本月，写《把心交给他带去》《人类的新太阳》，《人类的新太阳》发表于《教师报》1957 年 11 月 7 日。

12 月，到专管长江流域九省水利建设的武汉长江规划办公室，任政治部宣传部部长，并乘小火轮溯汉水到襄阳考察群众的水利建设。写《雾中汉水》。

本月，写随笔《迎着汉江的流水》。

本月，写《告别北京》。

本年，写《学习与写作年表》《莺哥海月夜》《南海上一棵相思树》等。

1958 年　41 岁

元旦，到襄阳地委。后写《农村水利建设山歌》十首。

1 月，深入考察襄阳、当阳、江陵、宜昌、南津关等地风俗民情，写《川江号子》《汉水谣》《宜昌》等诗。

本月，诗集《回声续集》由作家出版社出版。写《汉水谣》《大风中的汉水》《隆中》《官山河》《襄阳歌》。

《襄阳歌》发表于《人民日报》1月14日。

2月，写《丹江口》《最衷心的愿望》。

本月，《长江水利工作者的愿望》发表于《诗刊》1958年2月号。《雾中汉水》《汉滨女儿》发表于《长江文艺》2月号。

3月，乘轮船到四川，在沱江和嘉陵江的勘探工地住到夏天。后写《司钻的自豪》《新来的女钻工》《水文工作者的幻想》等。

本月，《会议地》发表于《人民日报》1958年3月20日。

4月，《水利建设山歌十首》发表于《人民文学》4月号。

5月，《川江号子》《宜昌》《水文工作者的幻想》发表于《收获》第3期。

陈骢《"改了洋腔唱土调"》发表于《诗刊》5月号。

7月，被召回北京，参加批判公木的大会。

本月，萧翔发表《什么样的思想感情——对蔡其矫的〈川江号子〉〈宜昌〉等诗的意见》，载《诗刊》7月号。

9月，根据组织的要求，写《我的交代和检讨》，并且打印后装订成册。

本月，袁水拍《诗歌中的现实主义和浪漫主义的结合》发表于《文艺报》第9期。

10月，由中国作家协会党总支报请，经中共中央宣传部机关委员会批复，撤销蔡其矫党内外一切职务。

本月，吕恢文《蔡其矫反现实主义的创作倾向》载《诗刊》10月号。陈骢《不能走那条路》载《文艺报》（半月刊）第20期。

12月，申请回老家福建，到福建省文联当专业作家。

本年，写《长江大桥》《测量队员的爱情》《地质测绘员》《海上孩子的思念》等。

1959 年　42 岁

1 月，动员福建师范学院（今福建师范大学）中文系 400 多名师生赴全省 60 余县收集民歌，后由蔡其矫编成一册《福建民歌》精装本。

春，到厦门前线公社，生活了半年，写了大量民歌。

4 月，写随笔《前线春天》。

春夏之间，与作家马宁一起为暂迁在集美的厦门大学中文系学生谈创作。

6 月，写《台湾海峡之歌》。

夏天，到闽西老革命根据地，后写《长汀》《宁化》《才溪》，纪念瞿秋白等先烈。

9 月，写《建国十周年》。

10 月，写《天安门广场》。

12 月，写《崇尚的事业》。

冬，特写《爱国心——记全国群英大会福建仙游糖厂先进小组代表归侨邓亚朝》刊载于中国新闻社供外稿 1959 年冬；特写《蒋布阶——访问群英会上一英雄》刊载于《光明日报》1969 年冬；特写《前沿人》刊载于《中国青年报》1959 年冬。

本年，写《清明节》等。

1960 年　43 岁

2 月，萧翔《蔡其矫的诗歌创作倾向——评〈回声集〉〈涛声集〉和〈回声续集〉》发表于《诗刊》2 月号。

本月，写《古田溪》《福州迎春》《南平》《三明好》。

秋，到闽江水电局当文教处副处长，后写了大量民歌体的工地鼓动诗。

10 月，写《排架》《水仙花》《工地早晨》。

11 月，写《渡口》《穿山斩水人》《穆桂英突击队》《工地鼓动诗》。

年底，因患水肿病回北京休养。

1961 年　　44 岁

1 月，到湖南韶山，后写《韶山之歌》。

6 月，写《长汀》，发表于《热风》1961 年第 5 期。

8 月，写《季托夫的歌》，发表于《福建日报》1961 年 8 月 9 日。

本月，参加福建省文艺工作座谈会，在会上与原福州市文化局艺术科女科长相识。

夏，回福建，到龙海看望朋友，渡九龙江时遇见雨后双虹，后写《双虹》。

国庆前夕，在福州写《佳节》，发表于《福建日报》1961 年 9 月 30 日。

10 月，鲁迅逝世 25 周年，写《诗人鲁迅》并在纪念会上朗诵。

11 月，到仙游县游九鲤湖。

12 月，写长诗《九鲤湖瀑布》。

本年，写《双虹》《水仙花》《玉兰花树》《三伏的风》《孔雀冠》等。

1962 年　　45 岁

1 月，纪念郑成功进军台湾 300 周年，写诗剧《郑成功》序幕，并在纪念会上朗诵。

2月，《九鲤湖瀑布》发表于《诗刊》2月号。写《咏新春》。

8月，写《双星》《海浴坊》《为什么叫鼓浪屿》。

9月，写《月光会》《泉州绝句四首》。

11月，在北京写《在决定性的时刻》。

本年，写《南音清唱》《波浪》《闽江》《才溪》《侨乡的歌》《忆念》等。

1963年　46岁

3月，斯大林逝世十周年，写《十年》。

6月，因与福州市文化局艺术科女科长的情感关系，被其丈夫（时任福建某部队直属政治部主任）控告。

10月，写《无题两首》《赠人》。

11月，写《一朵小花》。

本年，写《无题》《孤独》《我要》。开始翻译聂鲁达三首长诗：《马楚·比楚高峰》《让那劈木做栅栏的醒来》和《流亡者》。

1964年　47岁

1月，写《一瞥》。

2月，写《为了春天永不逝》《无题（夜已经十分深沉）》《思考》《相知的歌》《为一人，也为大家》《祝贺》。

3月，写《与春结伴的歌》《信心》《致永恒的春天》《泪珠》《风和山谷里的春天》《梨园戏》。

4月，因"破坏军婚"被判有期徒刑两年，开除党籍，取消中国作家协会会员资格，关进福州西门看守所。（1985年6月

25 日，福建省高级人民法院发文撤销原判，改判"免于刑事处分"，并标明本判决为"终审判决"。）

本月，写《在清晨》《在夜晚》。

6 月，写《看昙花》《海上乔木的颂歌》。

7 月，写《鼓山》《福州》。

9 月，写《南方来信》。

10 月，写《非洲》《秋阳》。

11 月，写《立冬》。

本年，写《红甲吹》《夜》《感激》《赠别》《二月》《东西塔的歌》《1932 年的园坂》等。

1965 年　48 岁

3 月，写《久雨初晴》《春雷》。

本月底，申诉失败，由西门看守所转入福州闽江边的白沙劳改农场进行劳动改造。

1964 年 9 月 20 日—1965 年 5 月 16 日，狱中写日记，记录225 天的思想与情感。

1966 年　49 岁

1 月，提前释放，回福建省文联。

2 月，写《无题（仿佛是活的象牙）》。

3 月，写《斜坡上》《探照灯下》《月路》。下旬，回北京探亲。

5 月，回福州。

6 月，被"革命群众"批斗。

8 月下旬，被"造反派"抄家，收走 30 多本笔记本，定为"三反分子"，被批斗。

本年，写《无题三首》《雾雨的晚上》《遗失》《梦中得》等。

1967 年　50 岁

4月，写《遗失的节日》。

9月，军宣队进驻文化局，与马宁、郭风等人一起被关进福建省文联"牛棚"。

本月，福建省文联《批判文艺黑线》编写组编辑出版了两辑《蔡其矫三反罪行》，借蔡其矫已发表诗歌和笔记本中未发表的诗歌抨击其"反革命"罪状。第一辑目录包括前言、蔡其矫部分黑诗示众（已发表的）、蔡其矫已发表作品目录三部分。其中蔡其矫部分黑诗示众包括：一、恶毒歪曲伟大领袖毛主席的形象（一首）；二、攻击斯大林（一首）；三、贩卖和平主义黑货（七首）；四、宣扬资产阶级人道主义、人性论（四首）；五、严重丑化工农兵（九首）；六、借题发挥、发泄反党反社会主义的思想感情（六首）；七、歌颂封、资、修文艺，对抗毛主席的革命文艺路线（二首）；八、美化叛徒瞿秋白（一首）；九、腐朽下流的色情诗（十四首）。第二辑目录包括前言、蔡其矫部分黑诗示众（未发表的）、蔡其矫反动言论摘录、蔡其矫在无产阶级"文化大革命"中的罪恶活动。其中蔡其矫黑诗示众包括：一、疯狂地反对我们的伟大领袖毛主席（三首）；二、恶毒地攻击三面红旗（一首）；三、对无产阶级专政和社会主义的仇恨（二十一首）；四、宣扬卖国主义（一首）；五、反动腐朽的资产阶级色情诗（十四首）。

本年，写《寂寞》等。

1968 年　51 岁

在"牛棚"里，翻译司空图《诗品》为现代体。

本年，写《"文革"点滴》等。

1969 年　52 岁

被押送到福建建阳县麻沙农场批斗，后又被转移到福州的福建医学院"牛棚"中继续批斗。

5 月，写《长虹》《萤火虫》。

夏，因母亲陈宽娘在北京逝世，以戴罪之身，回北京奔丧，后被押回福州。

本年，写《新叶》《山雨》等。

1970 年　53 岁

3 月，写《交代我在"文化大革命"中的罪行》。

8 月，结束"牛棚"生活，与陈中、朱维干等被流放到福建省永安县坂尾果林场劳动。

本年，写《所思》《梦》《希望》《赶路》等。

1971 年　54 岁

仍在福建省永安县坂尾果林场劳动。

热情地为永安地区一些好学的文学青年，如林茂春等看稿、改稿。

本年，写《红灯记》等。

1972 年　55 岁

1 月，于厦门前线写《悼陈毅》。

9 月，写《收获和体会》。

年底，冤案平反，补放工资 5000 多元，恰逢三儿子蔡三强由北京来永安坂尾果林场探访，陪其游览几处古迹，并由其将补发工资藏入衣服的夹层里带回北京。

仍在永安县坂尾果林场劳动，负责食堂账务。

本年，写《紫云洞山》等。

1973 年　56 岁

1 月，恢复公开写诗，此后到处漫游，结交青年朋友。

本月，写《深山雪里梅》。

3 月，写《致朋友们》。

4 月，写《洪水》。

5 月，在永安写《赠梅花女友》。

7 月，写《无题（一群年青的爱叫的候鸟）》《无题（最近，月下又有花）》。

夏，从果林场先回晋江园坂老家，再去厦门鼓浪屿，探望诗友黄碧沛以及曾经短暂就读过的福民小学。

8 月，回北京探亲。后遇黄永玉，得知艾青从新疆回北京医眼病的消息后去探望。

12 月，写《霜朝》。

本月，《西沙群岛之歌》和《大海》被选入《中国新诗1918—1969 选集》，由香港大学采刈社编，波文书局于 1973 年出版。

本月底，与曾阅、朱维干游永安桃源洞、百丈崖。

本年，写《落日》《屠夫》《万石岩所思》《秋天的乌桕树》《地上的光明》等。

1974 年　58 岁

1 月，获假回老家晋江园坂过年。

9 月，写《病柑橘》。

10 月，写《百丈崖》《重阳》。

12 月，写《知青队之歌》。

本年，写《时间的脚步》《女生二重唱》《思念》《致——》《也许》《甘乳岩》《地下瀑布》《桔林》《木排上》等诗。

1975 年　58 岁

1 月，写《霜风》《夕阳·落叶·火炬》。

春，回晋江园坂老家过春节，后与知青一起徒步游玩福建省将乐县的玉华洞。

2 月，写《给新认识的朋友》。

3 月，到厦门鼓浪屿，与黄碧沛、舒婷、陈仲义、练美嘉等文学青年同游万石岩。至此，与舒婷的第一次会面后，频繁通信，诗歌唱和。

本月，写《山尾水库》。

4 月，父亲蔡钟泗逝世，到北京奔丧。

5 月，在北京，再次探望从新疆回京治眼病的艾青，后与北岛相识于艾青家中。

本月，写《欢娱不久留》。

夏，游览黄山旅途中，写《临安途中》《屯溪》《人字瀑下的小竹楼》《音乐鸟》《迎客松》《西海晚霞》《黄山杜鹃花》《天女花》《天都峰上》《我终于住上了竹楼》《淳安》《新安江上》《高山的海》给故乡友人。

12 月，写《母亲》。

本年，写《祈求》《玉华洞》《生命》《崇武半岛》《寄——》《南方的雪》《伤感》《劝》《你相信吗》《答》等诗。

1976 年　59 岁

1 月，写纪念周恩来的长诗《人民泪洒大地》。

3 月，写《紫帽山》《无题（你悲郁的双眉）》《无题（对不可能事物的强求）》《无题（此刻我感到你的目光）》《谁知道》《紫帽山》。

4 月，"天安门事件"爆发后，在福建写《丙辰清明》。

本月，写《无题（在雾色苍茫中）》。

6 月，写《端午》，《丙辰清明》完稿。

8 月，《祈求》《十月》《二十年》《诗》《请求》《迎风》《端午》《怀念山城》《爱情与自由》《迷信》，发表于民刊《四五论坛》第 11 期。

9 月，蔡其矫回北京。写《八一湖》。

10 月，写《林中秋兰》。

11 月，写《山城墟市》。

12 月，到福建省长乐县，写《迎风》《无题（二十年前 仿佛有过）》。

本年，写《断章》《桃源洞》《怀念山城》《迷信》等。

1977 年　60 岁

1 月，写《无题（当魔术家）》《一月八日在山城》《偶感》《一年》《怒火燃烧》《百年桂树》《火把》《年初》《早春》《无题（恐惧正在消亡）》。

2 月，写《个人迷信宣传家》。

3 月，到厦门，与舒婷在鼓浪屿散步、闲谈。谈到对女性的想法，舒婷当晚写《橡树》（发表时加一字为《致橡树》），后蔡其矫写《木棉》唱和。

4月，结束七年流放生涯，从永安县坂尾果林场迁回晋江园坂老家居住，一直住到 1985 年 5 月，

夏，在北京与北岛、芒克等青年诗人到郊外樱桃沟游玩并合影，后写《雨后樱桃沟》。

9月，写《不请自来的声音》《心和眼睛》《无题（世界上最荒谬的）》。

10月，写《一愿》。与舒婷、北岛到八达岭长城游玩、合影留念。后在北京玉渊潭八一湖畔参加《今天》编辑部组织的第二次诗歌朗诵会。

本年，写《木棉》《回赠》《赠人》《悼郭小川》《绿》《赞美》等。

1978 年　61 岁

2月，写《愚弄》。

3月，写《禁地》。

春，应舒婷要求，到厦门与一些文学青年郊游，并合影于厦门万石山植物园。

4月，写《古船歌》。

5月，在北京与艾青同看日本画家东山魁夷画展，后写同题诗《东山魁夷风景画》。

6月，在北京会见由旅居香港作家陶然介绍的聂华苓和保罗·安格尔，然后由蔡其矫带聂华苓和安格尔与艾青会面。

10月，复出诗坛公开发表的第一首诗——《闽江》发表于《诗刊》10月号。

本月，《常林钻石》发表于《安徽文艺》第 10 期。

12月，《东山魁夷风景画》发表于香港《新晚报》"风华版"

1978 年 12 月 3 日。

本月，以"乔加"笔名，在《今天》创刊号发表《风景画》《给——》《思念》。

本年，由林曼权、海枫、程海合著的《论延安时期产生的诗人蔡其矫》，载巴黎第 7 大学东亚出版中心 1978 年版《中国当代文学史稿》。又载巴黎第 7 大学东亚出版中心 1978 年版的《中国当代作家小传》中编写了《蔡其矫》条文。

本年，写《衙门》《北戴河》《常林钻石》《波隆贝斯库圆舞曲》《风中玫瑰》等。

1979 年　62 岁

1 月，在北京应邀参加由《诗刊》主办的第一届全国诗歌创作座谈会。

本月，《祈求》《迎风》发表于《作品》1 月号。

2 月，在海口写《南海阴暗的早晨》。

2 月至 3 月，全国诗歌座谈会结束后参加其组织的以艾青为团长的中国诗人海港访问团，赴广州、海南、湛江、上海等地参观采风。

3 月，写《船长》《橡胶林》《傅天琳》《戏赠韦丘》《黎族村庄》《天涯海角》《无题（椰子树上面的繁星）》《三叶树》《空中小姐》《锚地》《交通艇》《上海》。

《波浪》发表于《上海文学》3 月号；《东山魁夷风景画》发表于《安徽文艺》第 3 期；《波隆贝斯库圆舞曲》发表于香港《海洋文艺》第 3 期。

《丙辰清明》发表于《长春》4 月号。

方醒题为《读诗人蔡其矫新作的随想》一文发表于香港

《动向》月刊第 4 月号。

5 月，到北京应邀到中国作家协会文学讲习所讲课。

《橡胶林》（外一首）发表于《诗刊》5 月号。

6 月，诗论《自由诗向何处去》发表于《花城》第 2 期。

陶然《"海都给他写完了！"——漫写蔡其矫》，收入陶然文集《强者的力量》，由香港文学研究社于 1979 年 6 月出版。

7 月，《元宵》发表于香港《海洋文艺》1979 年第 7 期。

8 月，《祈求》发表于民刊《四五论坛》第 11 期。在广州写《远洋船队》。

9 月，在北京参加《今天》编辑部组织的百来人到云水洞、十渡郊游。

本月，《玉华洞》发表于《诗刊》9 月号。《〈诗品〉今译前言》发表于《榕树文学丛刊》第 1 辑。

秋，与艾青夫妇一同游海南岛。

本月，《司空图〈诗品〉蔡其矫今译》由河北人民出版社出版，收入"春光文艺丛书"。

本月底至 11 月中旬，在北京参加中国文学艺术工作者第四次全国代表大会。

12 月底，由蔡其矫和袁和平传达中国文学艺术界联合会第四次全国代表大会情况。次日晚上，举行诗歌朗诵会，蔡其矫朗诵《祈求》《波浪》等诗作。

本月，"中国现代文选丛书"之一《蔡其矫选集》，由香港文学社出版。新增未曾发表的《东北大风》《暴风雪》《大雾！大雾！》等三篇随笔和诗歌《那一天》。

本年，写《指挥》《槐花雨》《开辟新航线》《荒原》《珍珠》

《排练厅》等。

1980 年　63 岁

元旦，在三明地区文艺界创作座谈会上作"关于中国新诗历程"的报告。后到武夷山旅行，写《西北风》《给一个建设者》《上访者》。

1月，应邀参加晋江文艺界新春茶话会，并朗诵《波浪》《祈求》等作品。

《司空图〈诗品〉选译》（《绮丽》《含蓄》《悲慨》《形容》四则）发表于《诗刊》1月号。

2月，写《寒流》《泛舟》《哦，民主》《桃园洞口》《独坐岩上》《名茶大红袍》。

《沉船》发表于《上海文学》2月号。

3月，到闽东旅行，写《有过》《武夷茶园》《飞天》《审判》《告密者》《凶手》《赠广播员》《海啊》《太姥山》。

5月，《夜泊》《双虹》《九鲤湖》收入诗刊社编《诗选》（1949—1979）第三册，由人民文学出版社出版。

梅子《反映时代，勇于创新——〈蔡其矫选集〉读后》，发表于香港《文汇报》1980年5月30日。

本月，彦火《蔡其矫诗歌的特色》一文收入彦火编著《中国当代作家风貌》一书，由香港昭明出版社于1980年5月出版。

6月，《希望五首》（《竹林里》《云海》《雨雾霞浦》《闽峡》《五更天》）发表于《诗刊》6月号。

7月，在北京应诗刊社邀请，参加第一届青春诗会，在会上发言并为学员讲外国现代诗。

9月，祝贺香港作家陈国华主办《地平线》杂志创刊两周年，写《祝〈地平线〉》一诗。

石君《其矫・云海・诗品》，发表于新加坡《星洲日报》1980年9月29日。

本月，彦火《速写抒情诗人蔡其矫》，发表于《草原》第9期。

10月，诗集《祈求》作为诗人丛书第一辑十二本之一，由江苏人民出版社出版。

12月，应晋江大专班校部邀请，为文科班讲座；应安海镇文学青年创作组邀请，参加其创作讨论会，后写《安海之夜》。隔天同游灵源山，后写《灵源山北望》；与众文学青年一起登宝盖山和姑嫂塔，后写《青春在宝盖山上》。到惠安县文化馆访问陆昭环，应邀在惠安讲课，其讲题为"读书与写作"。

本月，写《安海之夜》《惠安妇女》《小岞》《盐田》《石狮镇》《上屿》《金色的浮云》《红叶》。

本年，创作《六弦琴》《五更天》《燕江》《流浪歌女》《烽火鸟》《越南难民》《八大山人》等。

1981年　64岁

1月，写《元旦麒麟山》《乡村晚会》《心潮》《金光菊》《丹枫》《深沪湾》《相爱》。

2月，写《永宁卫》《永宁海岬》《扒蛤者》。

3月，为福建青年小说作者读书会演讲《读书与写作》。

本月，写《荔枝原》《漳州》《漳浦所见》。

本月，《黄山》发表于《安徽文学》3月号。周佩红《蔡其矫诗歌的语言特色》发表于《诗探索》1981年第03期。

4月，在晋江园坂写《生活的歌》自序。写《福建集》自序。

本月，写《闽东云淡门》《海滨茶园》《有声》《风和头发》《天鹅之死》。

演讲稿《读书与写作》发表于《福建文学》1981年4月号。

5月，写《虔诚》《闷罐车》《朝云》《年轻的星》《东冲半岛》《大风砂》。

本月，诗集《双虹》由上海文艺出版社出版。

组诗《大竹岚》以及蔡其矫所写序言发表于《上海文学》1981年6月号。

本月，《赠人两首》（《当你唱歌》《渔船的歌者》）发表于《星星》诗刊6月号。

本月，聂华苓《"发光的脸上仿佛有歌声"——抒情诗人蔡其矫》收入聂华苓著《爱荷华札记》，由香港三联书店于1981年6月出版。

《诗三首》（《距离》《等待》《你的眼睛》）发表于《诗刊》7月号。

8月，为陶然散文小说集《香港内外》写序。

本月，蔡其矫开始第一次独自远行3个月旅行：经河南、陕西、甘肃、青海，后独自入新疆直达伊犁和喀什。11月下旬回北京。

9月，《诗选〈生活的歌〉自序》发表于《诗刊》9月号。《夜》《怀想》《也许》入选《中国现代爱情诗》，由长江文艺出版社1981年9月出版。

本月，写《兰州近郊》《赠人在刘家峡》。

10月，写《石头的情人》《古丽加汗——世界的花》《阿拉玛里哨所》《乌鲁木齐的黄昏》《天池》《白杨沟》《流放中的诗人》《伊犁河》《界河》《卖牛奶的女孩》。

11月，写《爱国者》《传说香妃墓》《喀什的日蚀》。

本月，《夜》《谁知道》《请求》入选中国社会科学院文学研究所编《1980年新诗年编》，由江苏人民出版社出版。

梅子《简谈蔡其矫的〈祈求〉》发表于香港《文汇报》1981年11月20日。

12月，在北京为复办的中国作家协会文学讲习所第一期小说班讲苏联小说《这里的黎明静悄悄》。

吴其敏《蔡其矫的〈双虹〉》发表于香港《大公报》1981年12月5日。

本年，写诗论《你真的看不懂?》。写《距离》《汽笛》《玛依努》《敦煌莫高窟》《塔里木农垦大学》等。

1982年　65岁

1月，陶然的《诗的探索——评蔡其矫的诗》发表于《特区文学》1982年第1期。

本月，中国作家协会文学讲习所根据记录整理而印《〈被开垦的处女地〉对比技巧的运用》

2月，写《花灯》《你在哪里?》《自残在婚礼祝词》《开封相国寺》《禹王台》《宣传部长》《盆中榕》《洛阳古墓》。

本月，在园坂村写随笔《回忆森林和人》，后发表于《伊春》1982年3月总2期 。

3月，《西行六首》（即《玛依拉》《赛里木湖》《果子沟》《买牛奶的女孩》《流浪中的诗人》《伊犁河》）发表于《诗刊》

1982 年 3 月号。

本月，写《白马寺》《地下兵将》《河西走廊月夜》。

4 月，写《雨中牧野》《塔尔寺》《红杏商场》《山中宝石》《美在中学》《人工和自然》。

本月，在福建写随笔《抗日救亡运动中的暨大附中》，后收入《暨南校史资料选辑》第二辑。

本月，王光明的《兼收并蓄　不断创新——蔡其矫和他的诗点滴》发表于《榕花》1982 年第 2 期。

5 月，《西行六首》发表于美国的《北美日报》1982 年 5 月22 日。

《葛洲坝泄洪》发表于《湖北画报》5 月号。

6 月，参加纪念屈原诗人节，有专艇游三峡和屈原故里。会后，与徐迟、严辰游武当山和神农架。写《屈原在故乡》《昭君村》《神女峰》。

6 月，写《三游洞的长春藤》《屈原在故乡》《昭君村》《秭归之夜》《神女峰》本月，诗集《福建集》由福建人民出版社出版。

7 月，开始第二次独自长途旅行，从湖南、湖北、河南、山西，直至内蒙古西部。写《宁河小三峡》《白帝城》《奉节》《巫山》《鄂西山歌》《湖南张家界》《桃花源》《武当山》《少林寺》《杏花村》《晋祠彩塑》。

本月，诗集《生活的歌》由人民文学出版社出版。

8 月，写《翠鸟》《紫雾》《锦坡》《杨树林》《雨中山》《葵花田》《青蔴地》《杨树》《诃利蒂南》《胁侍菩萨》《右玉新歌》。

周佩红《绘画美和精神美的结合——蔡其矫》发表于上海

《文学报》1982 年 8 月 26 日。

9 月，周良沛的《风格问题——致蔡其矫》发表于香港《中报》月刊 1982 年 9 月号。

本月，项蓝《〈双虹〉是独创鲜见的抒情诗集》发表于香港《中报月刊》1982 年 9 月号。

10 月，奋飞的《关于诗的韵法、句法、章法及其他——记诗人蔡其矫在太原一席谈》发表于《山西文艺通讯》1982 年第 5 期。

11 月，在苏州写《寒山寺的忧伤》。

本月，诗集《生活的歌》获福建省作家协会主办的 1982 年诗歌优秀作品一等奖。

12 月，《三峡十四行三首》（《三游洞的长春藤》《白帝城》《巫山》）发表于《星星》诗刊 12 月号。

本年，谢冕、王光明《"海的子民"的歌吟》（上）发表于《榕树》文学丛刊 1982 年第 4 辑，《"海的子民"的歌吟》（下）《福建文学》1982 年 6 月号。

本年，创作《龙门石窟》《碑林》《青藏高原》《长江第一坝》《香溪》《山地雨》《火把》等。

1983 年　66 岁

1 月，《三峡十四行四首》（即《葛洲坝泄洪》《屈原在故乡》《昭君村》《神女峰》）发表于《诗刊》1983 年 1 月号。

本月，写《太阳的话》。

3 月，王永志的《最动人情是乡音——归侨诗人蔡其矫〈福建集〉读后》发表于《华声报》1983 年 3 月 20 日。

4 月，应《牡丹诗会》的邀请，参加洛阳牡丹诗会。写《牡丹十句三首》《花会有赠》《庐山》。

本月，译聂鲁达的《马楚·比楚高峰》《让那劈木做栅栏的醒来》《流亡者》被收入《聂鲁达诗选》，四川人民出版社出版。

本月，古剑的《春风已度玉门关——读蔡其矫的〈西行三首〉》发表于香港《新晚报》1983年4月24日。

5月，开始第三次长途旅行，走访华北战争岁月的旧地。与夫人徐竞辞一起去河北涞源和阜平，后经太原晋祠往晋南平遥、永乐宫壁画，过黄河，上华山，游西安皇陵；再经黄陵到延安、延川；再从绥德过黄河，穿过山西回北京。

6月，写《过延川》。

9月，《中原》（外一首）发表于《诗刊》1983年9月号。

10月，王永志《大自然的歌者——访诗人蔡其矫》发表于《新光》第4期。

11月，《树》发表于《人民文学》11月号。

本月，长诗《伊犁河》被收入诗刊社编《1982年诗选》，由人民文学出版社出版。

本月，写《诗的诞生——为陈幼京诗集作序》，陈幼京诗集《春花秋叶》由宁夏人民出版社于1992年11月出版。

本年，写《二十岁》《凄凉》《寒枝》《庐山》《永乐宫壁画》《天都新路》。

1984年　67岁

1月，陈志铭《论蔡其矫的咏物诗》发表于《榕花》第1期。

2月，从北京到苏州太湖看梅花。然后到杭州，从云栖走十里山岗至灵隐。

本月，写随笔《闽南春饼》。

3月，写《赠游伴》《无题（生活曾是）》《勉一个失恋青年》《题人纪念册》。

4月，写《第二十八个四月二十八日》《香雪海》《小巷》。

5月，写《十里浪荡路》《杏子》《神农架问答》。

本月，《湖南张家界》发表于《诗刊》1984年5月号。

6月，写《山的呼唤》。

7月，给晋江第二部诗歌合集《飞花集》封面题签并写序，由晋江县文学工作者协会于1984年10月编辑出版。

《香雪海》发表于《上海文学》7月号。

8月，开始第四次独自长途旅行，从厦门到广州，乘汽车到南宁，经柳州到贵阳，看花溪和黄果树大瀑布，再坐汽车经六盘江到昆明，去大理游洱海，而后去丽江。从攀枝花入四川，登峨眉金顶，再去看乐山大佛，从东线到九寨沟。国庆前夕回北京。

8月，写《洱海月》《大理》。

10月，王永志《村庄——蔡其矫乡土诗漫笔之一》发表于《新光》第3、4期合刊。

本月，写《相遇》。

11月，写《琴键上的手》

12月，作为福建代表在北京出席中国作家协会第四次全国代表大会。

本月，诗集《迎风》由四川人民出版社出版。

本月，《山的呼唤》发表于《星星》诗刊1984年12月号。

本年，陈志铭《变无形为有形，化瞬间成永恒——浅评蔡其矫的几首音乐诗》发表于《延安文学》第 3 期。

本年，写《新境》《李叔同》《弘一大师》《霍童溪》《支提寺》等。

1985 年　68 岁

2 月，在北京参加中国作家协会创作研究室召开的在京部分诗人、诗歌评论家座谈会。本月，蔡其矫等 18 位诗人在中国作家协会第四次全国代表大会上的发言《为诗一呼》发表于《诗刊》2 月号。

本月，写《渴望之歌》。

本月，《李叔同》发表于《星星》诗刊 2 月号。《新境》发表于《中国》2 月号。

本月，王永志《乡音——蔡其矫乡土诗漫笔之二》发表于《新光》第 1 期。

3 月，《诗五首》（包括《赠游伴》《勉一个失恋青年》《题人纪念册》《杏子》《十里浪当路》）发表于《诗潮》第 2 期。

4 月，写《黄鹤归来》。

5 月，开始第五次独自长途旅行：由北京到合肥，沿着李白晚年足迹，游秋浦、九华山、宣城、马鞍山、当涂、黄山。然后从新安江上游乘船赴杭州，坐夜船走运河到苏州看园林，到常州看月季，经上海回福建。写《逍遥津》《包公河》《桃花潭踏歌》《采石矶》《秋浦歌》。

本月，接受青年诗人谢宜兴和刘伟雄的邀请，任民间诗刊《丑石》顾问，并题写"丑石"刊名。月底，住进福州市西洪路凤凰池刚竣工的福建省文联宿舍，至 2006 年。

本月，《过延川》发表于《诗刊》5 月号。

6月，写《独舞》《风雨黄山》《横江词》《宁静的水》。

7月，写《南国茉莉花》《醉石》《当涂太白墓》《谢朓楼》。

8月，写《忆黄山风雨欲来赠人》《周末》《突然出现》。

9月，在福建省文学院讲习班讲《创作的准备》。月底，当选为福建省作家协会副主席。

本月，写《倾诉》《芳邻》《漠风》《断章》《花溪无花》

10月，与泉州秋筱、蔡芳本等作家同来泉州文化馆曾阅处，后同游草庵寺，写《草庵寺》。

本月，写《我的检讨》。

11月，应联合国教科文组织菲律宾邀请，作为中国诗人代表，飞菲律宾参加第一届马尼拉国际诗歌节，并在诗歌节上朗诵《波浪》《距离》《川江号子》《雾中汉水》《祈求》等诗；诗歌节后，蔡其矫应菲律宾新潮文艺社的邀请，举办题为《变革中的中国新诗潮》专题讲座。

组诗《沿着李白晚年足迹》（包括《秋浦歌》《桃花潭踏歌》《醉石》《谢朓楼》《横江词》《采石矶》《当涂太白墓》）发表于《福建文学》1985年11月号。

本月，《南曲》《雾中汉水》《川江号子》《双虹》《祈求》《珍珠》《玉华洞》《距离》入选谢冕、杨匡汉主编的《中国新诗萃》，由人民文学出版社出版。

12月，《峭壁兰丛》《燕江》《伊犁河》被选入《中国新文艺大系》（1976—1982年）诗集，由中国文联出版公司出版。

本月，写《菲律宾四首》（《马尼拉》《菲律宾人》《他加洛歌声》《诗在舞蹈》）。

本年，写《白族姑娘》《剑川歌会》《君子兰》《青春在宝盖山上》《漳州云洞岩》《观海夜》等。

1986 年 69 岁

春节，到广州看花市。

2 月，写《美与开放》《顺德》《赠言》《花乡》。

本月，《香雪海》收入诗刊社编《1984 年诗选》，由人民文学出版社出版。

3 月，写《舞者》《迪斯科》《花市》。

4 月，到福建省湄州岛参加妈祖讨论会。写《赞美》。

本月，《漠风》发表于《诗刊》4 月号。

5 月，福建省作家协会在福州主持召开蔡其矫诗歌创作讨论会，会中并举行蔡其矫诗歌朗诵会。蔡其矫在开幕式上作《不被窒息就是幸运》的发言，又在朗诵会上作《我的诗观——蔡其矫诗歌朗诵会自序》的发言。

本月，写长诗《海神》。

6 月，写《福建农学院》《咏叹调》。

7 月，开始第六次长途旅行。从福州马尾港坐船到上海，再转船在长江航行 7 日到重庆。由成都飞拉萨，在西藏游走两个多月。走过前藏、后藏、东藏、藏南、藏北，从拉萨乘公共汽车到中尼边境看珠穆朗玛峰。9 月底，从拉萨飞回北京。写《长江七日》。

8 月，诗歌《女神》、组诗《海神》、诗论《不被窒息就是幸运》发表于《福建文学》8 月号。

蒋庆丰《一个孤独诗人的美丽黄昏——蔡其矫诗歌座谈会综述》发表于《诗歌报》1986 年 8 月 26 日。

9 月，诗集《醉石》由花城出版社出版。

　　10 月，蔡其矫的诗论《读李剪藕的诗断想》（二则）发表于《福建文学》10 月号。

　　本年，写《羊卓雍湖》《卓玛》《左旋柳》《藏北草原》《赛马会》《洛巴村》等。

1987 年　70 岁

　　1 月，《有感》发表于《诗刊》1 月号。

　　2 月，在福建省泉州市黎明大学作报告演讲。

　　3 月，写《在西藏》《拉萨》。

　　《倾诉》发表于《上海文学》3 月号。

　　4 月，写《答谢》。

　　5 月，率福建作家访问团一行 10 人到泰宁县参观访问，并深入与工人、农民、业余作者座谈。

　　《花市》发表于《诗刊》5 月号。

　　6 月，《蔡其矫三十首》（自选诗）发表于《诗选刊》6 月号，收入《肉搏》《夜泊》《船家女儿》《南曲》《榕树》《红豆》《雾中汉水》《波浪》《思念》《也许》《玉华洞》《祈求》《距离》等诗。

　　12 月，写《女体》《影子的笑》。

　　本月，《福建人物二首》（《严羽沧浪阁》《江淹梦笔山》）发表于《诗刊》12 月号。

　　本年，写《严羽沧浪阁》《冯梦龙》《梅林戏》《寿宁少年》《中印边境密林》《择当甜茶馆》等。

1988 年　71 岁

　　1 月，写《醒梦》《雨雾武夷》《武夷桃花源》《幔亭山房赠陈建霖》《导游》《美女峰》《藏戏》。

本月，随笔《我和我的朋友们奔赴延安》收入全国政协文史资料研究委员会华侨组编《峥嵘岁月——华侨青年回国参加抗战史实》，由中国文史出版社出版。

本月，《九石渡》发表于《江南》1988 年第 1 期。

2 月，写《海滩》《青春》《空山》《寄三亚》。

4 月，写《给冲浪者》《登山》《雨中》。

本月，写《〈七家诗选〉自叙》。

《长江七日》发表于《星星》诗刊 4 月号。

5 月，到广西北海市参加北部湾诗会。会后，独自去海南环岛旅行，走访苏东坡当年流放的足迹。

本月，《诗七首》（《醒梦》《楠木林》《洞宫山》《鸳鸯湖《龙虎山下》《回答》《一幅画》）发表于《人民文学》5 月号。《断章》发表于《绿风》第 3 期。

7 月，写《等待的心情》《年轻的神》《无题（我青春已逝）》。

7 月 29 日，中共福建省委组织部批复同意：蔡其矫同志参加工作时间从 1936 年 1 月参加上海暨大附中学生救国会算起。

9 月，在北京文联大楼参加《诗刊》编辑部组织的欢迎来大陆探亲的著名诗人洛夫、张默、管管、碧果等一行，这是海峡两岸诗人四十年的首次聚会。

《苏东坡南疆遗踪》（《朝云墓》《载酒堂》），发表于《星星》诗刊 10 月号。

本年，写《二十八曲》《苏轼暮年在桄榔庵》《炎方》《椰女》《朱熹在武夷山》《何朝宗的瓷塑观音》《新盈港》等。

1989 年 72 岁

1 月，写随笔《何朝宗和他的瓷塑观音》。写《朋友》。

2 月，写《小街》。

《洞箫》发表于《文汇》月刊 2 月号。

3 月，开始第七次独自长途旅行，从广州坐内河船到南宁。再经百色入云南的文山，经石林、楚雄、大理，到瑞丽，入缅甸边境城市南坎，返回经畹町、盈江、腾冲到保山。再车行到西双版纳，在瑞丽和西双版纳都住傣家竹楼半月，并乘小火轮溯澜沧江到橄榄坝。过完泼水节，才返程。

本月，写《护诗女神》《幻想》。

4 月，写《梨花坞》。

本月，《柳永》发表于《诗林》第 2 期。

5 月，《自画像》发表于《福建画报》第 3 期。

7 月，散文《何朝宗和他的瓷塑观音》发表于《散文世界》1989 年 7 月号。

夏，在厦门参加《福建文学》杂志社与厦门水警区举办的军地海洋笔会，在晚上的诗歌朗诵会上，诵读了《波浪》《祈求》。

10 月，在北京鲁迅文学院讲"论细节"专题，写《距离》的写诗经过。

本月，写《参加游行经过交代检查》。

11 月，组诗《马缨花》（《马缨花》《在芒市》《柚子花香》《邂逅》）发表于《诗刊》11 月号；《西双版纳之行》（六首）发表于《人民文学》11 月号；《无题二首》（《影子的笑》《女体》）发表于《上海文学》11 月号。

《蔡其矫诗四首》（《流浪在天涯》《苏轼暮年在桄榔庵》《临沧之夜》《勐仑植物园》）发表于《厦门文学》11、12月合刊。

12月，诗论《在大师足下仰望》发表于《世界文学》第6期。

本年，写《雅鲁藏布江》《德化双流瀑布》《大青树》《金茶花》《在芒市》《柚子花香》等

1990 年　73 岁

1月，写《送我一片燃烧的云》。

2月，写《暖风》《聆听回音》《偶然》《潮与汐》《一场梦未能进行》。

本月，俞兆平《中国当代意象诗的开拓者——评蔡其矫诗作的一个侧向》发表于《福建文学》第2期；后收入俞兆平文学评论集《批评的纵横》，鹭江出版社1996年8月版。

3月，写《卷浪的风》。

春，赴深圳、珠海，到海南岛中部少数民族地区考察。回程在广东的番禺、佛山、中山考察。

5月，写《黑圈》《阳光》。在南平，写《致女友（一）》《致女友（二）》。

6月，写《注视》《蔚蓝色的星》。

7月，写《百合花》。

夏、秋，继续在福建北部、东部、南部未到过的县市考察。

12月，《仙游菜溪岩》发表于《诗刊》12月号。

本月，《波浪》入选唐祈主编的《中国新诗名篇鉴赏辞典》，由四川辞书出版社出版。

本月，长诗《九鲤湖瀑布》《玉华洞》《海神》选入《福建

文学四十年·诗歌卷》，由海峡文艺出版社出版。

本月，散文《刺桐和东山岛》选入《福建文学四十年·散文卷》，由海峡文艺出版社出版。

本年，写《泼水节》《孤独一年》《闽江水口》《百合园》《颂母校培元》等。

1991 年　74 岁

1月中旬，由北京回福州。

2月，与牛汉共同主编的《东方金字塔——中国青年诗人十三家》，由安徽文艺出版社出版。

3月，开始第八次长途旅行考察，自扬州、南京至武汉、南昌、岳阳，为写作三大名楼（黄鹤楼、滕王阁、岳阳楼）实地搜集材料，然后去衡山。

本月，为江熙第二本诗集作序。

本月，《柳永》选入诗刊社编《1989 年诗选》，由人民文学出版社出版。

5月，到桂林参加由中国作家协会主持召开的全国诗歌座谈会。会后，继续旅行，经秦渠、长沙、武陵源，转赴四川德阳，结伴去宜宾的竹海。回程到西安，结伴去洛阳龙门。6月初，回北京。

组诗《人与自然》（《泼水节》《澜沧江》《百合园》《暴风雨中万木林》）发表于《人民文学》5月号。

6月，《霍童溪·支提山》发表于《诗刊》6月号。

8月，在北京参加艾青作品国际研讨会。

9月，在福建省霞浦县三沙渔港，主持召开福建第一次海洋诗会，恢复海洋诗的写作。会后与刘伟雄、伊路、田家鹏等游览霞浦杨家溪。

10 月，写《天鹅澜》《客家祖地石壁》《翠江之夜》《最后的温柔》《西际乡》。

本月，写《简介绿音诗》，后刊载于《星星诗刊》1992 年 2 月号。

本月，《南曲》《榕树》《候鸟》《弘一法师》《山的呼唤》选入王永志主编《归侨抒情诗选》，由中国华侨出版公司出版。

11 月，《肉搏》《雾中汉水》《双虹》《祈求》选入公木主编的《新诗鉴赏词典》，由上海辞书出版社出版。

12 月，《诗的扬州》发表于《黄河诗报》第 6 期。《最后的温柔》发表于《华声报》1991 年 12 月 31 日。

本年，为《泉州紫帽山》作序，由晋江紫帽镇人民政府编辑出版。

本年，写《暴风雨中万木林》《风雨黄鹤楼》《雾罩滕王阁》《烟波岳阳楼》《波动》《巨浪》《客家妹子》等。

1992 年　75 岁

1 月，元旦，接受青年诗人谢宜兴的邀请，参加他的婚礼并作证婚人。后到闽南石井镇参观郑成功纪念馆。

1 月，参加晋江文学工作者座谈会，会后与几位年轻作者到惠安罗阳镇。

诗论《语言的韵律、意象及智力的舞蹈》发表于《厦门文学》1 月号。

刘登翰《你雕塑历史，历史雕塑你》发表于《厦门文学》1992 年 1 月号。

2 月，写《探梅》《泛舟》。

春，在福建省三明市参加华东六地市报纸集会。会后，赴宁化考察客家文化。

4月，在福建省文学院讲课。写《百合园》的写诗经过。

评介伊路写海组诗的《女性的海》发表于《星星》诗刊4月号。

5月，由诗人刘伟雄和谢宜兴陪同，到福建霞浦县西洋岛采风。

本月，组诗《哦，三沙》（《波动》《巨浪》《防波堤上》）发表于《中国作家》第3期。

6月，写《醉海》《西洋岛》《沙埕港》。

7月，应邀参加在福建省东山岛举办的福建第二次海洋诗会。

本月，在北京为汤养宗诗集《水上吉普赛》写序《海洋诗人汤养宗》，《水上吉普赛》由海峡文艺出版社于1993年8月出版。

本月，《祈求》《波浪》《珍珠》《灯塔》《悲伤》《屠夫》《指挥》《排练厅》《请求》《双桅船》选入蓝棣之选编的《我常常享受一种孤独》，由北京师范大学出版社出版。

8月，《竹筏》发表于《当代诗坛》第13期。

9月，到内蒙古东部海拉尔，看呼伦贝尔草原，到黑河考察中苏边境贸易，经长春到大连，过渤海到蓬莱，坐长途汽车到济南，月底回北京。

10月，荣获中华人民共和国国务院颁发的特殊津贴及其证书。

《东山的海》（包括《贝壳线》《冲天浪》《雷鸣潮》《夜

涛》）发表于《人民文学》10 月号。

诗论《论细节》发表于《福建文学》1992 年 10 月号。

本月，诗集《倾诉》由漓江出版社出版。

本年，在福建省作家协会第四届会员代表大会上，受聘为福建省作家协会名誉主席。

本年，王永志《中国诗歌星空的独特星座——试论归侨诗人群体》，发表于《华侨大学学报》（哲学社会科学版）第 2、3 期合刊。

本年，写《乌龙茶》《炎夏海风》《悼亡》《海底红树林》《贝壳线》《冲天浪》《雷鸣潮》《夜涛》等。

1993 年　76 岁

1 月，到哈尔滨参加冰雪节诗会。后写《萧红》，在萧红纪念馆朗诵。会后，与夫人徐竞辞去海南住一个月，回程上泰山，到曲阜等处，3 月中旬回福州。

本月，为曾阅诗集《迷圈》写序，《迷圈》由中港文化出版公司于 1993 年 5 月出版。

本月，蔡其矫自选《肉搏》《南曲》《雾中汉水》《波浪》《风中玫瑰》《小泽征尔指挥》《海神》《在西藏》等 31 首诗作入选《世界名人录》中国诗人、作家作品丛书《七家诗选》，由中国友谊出版公司出版。此外，还有作者的自叙。

2 月，写《火山口》。

本月，牛汉的《浅谈飘逸——以诗人蔡其矫为证》发表于香港《大公报》1993 年 2 月 17 日。

本月，组诗《闽东海上》（包括《西洋岛》《沙埕港》《醉海》）发表于《诗刊》2 月号。

3月，写《冰雪节》《文昌东郊椰林》《灯塔旅馆》。

4月，陆昭环写蔡其矫的《紫帽山老人》发表于《泉州晚报》1993年4月2日。

本月，组诗《神州吟》（《呼伦贝尔草原》《黑龙江》《渤海》）发表于《星星》诗刊1993年4月号。

5月，为蔡白萍诗集《我是你的天使》写序，诗集《我是你的天使》由香港华星出版社于1993年出版。

散文《紫帽山旧梦》发表于《泉州晚报》1993年5月17日。

本月，陆昭环《蔡其矫与家山》发表于《泉州晚报》1993年5月17日。

6月，写《童话》。

7月，《萧红》发表于《诗刊》7月号。散文《我的童年》发表于《散文天地》第4期。

8月，在福建省福安市参加赛江诗会。

本月，为郭煌诗集《雪国红豆》作序——《诗的执着追求者》，诗集《雪国红豆》由春风文艺出版社于1996年出版。

本月，写《赛江的风》。

9月，在北京参加北京大学中国新诗研究中心与《诗探索》编辑部在文采阁举办的'93中国现代诗学讨论会。

本月，诗集《蔡其矫抒情诗》由香港现代出版社出版。

10月，《地北天南》（《冰雪节》《灯塔夜》《童话》）发表于《人民文学》1993年10月号。

《坤红的诗》发表于《星星》诗刊10月号。

本年，写《萧红》《写作》《美在武夷山》。

1994 年　77 岁

1 月，写诗评《漂泊者灵魂之歌》。

本月，在北京为杨国荣小说集《鹿节》作《序》，小说集《鹿节》后由海峡文艺出版社于 1996 年 5 月出版。

3 月，飞昆明计划看红河流域和中越边境的老街，因雨季走不成。转飞海口，在榆林港乘海军运水船，第二次到西沙的永兴岛住一个星期，拟去周围小岛和南沙未成。写《昆明》。

本月，在北京为许燕影诗集《轻握的温柔》写序，诗集《轻握的温柔》后由海南出版社于 1995 年 4 月出版。

本月，邱景华《生命的歌者——蔡其矫诗歌的欢乐意识》（上）发表于香港《华侨日报》1994 年 3 月 27 日。

4 月，邱景华《生命的歌者——蔡其矫诗歌的欢乐意识》（下）发表于香港《华侨日报》1993 年 4 月 10 日。

5 月底至 6 月初，在福建省石狮市参加福建省作家协会、石狮市人民政府、福建师范大学中文系文艺美学研究所联合举办的郭风作品研讨会。

7 月，王永志《当代中国诗坛的"西西弗"——归侨诗人蔡其矫的诗路历程》发表于《华声报》1994 年 7 月 29 日

9 月，应福建省第三届书市组委会邀请，到福建省漳州市签名售书。

10 月底，参加在北京团结湖公园内九月画廊院落中举办的中国新诗集版本回顾暨首届 90 年代诗集展览。

11 月，丁永淮《论蔡其矫的诗》发表于《文艺理论与批评》第 6 期。

随笔《邵武沧浪阁》刊载于《厦门晚报》1994 年 10 月

20 日。

12 月，在北京写诗评《评陆昭环的〈日记〉》。

本月，邱景华《苦难时代的欢乐美学——蔡其矫与巴乌斯托夫斯基》发表于《宁德师专学报》（哲学社会科学版）第 4 期。

本年，写《椰子节》《赴西沙》《想象》《抹黑天下游》《鹿回头之夜》《永兴岛》《二赴西沙》《遥望南沙》《东海滨城》《昆明》《廉村古文化》等。

1995 年　78 岁

2 月，《巨浪》（外一首《鼓手》）发表于香港《文汇报》1995 年 2 月 19 日。

组诗《西沙之行》（《赴西沙》《遥望南天》《永兴岛》）发表于《人民文学》2 月号。

4 月，应晋江市英林镇南英诗社诸同仁邀请，到英林镇参观，座谈。

蔡其矫《评陆昭环的〈日记〉》发表于《华侨大学报》1995 年 3 月 5 日。

5 月，在福州西禅寺接受福建电视台采访。

本月为海外华侨林若梅的外祖母写碑记《玲园记》。

本月，到闽西六县考察国道工程。后独自由福建省武平县入广东，在梅州、潮州、汕头、南澳岛各停留数日。

6 月，公木《干雷酸雨走飞虹》、朱先树点评《诉求》发表于《诗探索》1995 年第 2 辑。

8 月底，《晋江市歌》完稿。

9 月，与夫人徐竞辞飞印度尼西亚爪哇岛探亲，游览巴厘岛、火山和佛岗等。回程又在海南、武汉、南京逗留十来天。

本月，由林思齐、吴爱兰摄影，蔡其矫配诗（共 64 首）的《花卉摄影作品集》由海潮摄影艺术出版社出版。

本月，《在西藏》发表于《诗刊》9 月号。

本年，写《潮汕绣花女》《金海岸》《梦之谷》《南澳岛》。

1996 年　79 岁

3 月，写《自书小传》。

4 月，《悬崖上的百合花》发表于《中国文化报》1996 年 4 月 24 日。

本月，王光明《本真生命的赞歌——读蔡其矫〈客家妹子〉》发表于香港《作家报》1996 年 4 月号。

5 月，参加由福建省委宣传部、省文联联合举办的福建省百名文艺家闽东南采风行活动。

6 月，接受福建省文联文艺理论研究室主任王炳根长达十几小时的录音访问。

7 月，到四川省大邑县参加由四川作家协会、《星星》诗刊、中国新诗学会等单位发起的"中国·西岭雪山诗会"。

初秋，到福建省平和县坂仔镇参观林语堂故居。

9 月，由北京飞宁夏银川，乘火车抵中卫县，考察黄河渡口沙坡头，后入腾格里沙漠探险。

本月底，在北京文采阁参加由广东省从化市人民政府、广东省从化市委宣传部与《诗探索》编辑部联合举办的顾偕长诗研讨会。

10 月，《雾中汉水》选入谢冕主编的《中国百年文学经典文库·诗歌卷》，由海天出版社出版。

12 月，在北京东堂子胡同为高琴诗选作《序》。

本年，写《渴望》《重返爪哇岛》《峇厘》《帆》《梭罗河》。

1997 年　80 岁

1 月，在北京为伊路诗集《行程》等"在路上诗丛"作总序，诗集《行程》后由作家出版社于 1997 年 12 月出版。

2 月，参加抗日军政大学、鲁迅艺术学院、华北联合大学的老同志 200 多人在北京中山公园中山堂举行的座谈活动，回忆战争年代的经历。

3 月，回福州，参加福建省作家协会主席团扩大会议。月底，回晋江园坂故居。

5 月，为曾阅编《晋江古今诗词选》作序，《晋江古今诗词选》由海峡文艺出版社于 1998 年 4 月出版。

初夏，参加福建省文艺家采风团，再次参观平和县坂仔镇林语堂故居。

6 月，应邀到福建省东山岛参加铜陵关帝圣诞。

7 月，在北京参加以《诗探索》编辑部和朝阳区文化馆的名义，在朝阳区文化馆举办的"祖国，我对你说——张志民诗歌作品朗诵会"。

本月，诗集《蔡其矫诗选》由人民文学出版社出版。

8 月，钟友循、汪东发《蔡其矫：清丽幽深》收入他们的专著《中国新诗二十四品》，由湖南人民出版社出版。

9 月，《腾格里沙漠》发表于《人民文学》9 月号。

10 月，参加由《诗探索》杂志社主办，在北京海淀图书城国林风书店的咖啡厅召开的灰娃《山鬼故家》研讨会。

12 月，《南曲》《南曲（又一章）》《雾中汉水》《川江号子》

选入谢冕主编《中国百年新诗选》，由山东文艺出版社出版。

本年，参与作词的《过年曲》《上冬学》《子弟兵进行曲》《子弟兵战歌》等四首歌曲收录在晋察冀日报史研究会编的《晋察冀根据地歌曲选》，由晋察冀日报史研究会出版。

本年，写《虎门欢歌》《腾格里沙漠》。

1998 年　　81 岁

2 月，深圳《街道》月刊 1998 年 2 月号于"私人照相簿"专栏刊登蔡其矫各个时期十八张照片和该刊记者采访短文《蔡其矫：用双手护住火焰》。

4 月，应华光摄影技术学校副校长邀请，到惠安洛阳参观。

5 月，《漠风》发表于《诗刊》5 月号。

7 月，到上海，与作家张烨、宫玺相聚，游览浦东东方明珠塔等建筑景观。中旬，回北京与牛汉、刘福春、史保嘉、芒克等在丽都花园小聚。月底，在北京寓所东堂子胡同接受廖亦武关于朦胧诗的专访。

8 月中旬，到山东蓬莱，乘船到长山列岛，考察古代沙门岛，写《蓬莱阁》。

信件《蔡其矫致骆之》发表于《长江文艺》第 9 期。

10 月，写《长山列岛》。

11 月，到江苏省张家港市，出席由中国作家协会和江苏省委宣传部联合举办的全国诗歌座谈会。

本月，《蓬莱阁》《品味农家菜》和诗论《诗的双轨》发表于《人民文学》11 月号。

12 月，写《长江之花张家港》《江南第一华西村》。

1999 年　82 岁

1 月，为秋筱诗集《不泯的心迹》作序，诗集《不泯的心迹》由作家出版社于 1999 年 5 月出版。

本月，写《如歌的吉山》。

本月，《长山列岛》发表于《诗刊》1999 年 1 月号。

2 月，由北京飞福州再乘车到晋江，与曾阅、许燕影、刘志峰等人到惠安县参观崇武古城、惠安洛阳华光摄影技术学校、晋江高尔夫球场、紫帽山金栗洞等地。后入泉州城内与蔡芳本等青年诗友相会。

《长江之花张家港》《江南第一华西村》发表于《诗刊》1999 年 2 月号。

4 月，廖亦武、陈勇的《蔡其矫访谈录》收入《沉沦的圣殿：中国 20 世纪 70 年代地下诗歌遗照》，由新疆青少年出版社出版。

5 月，应邀参加福建省诗词学会主办的中国古典诗文吟诵会，用闽南方言朗诵程颢《春日偶成》。

本月，写《世纪有赠》。

6 月，《自制格律七首》（《茶歌》《美在武夷》《梦中大武夷》《昆明小雨》《我想像》《重返爪哇岛》《又一村茶女》）发表于《福建文学》1999 年 6 月号。

9 月，《南曲》《川江号子》《祈求》收入卞之琳主编《中华人民共和国五十年文学名作文库·新诗卷》（1949—1999），由作家出版社出版。

10 月，《民族乐团的演奏》发表于《人民文学》10 月号"人民文学创刊 50 周年特辑"上。

本月，姜耕玉选编《20世纪汉语诗选》选蔡其矫《祈求》《珍珠》《距离》《山的呼唤》《在西藏》等13首诗歌，由上海教育出版社出版。

2000年　83岁

1月，《蔡其矫的诗》（三首）发表于《诗刊》1月号。

本月，周良沛编序的《中国新诗库》中有"蔡其矫卷"，选《乡土》《肉搏》《兵车在急雨中前进》等60首诗歌。由湖北长江文艺出版社出版。

3月，在福州整理旅行笔记。写《中国第一大瀑布》《翠海·九寨沟》《林语堂》《三星堆》。

5月，《林语堂》发表于《福建文学》5月号。

7月，《保山》发表于《诗潮》第7、8期合刊。

8月，从杭州开始，沿运河一路考察，一直走到山东运河淤塞处。

本月，《翠海·九寨沟》发表于《人民文学》8月号。

9月，《天子山》发表于《绿风》第05期。

10月，与乔延凤、董培伦、俞强等诗人沿着大运河采风。写《悼念陈允敦先生》。

《中国第一大瀑布》发表于《诗刊》10月号。

本月，邱景华《"独行侠"的诗旅——蔡其矫在西藏》发表于《诗刊》11月号。

12月，到天津采风。月底，在北京寓所接受《诗刊》社记者闫延文的采访。

本年，写《天津》《黔滇古道·夜郎》《运河行》《上海宝贝》《风筝》。接受王炳根访问，断断续续十几个时间段几十个小时。

2001 年　84 岁

2 月，组诗《蔡其矫诗歌·少女和海》（《别样温柔》《防波堤上》《客家妹子》《夜涛》《烽火岛》）发表于《北京文学》2 月号。

3 月，写《郑和航海》。

本月，闫延文《诗歌的幻美之旅——蔡其矫访谈录》发表于《诗刊》3 月号。

5 月，《蔡其矫诗四首》（《在西藏》《拉萨》《暴风雨中万木林》《贝壳线》）发表于《新诗界》创刊号，由文化出版社出版。

6 月中旬，参加在冰心文学馆由福建省文联、福建省作家协会举行的《中国季节》《中国故乡》研讨会，讨论并发言，后收入于《海内外文学家企业家报》2001 年 6 月 30 日。

本月，参加在福州西湖宾馆举行的《福建文学》创刊 50 周年纪念会。

《郑和航海》发表于《香港文学》6 月号。

本月，邱景华《诞生于世界屋脊的大诗——蔡其矫〈在西藏〉解读》发表于《香港文学》第 6 期。

7 月，《解读》（析聂鲁达"情诗之六"）发表于《诗刊》7 月号。

《万里赴延安，热血为抗日——老诗人蔡其矫先生谈延安文艺座谈会前后文艺工作者的生活》发表于《海峡都市报》2001 年 7 月 1 日。

10 月，组诗《运河行》（《新银汉》《枫桥》《微山湖》）发表于《诗刊》10 月号。

12 月，在北京参加中国作家协会第六次全国代表大会。写《海上丝路》。

本月，《天津两题》（《南开信息港》《塘沽滨海新区》）发表于《人民文学》12 月号。

本月，写《序〈缪楚生的诗文〉》。

本年，写《云霄将军山》《常山华侨城》《漂流》《青云山瀑布群》《重见鼓浪屿》《东方古堡》《东观西台重光》。

2002 年　85 岁

1 月，在北京参加朝阳区文化馆举办的新年诗歌朗诵会暨第二届鲁迅文学奖获奖诗人诗歌朗诵会。

本月，《海上丝路》发表于《香港文学》1 月号。

2 月，组诗《在西藏》（《在西藏》《拉萨》《择当甜茶馆》《雅鲁藏布江》《左旋柳》）发表于《福建文学》2 月号。

本月，曾阅编著《诗人蔡其矫》由作家出版社出版。

4 月，子张《蔡其矫研究的基础工程》发表于《星光》第 2 期。

本月，写《警告偷花贼》。

春，赴闽西采风，写《闽西梅花山》《棉花滩上龙形船的湖》。

5 月，在福州参加香港诗人秦岭雪诗集《明月无声》研讨会。写《棉花滩龙形的湖》。

组诗《复苏的生命》（《荒谷瀑布》《鲤鱼溪》《洞宫山》《楠木林》《鸳鸯湖》《农学院》）发表于《人民文学》5 月号。

6 月，写《牛姆林》。

《棉花滩上龙形船的湖》发表于《福建日报》2002年6月12日。

7月，写《清水岩》。

《闽西梅花山》发表于《福州晚报》2002年7月8日。

8月，在福建长乐市参加冰心文学馆建馆五周年活动。

9月，在福州、厦门等地参加2002年海峡诗会。

《大地的形体》（生态组诗七首：《翠鸟》《青蔴地》《紫雾》《雨中山》《锦坡》《杨树》《葵花田》）发表于《诗刊·上半月刊》9月号。

本月，《蔡其矫诗歌回廊》由海峡文艺出版社出版。共分为8卷，第1卷：大地系列·伊水的美神；第2卷：海洋系列·醉海；第3卷：生态系列·翠鸟；第4卷：乡土系列·南曲；第5卷：情诗系列·风中玫瑰；第6卷：人生系列·雾中汉水；第7卷：译诗系列·太阳石；第8卷：论诗系列·诗的双轨。

12月，在北京为吴红霞诗集《在我的四月里》作序，诗集《在我的四月里》由青海人民出版社于2003年1月出版。

2003年　86岁

1月，在北京参加与北岛的聚会，还有牛汉、邵燕祥、谢冕、吴思敬、林莽等人。

3月，在北京应邀参加由中国作协诗刊社和北京市朝阳区文化馆主办的"月末沙龙"系列活动。月底，写诗论《诗在质不在量》。

4月，在北京中国现代文学馆参加《新诗界》第三卷首发式暨革新与命名：中国新诗的困境与出路研讨会。中旬，在北京，与牛汉、邵燕祥等参加公刘百日冥祭。

本月，写随笔《纪念母亲》。

5月，在北京东城区东堂子胡同寓所接受李青松访谈。

本月，写《徐福东渡》。

7月，《少女和海》（组诗）获新世纪第一届《北京文学》奖诗歌一等奖，并有获奖感言，发表于《北京文学（原创版）》2003年9月号。

本月，写随笔《纪念陈企霞诞生九十周年》，后收入《企霞百年》，由宁波出版社2014年出版。

9月，在福州参加2003年海洋诗会，随后参加余光中诗歌研讨会以及余光中诗歌朗诵会。

本月，《徐福东渡》、《蔡其矫诗五首》（《肉搏》《雾中汉水》《波浪》《祈求》《距离》）、译诗《太阳石》发表于李青松主编《新诗界》第四卷。由新世界出版社出版。此外，此卷还设有"蔡其矫研究"专辑。

本月，在《新诗界》举办的"革新与命名：中国新诗的困境与出路"研讨会上，作题为《诗在质不在量》的发言。

10月，与霞浦诗友们游览高罗海滩，当天下午与《丑石》同仁邱景华、刘伟雄、谢宜兴、空林子举行关于诗歌与海洋的对话。

本月，写《致〈新诗界〉》《霞浦的海》。

12月，参与调研、酝酿的福建省诗歌朗诵协会成立，蔡其矫任名誉会长。

本月，写《好世界》《主持人》。

本月，在北京参加由中国作家协会诗刊社、北京市作家协会、首都师范大学中国诗歌研究中心、北京市朝阳区文化馆联合主办的"让我们快乐地走进诗歌——2004 中国新诗之夜"大型综合诗歌活动。

2004 年　87 岁

1 月，《三十四年以后》发表于《诗潮》第 01 期。

2 月，情人节当天，由福建省诗歌朗诵协会策划的"让诗歌浪漫城市——情人节送你一首情诗"活动举行。在福州，蔡其矫一手拿着诗作《思念》，一手拿着玫瑰花，亲自送给过路情侣们。中央电视台、新华社、《解放日报》、福建新闻频道、《海峡都市报》、《东南快报》、《福州晚报》等媒体作了详尽的报道。

本月，子张《牛汉与蔡其矫》发表于《星光》第 1 期。

本月，王炳根的《少女万岁——诗人蔡其矫》由海峡文艺出版社出版。这是第一部关于蔡其矫的传记，书中多使用诗人的"口述实录"。

本月，邱景华《开在诗中的刺桐花——蔡其矫与泉州》发表于《诗歌月刊》第 3 期。

4 月，在福建省霞浦县参加《星星》诗刊和《丑石》诗歌网联合主办的 2004 年丑石诗会暨诗刊社"春天送您一首诗"大型诗歌朗诵活动。

本月中下旬，在福州参加福建文艺界与来访的菲华、泰华作家参访团座谈会。后在福州参加福建省文学院举办的"文学沙龙"——蔡其矫诗歌朗诵与研讨专场。

本月，邱景华《蔡其矫〈海神〉阐释》发表于《大众诗歌》第 2 期。

6 月，在北京为王永志诗集《命定之路》写《序》，诗集《命定之路》后由国际华文出版社于 2004 年 11 月出版。

本月，在北京为《流浪汉的品性》写序——《精神放逐》。

孙绍振《蔡其矫八十不掩爱恨》发表于《中华读书报》2004 年 6 月 9 日。

王炳根《诗人蔡其矫在厦门》、王粲《蔡其矫创作年谱简述》发表于《厦门文学》第 6 期。

8 月，七夕节当天，参加由福建省文学院主办的在聚福徕茶苑举行的七夕诗歌朗诵吟诵会，并亲自担任了朗诵会的主持人。

9 月，《星光》第 3、4 期合刊推出"蔡其矫研究专辑"，发表蔡其矫《情诗一束》以及刘登翰等学者的研究篇章。

10 月，中国作家协会《诗刊》社、中国当代文学研究会、中国诗歌学会、福建省文联、泉州师范学院、晋江市人民政府主办，福建省作家协会、福建省文学院、泉州市文联、晋江市紫帽镇人民政府、晋江市文联承办，在晋江爱乐酒店召开蔡其矫诗歌研讨会。80 多位来自北京、上海、杭州、武汉和福建省的知名作家、诗人、评论家共聚一堂。

11 月初，在福州市参加福建省文联、福建省文化经济交流中心共同主办的"2004 海峡诗会——台湾诗人海峡西岸行"系列活动，与会者包括蔡其矫、舒婷、谢冕、孙绍振等祖国大陆的 20 余名诗人和诗评家，还有台湾著名诗人痖弦、海洋诗人汪启疆、台湾《联合报》主编中生代诗人陈义芝、台湾东海岸诗人詹澈等 10 人。

本月中旬，在福州市参加何为先生文学创作七十周年作品研讨会。

2005 年　88 岁

1 月，写诗论《诗的秘密》。

4 月，诗论《诗的秘密》发表于《诗刊》2005 年 4 月号第 07 期。

5 月，在福建省晋江市参加由中国作协诗刊社与晋江市委宣传部共同举办的大型诗歌朗诵会"春天送你一首诗"征诗活动及第三届"华文青年诗人奖"颁奖活动。

本月，《诗探索》理论卷 2005 年第 1 辑发表"蔡其矫诗歌创作研讨会论文选辑"，刊发戴冠青《蔡其矫：一个特立独行承前启后的浪漫诗人》、子张《困境与突围》、杨远宏《从时间的方向看诗人蔡其矫》、邱景华《蔡其矫与朦胧诗》。

6 月，参加在福州举行的丑石 20 周年纪念、第 13 届柔刚诗歌奖颁奖暨 2005 丑石诗会，并担任第十三届柔刚诗歌奖评委会主任。

本月，写随笔《悼范方》，后收入《还魂草——范方诗存》，由海峡摄影艺术出版社 2005 年 10 月出版。

《雁翎队》发表于《诗刊》7 月号第 13 期。

7 月，在福州写《日本人和日本鬼子》。

陈祖君《人、自由、爱：蔡其矫论》发表于《香港文学》7 月号。

8 月，庄伟杰《蔡其矫给当代华文诗歌带来什么贡献和启示》发表于《创作评谭》第 4 期。

9 月，在福建省泉州市参加第六届中华全国世界语大会，并为大会献诗一首。

本月，在福州为楼兰诗集《无人之境》作序—《关于楼兰诗》，诗集《无人之境》由北方文艺出版社于 2005 年 11 月出版。

本月，《星光》第 3、4 期合刊推出"蔡其矫研究"专辑，刊发陈祖君《人、自由、爱：蔡其矫论》、邱景华《蔡其矫与朦胧诗》、王光明《新生活的赞歌与闻捷、蔡其矫诸诗人的创作——〈中国当代文学史〉节选》、邱景华《蔡其矫年谱简编》。

10 月，邵燕祥《蔡诗印象——读蔡其矫"大地系列""海洋系列"笔记》发表于《香港文学》10 月号。

11 月，在广西玉林师范学院参加新世纪华文诗歌国际研讨会暨第三届中国现代诗年会。且与陶然同场举办诗歌讲座。

本月，与陶然同赴西南师范大学作诗歌创作谈的学术讲座。

12 月，在北京写《闽粤海商——泉、漳、潮海盗》《蒲寿庚——泉州一段史实》。

本年，刘士杰《呼唤中国的超现实主义诗人——访老诗人蔡其矫先生》，原载《中华读书报》；后收入刘士杰随笔集《文化名人：访谈与回忆》，山西教育出版社 2006 年 2 月出版；又收入刘士杰专著《现代主义诗歌在中国的命运》，社会科学文献出版社 2009 年 7 月出版。

2006 年　89 岁

1 月，《蒲寿庚——泉州一段史实》发表于《香港文学》2006 年 1 月号。

本月，《中国诗人》第 1 期在"诗人扫描"专栏里推出有关蔡其矫的人物专访。

3 月，为李迎春《生命的高度》写序。

4 月，由晋江市蔡其矫诗歌研讨会组委会编的《蔡其矫研究》由北方文艺出版社出版。

5 月，在福州市参加 2006 年海峡诗会。晚上，参加在福州于山九日台音乐厅举行的"诗之为魔"——洛夫诗文朗诵会。

本月，参加首届晋江诗歌节，主要活动项目包括"春天送你一首诗·新世纪十佳青年女诗人"评选、2006 海峡诗会——海峡文艺论坛、"同心杯"诗词大赛、晋江诗群研讨会等 16 个项目。

本月，到福建省三明市大金湖采风，参加已故诗人范方诗集《还魂草》首发式及首届晋江诗歌节作品研讨会。

本月底至 6 月初，在厦门市参加 2006 年鼓浪屿诗歌节。

6 月，伍明春《诗与生命交相辉映——蔡其矫访谈录》发表于《新诗评论》2006 年第 1 期。

7 月，应《大众诗歌》主编张承信的邀请，与诗人牛汉、朱先树、车前子到山西参加中国诗人联谊会活动。其《在中国诗人联谊会上的发言》后刊载于《大众诗歌》2006 年第 3 期

8 月，在北京写《雁门关》。

10 月，参加在北京友谊宾馆召开的由北京大学新诗研究所和首都师范大学中国诗歌研究中心联合主办的中国新诗国际学术研讨会。

本月，写《鹳雀楼》。

11 月，作为福建作家代表参加在北京召开的中国作家协会第七次全国代表大会。因多次摔跤，会未完告假回家，后到医院检查确诊患脑瘤，住院治疗。月底，出院回家休养。

12 月，《闽粤海商——泉、漳、潮海盗》发表于《香港文学》2006 年 12 月号。

本月，《鹳雀楼》发表于《大众诗歌》2006 年第 04 期。

2007 年　90 岁

1 月 3 日 2 时 30 分，在北京寓所睡梦中逝世。

参考资料：

1. 蔡其矫的写作手稿及随行笔记本。

2.《蔡其矫诗选》中的《简历及著作》，人民文学出版社 1997 年 7 月版。

3. 曾阅：《诗人蔡其矫》，作家出版社 2002 年 2 月版。

4. 邱景华：《蔡其矫年谱》，海峡文艺出版社 2016 年 12 月版。

5. 王炳根：《少女万岁：诗人蔡其矫》，海峡文艺出版社 2004 年 3 月版。

出 版 后 记

　　《蔡其矫全集》（下称"全集"）出版项目获得福建省委宣传部文艺发展基金扶持。

　　全集选编者学者、作家、评论家王炳根先生广泛搜集、深度挖掘、精心选编，他的助手金慧女士协助做了大量的编选工作，为全集的出版奠定了基础。

　　我社编辑参与拟订全集的体例、征集与辨析作家作品资料等工作。

　　为编辑好这套全集，我们集思广益、群策群力，先后组织了多次编辑工作研讨会，邀请了包括高校研究者、作家、出版专家等在内的相关专家学者研讨全集的体例设置、编辑思路、出版规范等问题。福建省社科院研究员刘登翰先生、福建师范大学文学院教授袁勇麟先生、时任《香港文学》总编辑陶然先生、时任福建省文学院院长吕纯晖女士、福建省新闻出版局审读中心主任欧定敬先生、福建省作家协会调研员刘志峰先生、福建师范大学文学院教授伍明春先生、宁德市高级中学图书馆副研究馆员邱景华先生、蔡其矫家属蔡三强先生等诸位方家及蔡其矫诗歌研究会积极参与了全集编辑的有关工作，并予以指导与支持。特此鸣谢！

海峡文艺出版社

二〇二一年七月